Hiltrud Baier

Die Farben des Winters

Roman

Oktopus

Für den Blick hinter die Verlagskulissen:
www.oktopusverlag.ch/newsletter

Ein Oktopus Buch bei Kampa

Dieses Werk wurde vermittelt durch
die Literarische Agentur Michael Gaeb.
www.oktopusverlag.ch
Covergestaltung: Lara Flues, Kampa Verlag
Satz: Herr K | Jan Kermes
Gesetzt aus der Stempel Garamond LT / 240135
Druck und Bindung: Friedrich Pustet, Regensburg
Auch als E-Book erhältlich
ISBN 978 3 311 30067 0

Blir inte borta för länge, mitt barn
dina renar försvinner.
Vem ser om din vaja fött kalv?
Du talar ej längre vårt mjuka språk.
Vara seder blir främmande för dig.
Men än brinner elden på aernie i kåtan
än samlas renar till gärdet vid snön
stigen dit finner du än, mitt barn.

Bleib nicht zu lange fort, mein Kind,
deine Rentiere ziehen weg.
Wer bemerkt, wenn dein Rentier ein Kälbchen bekommt?
Du sprichst nicht mehr unsere sanfte Sprache.
Unsere Kultur wird fremd für dich.
Aber noch brennt das Feuer in der Kote,
die Rentiere sammeln sich immer noch am Schneezaun,
den Weg dorthin wirst du finden, mein Kind.

Martha Jåma
Aus: Vårt Liv – samiska dikter
Same Ätnam, Kulturutskottet, Arvidsjaure 1991.

1

November. Nova liebte diesen Monat. Die Tage wurden kürzer, die Temperaturen fielen, und seit Anfang der Woche zog morgens von der Elbe Nebel auf. Die hektische Sommerwelt verschwand allmählich in einem Schleier aus Stille und Ruhe.

Nova schaute auf das Außenthermometer. Fünf Grad. Ein Windstoß blies die letzten bunten Blätter von den beiden Ahornbäumen, die vor ihrem Fenster wuchsen. Sie fielen auf den kurz geschnittenen Rasen. Gelbe, orange und rote Flecken auf verwaschenem Grün. Bald würden die Farben verblassen und die grellen Punkte sich in bräunlich-graue verwandeln.

»Unschön«, würde Novas Vermieterin sagen. Sie würde, wie im vergangenen Jahr, die Blätter mit Schwung zusammenrechen und in einen großen Müllsack stopfen. Schon oft hatte sie gedroht, die beiden Ahornbäume fällen zu lassen. Sie nähmen zu viel Licht weg. Andere Mieter hätten sich beschwert. Zudem würden die Blätter Arbeit machen. Aber Nova hatte die Frau überzeugen können, dass Bäume durchaus wichtig für die Umwelt waren. Ihre Vermieterin hatte vor sich hin gegrummelt und den Plastikmüllsack mit den Blättern in die Mülltonne gestopft. Gut, dass die Frau nicht im Haus wohnte und nur ab und zu vorbeikam.

Nova öffnete das Fenster zum Garten. Kalter Nordwind

blies ihre dunkelbraunen schulterlangen Haare durcheinander. Sie atmete die frische Luft ein und bemerkte, wie ein paar Ausdrucke von ihrem Schreibtisch auf den Boden fielen. Ihre ersten Versuche für einen neuen Buchumschlag. Ein Sachbuch über Balkongärten in der Stadt. Bis Ende der Woche müsse der Entwurf fertig sein, hatte Lydia gesagt. Der Verlag, mit dem Lydias Agentur seit einiger Zeit zusammenarbeitete, wolle den Titel vorziehen und brauche den Umschlag so schnell wie möglich. Doch sosehr Nova sich auch den Kopf zerbrach, ihr kam keine passende Idee. All ihre bisherigen Versuche waren Mist. Sie hatte den Kunden getroffen, um seine Vorstellungen zu erfahren, hatte ein neues Grafik-Programm ausprobiert und sich mit einer früheren Studienkollegin beraten, die schon viele Gartenbücher illustriert hatte. Aber keiner ihrer Vorschläge hatte Novas Kreativität angeregt. Am Wochenende hatte sie Leo sogar in den Botanischen Garten in Hamburg geschleppt, obwohl ihr Freund sich nach der stressigen Arbeitswoche lieber auf dem Sofa ausgeruht hätte. Sie brauchte weitere Farben um sich herum, allein die Ahornblätter genügten nicht. Vielleicht würde ihr dann ein Geistesblitz kommen, hoffte sie. Aber sie wartete vergebens darauf. Nova hatte das Gefühl, die Farben in den Gewächshäusern und die draußen in der Natur erreichten weder ihr Herz noch ihren Verstand.

Sie schloss das Fenster, warf die Ausdrucke in den Papierkorb und setzte sich an den Computer. Sie musste von Neuem beginnen.

Drei Tage in der Woche arbeitete Nova von zu Hause aus. An den anderen beiden fuhr sie mit der S-Bahn von Wedel nach Hamburg Stadtmitte in die Werbeagentur.

Lydia brauchte Gesellschaft bei der Arbeit und wünschte, dass immer eine ihrer Mitarbeiterinnen im Büro arbeitete. Aber Nova konnte sich am besten konzentrieren, wenn sie alleine war, niemand redete, das Handy ausgeschaltet blieb und leise Musik im Hintergrund lief. Sie hoffte, dass sie ihren Entwurf am Abend fertig hätte, dann könnte sie ihn morgen in der Agentur mit Lydia besprechen.

Nova startete ihren Computer, starrte auf die geöffneten Dateien, doch ihr Blick floh immer wieder zu den kahlen Ahornbäumen, deren Äste wie lange, dürre Arme in den Himmel ragten. Einer davon wuchs um ein Haar in ihr Fenster, als wolle er nach ihr greifen. Sollte sie …

Nova stand auf, schnappte sich Handy, Jacke und Wollmütze, schlüpfte in ihre Schuhe und schloss die Wohnungstür hinter sich. Leichtfüßig sprang sie die Treppe hinunter und ließ gleich darauf die Haustür zufallen.

Mit großen Schritten lief Nova die Häuserzeilen Wedels entlang Richtung Elbe und Strandbad. Der im Sommer ständig überfüllte Parkplatz war heute fast leer. Sie seufzte erleichtert. Bei diesem Wetter verzogen sich die meisten Menschen in ihre Häuser und Wohnungen. Wind und Kälte passten für sie nicht zu Wasser und Sandstrand. Novas beste Freundin Laura ging bei so einem Wetter nur raus, wenn sie keine Zigaretten mehr hatte oder der Kaffee ausgegangen war. Und Leo? Er würde mitgehen, aber nur Nova zuliebe. Leo bevorzugte wie Laura Sonne und Wärme und sehnte sich im Winter nach Korsika, wo sie schon mehrmals zusammen ihren Urlaub verbracht hatten.

Nova lief die kleine Böschung hinauf und rannte über die Wiese, vorbei an einer verlassenen Grillstelle, wo halb abgebranntes Holz lag, und weiter durch Gestrüpp. Gleich darauf stand sie am menschenleeren Strand. Ihre braunen Boots sanken langsam im feuchten Sand ein. Nova steckte die Hände in die Jackentasche, ließ sich den frischen Nordwind um die Nase wehen und beobachtete die Wellen, die gegen den Strand schlugen.

Wie lang dieser Sandstrand war! Nicht zu vergleichen mit dem kleinen Strand in Ålloluokta in Schwedisch-Lappland, dem Strand ihrer Kindheit.

Nur an wenigen Tagen im Sommer lud dort das Wetter zum Baden ein. Kaspar, Novas Halbbruder, und sie spielten mit Eimer und Schaufel. Nova schöpfte Wasser aus dem Fluss, schüttete es in das Loch, das Kaspar gebuddelt hatte, und freute sich, wenn er aufschrie, weil er kalte Wasserspritzer abbekommen hatte.

Im Herbst besuchte sie dort oft ihren Vater Juhan und Kristin, dessen Frau. Dann war der Sandstrand meist schon gefroren oder unter der ersten Schneeschicht verschwunden. Sand und Kälte gehörten zu Novas Kindheit wie knirschender Schnee und eiskalte klare Luft.

Wie herrlich es war, wenn dort im Oktober der erste Schnee fiel und sich auf die feinen Sandkörner legte! Der Sand bekam kleine Flecken, zuerst dunkle, weil die Schneeflocken schnell wieder schmolzen. Dann weiße, wenn es kälter wurde, und schließlich war der grau-beige Sandstrand von schneeweißer Watte überzogen. Ein Wunder für Nova, die genau wie ihr Vater Farben liebte. Stundenlang beobachtete sie die fallenden Schneeflocken und sah dabei zu, wie sich die Schattierungen des Sandbodens veränderten. Bis ihr Vater das Fenster der Blockhütte öffnete und ihr zurief, sie solle hereinkommen und sich aufwärmen. Aber ihr war nicht kalt. Sie bewegte sich ständig, breitete die Arme aus und fing mit der Zunge die zarten Flocken. Meist gelang es ihr, und wenn nicht, versuchte sie es von Neuem und vergaß völlig, dass Juhan sie gerufen hatte.

Nova meinte die schmelzenden Flocken in ihrem Mund zu schmecken. Weit entfernt stapfte eine dunkel gekleidete Gestalt am Strand entlang. Vielleicht jemand wie sie, der die Einsamkeit liebte und den weichen warmen Sand des Sommers gerne gegen den feucht-grauen des Novembers eintauschte. Sie lief nahe am Wasser und beobachtete die dunklen Wellen, die sich vom Wind getrieben auf dem Sandstrand verloren. Das Rauschen der Elbe erinnerte sie jedes Mal an das *Stora Lulevatten*, den großen Lule-Fluss, an dem der Sandstrand ihrer Kindheit lag. Hatte sie sich deshalb bisher nicht entschließen können, zu Leo nach Altona zu ziehen? Nova liebte den Strand, das Wasser, und noch mehr liebte sie die Erinnerung an die Farben ihrer Kindheit.

Nova rannte los, durch den feuchten Sand, sie spurtete, wollte dieselbe eiskalte Luft spüren, die ihr damals, als sie zum ersten Mal vorne mit ihrem Vater auf dem Schneemobil sitzen durfte, fast den Atem geraubt hätte. Sie rannte, hundert, zweihundert Meter, sank ein, kämpfte sich weiter und blieb schwer atmend am Ufer der Elbe stehen.

2

Fast dreißig Jahre zuvor

Nova konnte es kaum erwarten. Bisher hatte sie immer zusammen mit Kristin und Kaspar hinten im Schlitten gesessen, wenn sie zum Eisfischen auf den zugefrorenen See fuhren oder in den Wald, um die Rentiere zu füttern. Dann saß sie mit Kristin, Papas Frau, und Kaspar auf den getrockneten Rentierfellen, mit denen Papa den Schlitten ausgelegt hatte, damit es ihnen beim Fahren nicht kalt wurde. Gemütlich war das auf den Fellen. Kuschelig warm am Körper, nur auf den Wangen spürte Nova die Kälte des Fahrtwinds. Sie mochte es, wenn der Wind um ihre Ledermütze mit dem molligen Innenfell blies. Zu Weihnachten hatte Kristin ihr die neue Mütze geschenkt. Ihre Bonusmama, wie Nova Kristin nannte, hatte sie selbst gefertigt, aus gegerbtem Rentierleder und dem weichen Fell eines Rentierkalbs. Manchmal hatte Nova das Gefühl, sie bekäme keine Luft, so kalt war es während der Fahrt im Schlitten. Dann rückte sie etwas näher an Kristin und Kaspar heran und legte die Arme um Sippo, den schwarzen Hütehund, der sie immer begleitete. Sie schloss Augen und Mund, schmiegte den Kopf an Sippos weiches Fell und bemerkte die kleinen Eiskristalle, die in der Luft schwirrten und sich auf ihre Wimpern legten. Kaspar bekam immer ein extra Rentierfell um die Beine, damit er nicht fror. Aber Nova war nie kalt.

Und Nova war auch schon groß. Im April würde sie sechs Jahre alt werden. Heute durfte sie zum ersten Mal vorne auf dem Schneemobil sitzen.

Kristin hatte es sich mit Kaspar hinten im Schlitten bequem gemacht.

Sippo sprang zu den beiden und setzte sich aufs Fell.

»Nova! Es geht los!« Mit seinen dicken Schneehandschuhen klopfte Papa auf die Sitzfläche vor sich. Nova stieg auf und stellte die Füße auf die beiden Stege, die er extra angefertigt hatte, damit ihre Beine bei der Fahrt nicht in der Luft baumelten.

»Halte dich hier fest«, sagte Papa und deutete auf den Lenker.

Mit den Fäustlingen umschloss sie das Metall.

»Und mit dem Rücken lehnst du dich an mich.«

Nova nickte und ließ sich zurück auf Papas breiten Brustkorb fallen. Papa war groß und stark wie ein Bär. Sie drückte sich fest an ihn. Er drehte sich um. »Alles klar bei euch?« Nova hörte Kristins und Kaspars helle Stimmen »Ja!« rufen. Papa startete den Motor, fuhr langsam an, und dann glitten sie durch den verwunschenen Winterwald.

Dick mit Schnee behangene Birkenzweige beugten sich zu Nova herunter. Sie sahen aus wie die langen Arme von Riesen, die nach ihr zu greifen versuchten. Aber Papa schaffte es immer, den schneeweißen Ästen auszuweichen. Er fuhr vorsichtig, damit Kristin und Kaspar hinten im Schlitten nicht durchgeschüttelt wurden und die Riesen nicht nach ihr griffen.

Sie fuhren durch den tief verschneiten Kiefern- und Fichtenwald. Nur ab und zu zeigten sich dazwischen Birken. Papa düste auf der breiten Schneemobilspur. Doch jetzt wurde der Weg schmaler, und Nova duckte sich. Aber nur einmal streifte ein Birkenast Arm und Kopf, und weicher Pulverschnee stob ihr ins Gesicht. Sie kicherte und schmeckte die kleinen Eiskristalle auf der Zunge.

»Alles in Ordnung?«, rief Papa ihr über die Schulter durch den Lärm des Motors hindurch zu.

Sie nickte und wischte sich mit dem dicken Handschuh über das Gesicht.

»Wir sind gleich da!«, rief Papa.

Schade, dachte Nova. Sie wäre gern länger durch den Schnee gefahren. Aber das Rentiergehege, in dem Papa kranke und schwache Tiere fütterte, war nicht weit von ihrer Hütte in Ålloluokta entfernt.

Papa parkte das Schneemobil vor dem Eingang des Geheges. Nova stieg vom Motorschlitten, klopfte den Schnee von ihrem dick wattierten Overall und öffnete das Gatter. Wenn Nova sich auf die Zehenspitzen stellte, reichten ihre Finger genau an den Holzpflock, mit dem sie das Gatter öffnen und schließen konnte. Die Rentiere standen weit hinten im Gehege, aber als sie Nova und die anderen bemerkten, trotteten sie näher. Sie wussten, wenn sie mit dem Schneemobil kamen, gab es etwas zu fressen.

»Nova, mach hinter dir zu! Nicht, dass die Rentiere ausbüchsen!«, rief Papa.

Nova rannte zurück, legte den Holzklotz um und beobachtete, wie Papa Kaspar aus dem Schlitten half. Ihr zwei Jahre jüngerer Halbbruder konnte sich nicht gut bewegen. Sein linker Arm und das linke Bein funktionierten nicht wie bei ihr. Das war schon immer so gewesen. Kaspar war so auf die Welt gekommen. Nova war jedes Mal schneller, wenn sie rannten, nicht nur weil sie älter und größer war als Kaspar. Dafür konnte Kaspar, als er vier Jahre alt war, schon seinen Namen schreiben.

In einem Unterstand lagen Säcke mit Bartflechten, die Papa und sie im Herbst zusammen im Wald gesammelt hatten. Wenn die Herbstwinde kamen, fielen die Flechten von den Nadelbäumen, und Nova sammelte sie vom Waldboden auf. Oder Papa holte sie mit einer langen Stange von den Bäumen herunter. Er rüttelte an ihnen, und, schwups, flogen die Flechten von den Kiefern und Fichten, und Nova stopfte sie in den Jutesack. Nova schnappte sich einen der Säcke. Er war leicht. Flechten wogen fast nichts. Sie öffnete ihn und holte eine Handvoll heraus. Langsam kamen die Rentiere, die bisher weit hinten am Zaun geblieben waren, angetrabt. Zwei von ihnen waren sehr klein.

»Die sind letztes Jahr im Mai geboren«, hatte Papa vor ein paar Tagen gesagt, als Nova angekommen war. Sie hatte Ferien von der Vorschule in Stockholm und durfte zwei lange Wochen bei Papa, Kristin und Kaspar bleiben. »Wir müssen die Rentierkälbchen aufpäppeln. Sie haben den Sommer und Herbst über zu wenig gefressen. Schau, wie mager sie sind.«

Die beiden bekamen von ihr immer zuerst zu fressen. Langsam ging Nova auf eines der kleinen Rentierkälbchen zu. Es hatte dunkelbraunes Fell mit einem weißen Streifen an Bauch und Nase und warme braune Augen. Nova streckte ihm die Flechten entgegen. Das Kälbchen zögerte, aber dann fraß es Nova aus der Hand, und gleich darauf auch das zweite.

»Gut machst du das«, sagte Papa, der inzwischen mit Kristin und Kaspar ins Gehege gekommen war.

»Ich will auch füttern.« Erwartungsvoll stand Kaspar neben ihr.

Nova holte ein paar Flechten aus dem Sack und drückte sie ihm in die Hand. Er zögerte, aber sie hielt seinen Ärmel fest. Er streckte seine kleinen Finger zum Rentier, es fraß, und Kaspar strahlte.

Kristin und Papa machten sich an einem großen Sack zu schaffen. Das war getrocknetes Futter. Sie leerten die Pellets in einen lang gezogenen Trog. Die älteren Rentiere kamen sofort angetrabt und stupsten sich immer wieder gegenseitig weg, bis sie friedlich nebeneinanderstanden und fraßen.

Nova und Kaspar durften den ganzen Sack Flechten verfüttern.

»Das schmeckt ihnen wie euch Süßigkeiten«, sagte Kristin und strich dem dunkelbraunen Rentier über das Fell. Sie holte den Rucksack, den sie zu Hause gepackt hatte, legte ein großes getrocknetes Rentierfell auf den Schnee und setzte sich darauf. »Kommt.« Sie deutete auf das Fell. »Es ist kalt, ihr müsst etwas Warmes trinken. Und Hunger habt ihr sicher auch.«

Kaspar ließ sich neben seiner Mutter nieder. Unschlüssig setzte Nova sich dazu. Sie hätte lieber mit Papa zusammen den Zaun kontrolliert. Er ging ihn jedes Mal ab, wenn sie im Gehege waren. Der Zaun durfte kein Loch haben, sonst würden die Rentiere wegrennen, zu den anderen, die frei im Wald herumliefen.

»Ich komme gleich!«, rief Papa ihnen zu und ging am Zaun entlang, immer einen Blick auf das hellrote Tuch gerichtet, das an dicken Holzpflöcken fixiert war.

Kristin griff nach der Thermoskanne, füllte Kaspars und Novas Becher mit heißer Schokolade, öffnete eine Plastikbox mit selbst gebackenen Zimtschnecken und hielt sie den beiden vor die Nasen. »Na?« Sie lächelte aufmunternd.

Kaspar war eine Naschkatze und griff sofort zu. Auch Nova liebte Kristins Gebäck und nahm sich, nachdem sie die erste Zimtschnecke verschlungen hatte, eine zweite. Mama konnte keine so leckeren Zimtschnecken backen. Einmal hatte sie ihre Mutter darum gebeten, aber sie hatte nur geantwortet: »Ich bin keine Schwedin. Wo ich herkomme, gibt's Brezeln.«

»Kannst du Brezeln backen, Mama?«, hatte Nova sie gefragt.

Ihre Mutter hatte den Kopf geschüttelt. »Deine Oma kann das. Bitte sie darum, wenn wir sie das nächste Mal besuchen.«

Aber Nova wollte in den Ferien immer zu Papa Juhan, Kristin und Kaspar. Hier gefiel es ihr am besten. Hier gab es Rentiere, Elche und Schnee. Und vor allem gab es Papa, der ihr alles über die Rentiere beibrachte und sie immer mitnahm, wenn er mit den Tieren arbeitete. Zur Kälbermarkierung im Sommer, zur Schlachtung im Herbst, und im Winter, wenn sie die schwächeren Rentiere zufütterten. Nova durfte Ski fahren, Fische fangen und mit Papa Feuer machen. Nichts war so schön, wie hier im Norden von Schweden zu sein.

»Nova, kommst du mal?«

Papa hatte gerufen. Sie legte ihre angebissene Zimtschnecke in die Dose zurück und stellte die ausgetrunkene Trinkschale auf das Fell. Sie stand auf und rannte zu Papa, den sie weit hinten am Zaun ausmachte.

Er bückte sich. »Schau«, sagte er und deutete auf einen Riss im Zaun. »Den müssen wir flicken.«

»Weiß ich doch. Die Rentiere könnten ausbüchsen.«

»Ja, aber auch damit kein Tier ins Gehege kommt. Hier gibt es Bären und Vielfraße.«

Nova nickte. Klar. Die Bären wurden im Frühjahr wach und hatten Hunger, weil sie den ganzen Winter über geschlafen hatten. Da käme ihnen ein kleines Kälbchen gerade recht. Doch jetzt war Winter. »Die Bären schlafen doch noch.«

»Manchmal wacht einer auf. Wenn er gestört wird. Oder es ungewöhnlich warm ist.«

Papa erzählte oft von den Tieren, die den Rentieren gefährlich werden konnten.

»Es ist kalt, und die Jagd ist vorbei. Unwahrscheinlich, dass ein Bär aufwacht und eines der Tiere reißt. Aber es gibt hier Vielfraße.«

»Papa?« Sie schaute in die dunklen Augen ihres Vaters.

»Ja?«

»Bekomme ich auch mal ein eigenes Rentierkälbchen?«

»Natürlich. Wenn du groß bist.«

»Ich bin groß.«

»Wenn du mit dem Lasso umgehen und dir ein Kälbchen einfangen kannst, darfst du es behalten.«

»Und es gehört mir allein?«

»Ja. Du darfst es markieren und ihm einen Namen geben.«

Nova lächelte. In ihrem Bauch kribbelte es. »Ich weiß schon, wie es heißen wird.«

»Wie denn?«

»Verrat ich nicht.« Sie kicherte. Den Namen würde sie erst preisgeben, wenn sie ihn ihrem Kälbchen ins Ohr geflüstert hatte.

Papa zog seinen dicken Handschuh aus und nahm Nova bei der Hand. »Jetzt stärken wir uns erst mal, damit du schnell groß wirst und dein eigenes Kälbchen bekommst. Aber ein paar Jahre wird das noch dauern.«

3

Novas Atem hatte sich beruhigt. Sie drehte sich um und ging den Weg zurück, den sie gekommen war. Eine Träne lief an ihrer Wange hinunter. Mit einer unwirschen Handbewegung wischte sie sie weg. Acht Jahre, nachdem ihr Vater ihr das Versprechen gegeben hatte, durfte Nova ihr erstes Rentierkälbchen markieren. Im Sommer, in den Bergen. Sie hatte das Lassowerfen immer wieder geübt, bis sie so gut darin war wie die anderen Sami-Kinder. Sie hatte sich das schönste Kälbchen ausgesucht, und sie hatte ihm einen Namen gegeben. Aber sie hatte das Rentierkälbchen nie mehr wiedergesehen.

Das Handy klingelte. Lydia? Novas Chefin vertraute ihr. Sie erwartete nicht, dass Nova immer am Schreibtisch saß, verstand, dass sie ihre kreativen Auszeiten brauchte und sich ab und an den Wind um die Nase wehen lassen musste, damit sie gute Arbeit ablieferte. Nova zog das Handy aus der Jackentasche. Ein Blick auf das Display. Ihre Mutter. Nova runzelte die Stirn. Würde ihre Mutter denn nie aufhören zu fragen? Nein, Nova würde auch dieses Weihnachten nicht mit ihr feiern. Sie war schon viele Jahre nicht mehr in Stockholm gewesen, genau genommen seit damals, als ihre Mutter ihr die unheilvolle Nachricht überbracht hatte. Ein paar Monate hatte Nova es danach noch bei ihr ausgehalten, dann war sie zu ihrer Großmutter an den Tegernsee gezogen. Kurz überlegte sie, das Handy wegzustecken. Aber ihre Mutter war hartnäckig. Sie würde es immer wieder versuchen.

»Mama?«

»Hallo, Nova. Du musst sicher arbeiten, aber …«

»Was gibt es denn?«

»Ich habe einen Brief erhalten. Er ist an dich adressiert.«

Diesmal ging es also nicht um das leidige Weihnachtsthema. »Was denn für einen Brief?«

»Ich denke, sie hatten keine aktuelle Adresse von dir, deshalb haben sie den Brief an meine Anschrift geschickt.«

Warum sagte sie denn nicht, wer der Absender war? Nova bemerkte einen Stich im Magen. Jedes Mal, wenn sie mit ihrer Mutter sprach, und das kam alle Vierteljahr vor, verspürte sie das gleiche Unbehagen.

»Er ist von einem Notar aus Luleå.«

Was hatte denn das zu bedeuten? »Warum von einem Notar?«

»Keine Ahnung. Soll ich ihn aufmachen?«

»Natürlich.«

»Ich leg das Handy kurz weg.« Nova hörte, wie eine Schublade aufgemacht wurde, dann ein Ratsch. Nova schluckte. Sie hatte noch nie mit einem Notar zu tun gehabt. Nicht mal, als zehn Jahre zuvor ihre Großmutter Sophie gestorben war. Ihre Großmutter hatte ihr Testament mit der Hand geschrieben und Nova kurz vor ihrem Tod genau erklärt, wo sie suchen musste, wenn sie selbst einmal nicht mehr da wäre. Warum bekam Nova jetzt Post von einem Notar?

»Nova!« Die Stimme ihrer Mutter klang aufgeregt.

»Ja?« Ihr Herz klopfte.

»Du sollst zu einer Testamentseröffnung. Nächste Woche. Nach Luleå.«

»Aber …«

»Es geht um deinen Vater. Er hat dir wohl etwas vererbt.«

Nova schluckte. Das Herz schlug ihr bis zum Hals. Sie schüttelte den Kopf. Das war unmöglich. »Mama, das kann nicht sein. Bitte lies noch mal genau.«

Ihr Vater war vor über zwanzig Jahren gestorben. Wenn er ihr etwas vererbt hätte, dann wäre das damals geschehen. Aber Nova hatte nie wieder von der Familie ihres Vaters gehört. Weder von ihrer Stiefmutter noch von Pelle, dem Bruder ihres Vaters. Es hatte nur einen einzigen Anruf gegeben, und den hatte ihre Mutter entgegengenommen. Ihr Onkel hatte ihre Mutter gebeten, mit Nova zu sprechen, er sei dazu nicht in der Lage. Das hatte ihre Mutter später erzählt. Keiner von Vaters Familie hatte persönlich mit Nova gesprochen, nicht mal die Frau ihres Vaters, die Nova so gemocht hatte, die sich immer gefreut hatte, wenn Nova in den Ferien kam. Novas Leben in Lappland war damals von einem Tag auf den anderen zu Ende gegangen, wie weggewischt, so als hätte es ihren Vater, Kristin und Kaspar nie gegeben.

Das musste eine Verwechslung sein. Der Brief war nicht für sie …

»Da steht eindeutig, dass Frau Nova Sarri nächsten Montag um zehn Uhr zur Testamentseröffnung erscheinen soll. Und es geht um das Testament von Juhan Sarri, der am …«

Die Stimme ihrer Mutter wurde immer leiser, bis sie stockte. Warum sprach sie nicht weiter?

»Mama, was steht denn da?« Nova merkte, dass etwas nicht stimmte. Ihre Mutter klang sonst nie so zaghaft, das passte überhaupt nicht zu ihr.

»… der am 1. November dieses Jahres verstorben ist«, fuhr sie fort und verstummte.

»Was für ein Blödsinn!«

Das war völlig unmöglich. Ihr Vater war nicht vor zwei Wochen gestorben, er war seit über zwei Jahrzehnten tot.

»Mama, lies noch mal. Da stimmt etwas nicht. Das muss eine Verwechslung sein.«

Mit tonloser Stimme las ihre Mutter noch einmal das Todesdatum ihres Vaters vor.

Novas Hand zitterte, die Beine schienen ihr wegzurutschen. Sie fühlten sich an wie Watte. Nova setzte sich auf den feuchten Sand, starrte auf das Handy, hörte von Weitem die Stimme ihrer Mutter, die ihren Namen rief, aber Nova war wie erstarrt.

4

Nova schaute aus dem Zugfenster. Ab und zu tauchten Lichter auf. Kleine Dörfer oder Städte, durch die der Nachtzug von Stockholm Richtung Narvik fuhr.

Seit dem Morgen um halb neun war sie unterwegs. Von Wedel nach Hamburg-Altona über Kopenhagen bis Stockholm. Zwölf Stunden später war sie in der Hauptstadt Schwedens angekommen und nach einer Stunde Aufenthalt in den Nachtzug Richtung Lappland gestiegen.

»Fahr doch einen Tag früher«, hatte Novas Mutter gesagt, als sie sich erkundigt hatte, ob Nova zur Testamentseröffnung gehen würde. »Dann kannst du mich besuchen. Wir haben uns schon so lange nicht mehr gesehen.«

Nova hatte abgelehnt. Nein. Sie hatten sich nichts zu sagen. »Vielleicht auf dem Rückweg«, hatte sie gemurmelt. Aber Nova wusste schon, dass sie so schnell wie möglich wieder nach Hamburg zurückfahren würde. Das alles war sowieso ein großes Missverständnis.

In der letzten Woche, als ihre Mutter sie über das Schreiben informiert hatte, hatte Nova versucht, den Notar anzurufen. Sie hatte nur seine Sekretärin erreicht, und die konnte ihr keine weiteren Auskünfte geben. Weder über das merkwürdige Todesdatum noch über das Testament.

»Frau Sarri, kommen Sie am Montagvormittag. Dann klärt sich sicher alles auf«, hatte sie gesagt.

Nova hatte nicht geantwortet. Sie hatte Schwedisch mit der Frau geredet. Und dann Sarri, ihr Nachname. Niemand brachte diesen Namen mit Deutschland in Verbindung. Wahrscheinlich hatte die Sekretärin angenommen, Nova wohnte gleich um die Ecke und nicht zweitausend Kilometer weiter im Süden.

Von ihrem Onkel Pelle hatte Nova keine Telefonnummer, und in der Telefonbuchapp hatte sie ihn nicht gefunden. Vielleicht hatte er seine Handynummer nicht registrieren lassen. Pelle wäre der Einzige gewesen, mit dem Nova gesprochen hätte. Kristin hätte sie niemals angerufen. Nova konnte ihr nicht verzeihen, dass sie sich nach dem Tod ihres Vaters nie bei ihr gemeldet hatte. Novas Vater, Kristins Mann, war gestorben, da rief man doch an und erzählte, was passiert war. Wenigstens ein paar Worte hätte Kristin sagen können, auch wenn sie sicher am Boden zerstört gewesen war.

Kristin und Juhan, das war für Nova immer das Liebespaar schlechthin gewesen. Als sie klein war, hatte sie sich darüber keine Gedanken gemacht. Aber später, als sie in die Pubertät kam, war ihr aufgefallen, wie oft sich die beiden an den Händen gehalten oder geküsst hatten. Kristin hätte mit ihr reden müssen.

In Novas Kopf war völliges Chaos. Sie saß auf dem untersten Bett im Schlafwagenabteil, in der Hand eine Tasse Tee, die sie sich vorhin aus dem Speisewagen geholt hatte. Ab und an trank sie einen Schluck, aber der Tee schmeckte wässrig und war lauwarm. Die beiden anderen Frauen im Abteil hatten sich früh schlafen gelegt. Doch Nova war zu aufgewühlt. Zudem war es stickig hier drin. Eine der Frauen seufzte im Schlaf. Nova trank ihren Tee aus, warf den leeren Pappbecher in den Mülleimer und trat auf den Gang. Die Tür hinter ihr schloss sich mit einem Klick. Sie hoffte, dass sie ihre Mitreisenden nicht gestört hatte, öffnete ein Fenster und atmete tief ein. Kalter Wind blies ihr um die Nase. Sie war so unendlich müde, hatte in den letzten Tagen kaum geschlafen und sich nicht auf ihre Arbeit konzentrieren können. Ständig waren ihr Szenen von früher in den Sinn gekommen. Vor allem die Erinnerung an ihren letzten Besuch bei Kristin und ihrem Vater, bei dem sie ihr erstes Kälbchen markieren durfte, ließ sie nicht mehr los. Sie war so stolz und glücklich gewesen.

5

Lappland, zwanzig Jahre zuvor

Nova, aufwachen. Es ist so weit!« Nova hörte ein Flüstern und spürte die Hand ihres Vaters auf der Schulter. Sie öffnete die Augen. Eine Sekunde lang musste sie sich orientieren. Wo war sie? Doch dann erinnerte sie sich. Natürlich. Im Zelt, in den Bergen Lapplands. Heute Nacht würde die Markierung der Rentierkälber stattfinden, wie jedes Jahr im Juli.

Sie hatte heute Abend wach bleiben wollen, doch trotz der Aufregung musste sie eingeschlafen sein. Im Tipi war es so kuschelig warm. Sie hatte das Knacken der Birkenholzscheite im Ofen wahrgenommen, hatte die murmelnden Stimmen von ihrem Vater und Kristin gehört, die sich auf der anderen Seite des Zeltes auf ihren Rentierfellen leise unterhielten, und war weggedöst. Kaspar hatte sich schon vor Stunden auf sein Behelfsbett zurückgezogen und sich in seinen Comic vergraben. Novas Blick fiel auf Kaspars dunkle verstrubbelte Haare, die sich um das Kopfteil des Schlafsacks kräuselten. Sie hörte seinen langsamen Atem. Er schien fest zu schlafen. Vorsichtig schälte sich Nova aus dem warmen Sack.

Auf der anderen Seite des Zeltes zog sich ihr Vater mit geübten Bewegungen die feste Arbeitshose über, befestigte sein Messer an der Gürteltasche und schlüpfte in seine Jacke. Die Öffnung oben im Zelt ließ Licht herein. Tageslicht, obwohl es mitten in der Nacht sein musste.

»Wie spät ist es?«, fragte Nova leise und griff nach ihrer Trekkinghose und den festen Stiefeln, die sie neben ihren Schlafplatz gestellt hatte, damit sie, wenn es so weit war, schnell hineinschlüpfen konnte.

Ihr Vater legte den Finger an die Lippen, und Nova begriff. Er wollte nicht, dass Kristin und Kaspar aufwachten. Die beiden würden bei der Kälbermarkierung nicht dabei sein. Kristin nicht, weil sie erst eine Grippe auskuriert hatte, und Kaspar … Seine halbseitige Lähmung ließ es nicht zu, dass er im Gehege umherlief, mit dem Lasso Rentiere einfing und sie in den Gang zog, wo sie markiert wurden. Für eine solch harte Arbeit musste man kräftig und gesund sein. So wie Nova.

Lautlos zog sie sich an, vergewisserte sich, dass sie ihr kleines Messer zum Markieren dabeihatte, und folgte ihrem Vater, der draußen vor dem Zelt auf sie wartete. Sie schaute in den Himmel. Es war Mitte Juli und taghell. Ein kühler Wind blies. Nova zog die Jacke bis zum Hals zu.

»Hast du alles?«, fragte er.

Nova deutete auf ihr Messer.

»Und das Lasso?«

Wie konnte sie so etwas Wichtiges vergessen? Ihr Vater hatte ihr in den vergangenen Tagen ein paar weitere Tricks gezeigt, und sie hatte stundenlang geübt, damit sie genauso gut darin wurde, die kleinen Rentiere mit dem Lasso einzufangen, wie die anderen Sami-Kinder. Sogar in Täby hatte sie geübt. Nicht bei ihrer Mutter in der Wohnung. Den Kommentar von ihr zu hören, hatte sie sich ersparen wollen. Nein, Nova hatte sich von ihrem Taschengeld ein Lasso gekauft, im nahe gelegenen Park einen Holzpflock in den Boden gerammt und heimlich geübt, damit ihre Mutter nichts davon mitbekam. Nova wandte sich um und trat noch einmal ins Zelt.

»Und zieh deine Mütze auf«, flüsterte Juhan.

Novas Blick fiel auf ihren Schlafplatz. Sie griff nach ihrem orangen Lasso, das sie am Kopfende ihres Schlafsacks abgelegt hatte, und suchte die Wollmütze. Sie hatte sie am Vorabend aufgesetzt, weil ihr in der Nacht am Kopf oft kalt wurde. Ein Griff in den Schlafsack. Da war sie, die selbst gestrickte rote Mütze, die Kristin ihr vor ein paar Monaten zu ihrem vierzehnten Geburtstag geschenkt hatte. Es raschelte, und Nova bemerkte, wie Kristin sich im Schlaf umdrehte. Nur ihre glatten dunklen Haare waren zu sehen.

Kaspar seufzte leise. Er hatte den Schlafsack bis zu den Ohren hochgezogen. Er fror immer.

Nova trat wieder zu ihrem Vater nach draußen. »Alles klar!«, sagte sie leise.

Er drehte sich um und zog vorsichtig den Reißverschluss des Zeltes zu.

In der Ferne hörte Nova das Trampeln der Rentierhufe. Ihr Vater hatte ihr am Vortag erklärt, dass die Tiere von Osten kamen. Von dort würden die jungen kräftigen Sami und ein paar wenige Frauen, die die anstrengende Arbeit nicht scheuten, die Rentiere mit Geländemotorrädern und Hunden treiben. Eigentlich hatten sie die Herde einen Tag früher erwartet. Aber der Wind hatte gedreht, und sie war wieder umgekehrt und in die falsche Richtung gelaufen. Doch heute Nacht schien es zu klappen. Das Trampeln wurde immer lauter. Nova spürte das Vibrieren jetzt sogar unter ihren Füßen.

Ihr Vater schaute auf das Handy. »Es ist zwei Uhr«, sagte er. »Vier, fünf Stunden sind wir sicher beschäftigt.« Er setzte den Rucksack mit dem Proviant auf, den Kristin am Abend gepackt hatte. Heißer Tee in der Thermoskanne, Fladenbrot und Streichkäse in der Tube. Das Markieren der Kälber war anstrengend. Sie mussten sich zwischendurch stärken. Nova war schon viele Male dabei gewesen, aber immer nur als Zuschauerin. Heute würde sie richtig dabei sein. Endlich durfte sie ihrem Vater helfen, die Kälber zu markieren. Ihre Halsschlagader pulsierte, wie immer, wenn sie aufgeregt war. »Schau«, sagte Juhan und deutete nach links. Seine Augen leuchteten auf, und Nova bemerkte ein Lächeln um seinen Mund. »Sie kommen!«

Jetzt sah sie die Tiere. Grau-weiße Rentiere, die im Rudel auf sie zuströmten. Sie liefen über die kleinen Hügel, die Nova gestern mit Kaspar zusammen abgelaufen war. Langsam, weil er keine großen Strecken schaffte. Weit hinten sah es aus, als würde ein Schwarm Ameisen auf sie zulaufen. Jetzt bemerkte Nova nicht nur das Beben des Bodens, sie hörte auch das aufgeregte Schnauben der Tiere. Ein Geräusch, das ihr immer wieder Gänsehaut verursachte.

Sie liefen los, Richtung Rentiergehege. Von überallher strömten weitere Sami aus ihren Tipis herbei. Männer und Frauen mit bunten Lassos, die sie über die Schultern geschlungen hatten. Manche trugen Stangen mit einer Schlinge am vorderen Ende. Auch damit konnte man die Rentiere einfangen. Zahlreiche Kinder sprangen aufgeregt um die Beine der Erwachsenen. Nova kannte einige von ihnen. Nicht näher. Sie war immer nur auf Besuch da. In den Sommerferien bei der Kälbermarkierung, im September bei der Schlachtung. Zur Schlachtung bekam sie Extraferien von der Schule. Eigentlich war sie in allen Schulferien bei ihrem Vater und dessen Familie, manchmal auch außer der Reihe, insgesamt über vier Monate im Jahr. Am liebsten wäre Nova ganz in den Norden gezogen, doch ihre Mutter war dagegen.

»Du wirst nie dazugehören«, hatte sie gesagt, bevor Nova ein paar Wochen zuvor in den Zug nach Luleå gestiegen war, und Novas wiederholte Bitte, in Lappland leben zu dürfen, mit einem verständnislosen Kopfschütteln beantwortet. »Alles, was halb ist, taugt nichts. Und dann du, halb Deutsche, halb Samin.« Nova hatte sich ein Tschüss abgerungen und sich, ohne noch einmal zurückzuschauen, ihren Platz im Liegewagen gesucht.

Doch ganz unrecht hatte ihre Mutter nicht. »Da ist die aus Stockholm!«, war bereits einige Male hinter Novas Rücken getuschelt worden. Nova hatte versucht, es zu ignorieren. Aber es war schwer. Sie würde nur dazugehören, wenn sie genauso gut im Lassowerfen und Kälbermarkieren wäre wie die anderen. Am besten, sie wäre besser. Papa würde ihr helfen, das hatte er versprochen. Und gestern hatte das Lassowerfen super geklappt. Nova hatte das Rentiergeweih, das auf einem Pflock angebracht war, fast immer getroffen. Egal wie weit entfernt davon sie gestanden hatte.

»Nova.« Ihr Vater war stehen geblieben.

Nova schreckte aus ihren Gedanken auf und schaute ihm in die Augen.

»Du hast viel geübt, du hast Kraft, und in den letzten Wochen bist du im Lassowerfen immer besser geworden.« Er lächelte sie an. »Heute darfst du dir dein eigenes Rentierkalb aussuchen.«

»Und ich kann ihm einen Namen geben.«

Juhan nickte.

Hitze stieg in ihr auf. Das war der Anfang. Sie würde ihr eigenes Kalb bekommen, würde es füttern, streicheln. Vielleicht würde es sogar zahm werden, ihr aus der Hand fressen, ihr überallhin folgen. Wenn sie es schaffte, ein Rentier aufzuziehen, würde sie eine richtige Samin sein. Nova umarmte ihren Vater.

»Du hast dir ja bereits einen Namen überlegt, oder?«

Natürlich hatte sie das. Schon lange. Aber sie würde ihn für sich behalten, bis sie ihr Kälbchen markiert hatte. Mit großen Schritten lief Nova neben ihrem Vater zum Eingang des Geheges. Sie war aufgeregt. Ihre Gedanken überschlugen sich. Im Winter könnte sie das Rentier in dem kleinen Gehege, das ihr Vater nahe der Hütte in Ålloluokta aufgestellt hatte, füttern. Sie würde ihm ein Lederhalsband anfertigen, verziert mit Silberfäden. Kristin hatte ihr gezeigt, wie man das Leder gerbte, mit Filz versah und Muster einstickte. Sie würde eine Sonne auf das Halsband sticken, das allein ihrem Kälbchen Davvi gehören würde, Davvi, Norden, so sollte ihr Rentier heißen. Der Norden, nach dem sie sich immer sehnte, wenn sie nicht in Lappland war.

6

Könnten Sie bitte das Fenster schließen!«

Der forsche Ton der Zugbegleiterin ließ Nova zusammenzucken. »Natürlich.« Nova schob das Fenster nach oben. Sie hatte nicht bemerkt, dass es im Gang kalt war.

»Mir persönlich macht das nichts aus«, sagte die Frau beim Weitergehen, »aber die meisten Reisenden beschweren sich, wenn es zieht.«

Nova drückte sich ans Fenster, damit die mollige Frau an ihr vorbeikam. Die Zugbegleiterin lächelte und ging weiter. Novas Handy klingelte. Laura? Ihre Freundin hatte sie gestern Abend kurz besucht.

»Wenn es Sommer wäre«, hatte sie gesagt, »würde ich dich vielleicht begleiten. Ich war noch nie in Lappland. Aber im November? Da liegt sicher schon Schnee. Ich bin doch so verfroren.« Nova lächelte, als sie an Lauras Angst vor der Kälte dachte. Völlig überzogen. Aber sie hatte ihr nie vermitteln können, dass hoch oben im Norden Schwedens meist eine trockene Kälte herrschte, bei der man nicht so fror wie an einem nassen Wintertag in Hamburg.

Es war nicht Laura, die anrief, es war Leo. Hatte er schon Dienstschluss?

»Hat alles geklappt?«, fragte er. Seine Stimme klang müde. Sicher war er gerade von der Arbeit gekommen.

»Ja, ich bin im Nachtzug. Bisher ist er pünktlich. Morgen früh um acht soll er in Luleå ankommen.«

»Wann ist noch mal der Termin?«

»Um zehn Uhr.«

»Das passt doch super.«

Nova schwieg.

»Das wird sich alles aufklären, mein Schatz. Wahrscheinlich ist das Testament deines Vaters jetzt erst aufgetaucht.«

Sie merkte, dass Leo sie aufheitern wollte. »Nach über zwanzig Jahren? Außerdem …« Sie wollte ihn noch einmal an das merkwürdige Todesdatum erinnern. Aber Leo redete weiter. »Manche verstecken ihr Testament so gut, dass man es erst nach Jahren findet. Oder gar nicht. Heute hat mir eine Patientin erzählt, dass sie ihres unter die Matratze gelegt hat. Dort findet es ihr Mann nicht, weil er noch nie im Leben das Bettzeug gewechselt hat. Und sie hat es dort versteckt, weil sie es ständig ändert, je nachdem, welches ihrer Kinder sie wieder ärgert …«

Nova lächelte. Leo liebte seinen Job als Krankenpfleger. Er war zwar oft gestresst und erschöpft, aber er konnte gut mit Menschen umgehen, war beliebt und erzählte gerne. Manchmal etwas zu viel. Aber Leo lenkte sie von ihren Gedanken ab. Nein, sie glaubte nicht daran, dass das Testament ihres Vaters jetzt erst gefunden worden war. Warum sollte er überhaupt ein Testament geschrieben haben? Damals, vor zwanzig Jahren, war er achtunddreißig Jahre alt gewesen. Da machten sich die wenigsten Menschen Gedanken um ihren Nachlass. Und warum stand im Notarbrief, dass …

»Das glaubst du nicht, Nova …«, sagte Leo jetzt und

lachte. Seine Müdigkeit schien wie weggeblasen zu sein. Sie jedoch fühlte sich völlig erschlagen. »Gestern …«

»Leo, sei mir nicht böse, ich bin müde. Ich glaube, ich leg mich hin«, unterbrach sie ihn.

»Mach das. Ich bin morgen Vormittag erreichbar, hab wieder Spätschicht ab vierzehn Uhr. Melde dich und schlaf gut.«

»Gute Nacht.« Sie legte auf. Gleichmäßig ratterte der Zug Richtung Norden. Nova schaute auf ihr Handy. In zwölf Stunden würde sie wissen, was es mit diesem merkwürdigen Todesdatum und dem Testament auf sich hatte.

7

Nova bat den Taxifahrer, schneller zu fahren. Sie hatte keinen Blick für die Stadt am Meer, die an diesem Montagmorgen in einem diesigen Novembernebel zu versinken schien. Es schneite leicht, aber der Schnee schmolz sofort wieder und gab den Blick auf dunkle Straßen und graue Häuser frei. Nervös schaute Nova auf ihr Handy. Vor fünfzehn Minuten hätte sie beim Notar sein sollen, doch der Zug war über zwei Stunden zu spät in Luleå angekommen.

»Rentiere auf den Schienen«, hatte die Schaffnerin ihr erklärt. »Sie haben die Gleise blockiert, und es hat ewig gedauert, bis wir weiterfahren konnten.« Das komme immer wieder vor, hatte sie hinzugefügt. »Gott sei Dank ist kein Tier zu Schaden gekommen.« Nova hatte im Büro des Notars angerufen und sich entschuldigt. Sie werde so schnell wie möglich kommen und …

Die Sekretärin hatte sie beruhigt. Die weiteren Anwesenden würden auf sie warten. Kein Problem.

Die weiteren Anwesenden! Würde sie Kristin und Kaspar wiedersehen? Wer sonst könnte geladen sein? Pelle vielleicht, ihr Onkel, und dessen Frau, die sie immer argwöhnisch beäugte, wenn sie ihren Vater und seine Familie besucht hatte.

Der Taxifahrer, ein junger Afrikaner, lächelte sie an, zeigte dabei eine Reihe ebenmäßiger weißer Zähne und drückte aufs Gas. Sie fuhren zuerst am Bahnhof, dann am Busbahnhof vorbei, ließen ein imposantes Glasgebäude nahe am Meer rechts liegen und schossen über eine große Brücke. Das Wasser war an den meisten Stellen offen, nur ab und zu sah Nova erste kleine Eisplatten. Sie öffnete ihre gefütterte Winterjacke. Es war stickig im Taxi, sicher brauchte der Mann es warm. Wie konnte ein Afrikaner im Winter in Lappland leben, wo doch viele ihrer Freunde in Deutschland schon im November litten?

»*Do you like it here in Lapland?*«, fragte sie den Mann.

»*Yeah, I do. I am born here. That's my home.*«

Oh. Nova schaute aus dem Fenster. Wie dumm von ihr! Warum hatte sie geglaubt, er wäre gerade erst aus Afrika gekommen?

»*I am studying teknik in Luleå and drive taxi to earn money. And you?*« Er grinste sie an. Sicher hatte er ihre Gedanken erraten.

Sie überlegte kurz und fuhr auf Schwedisch fort. »Ich komme aus Deutschland, war aber als Kind oft hier. Ich liebe Lappland«, sagte sie und wunderte sich, dass ihr dieser letzte Satz herausgerutscht war. »Besser gesagt, ich habe es einmal geliebt.«

»Und jetzt bist du zu Besuch?«

Nova mochte das schwedische Du. Es klang ungewohnt, aber vertraut. »Ein Notartermin.«

Er schaute sie von der Seite an und schwieg. Schließlich fuhr er eine lange Straße entlang, deutete auf ein rot gestrichenes, mit Holz verkleidetes Haus mit einem imposanten Treppenaufgang und stoppte. »Hier ist es.«

Sie zahlte, bedankte sich, und er schob ihr seine Visitenkarte zu. »Falls du wieder zurück zum Bahnhof möchtest. Aber vielleicht bleibst du ja.« Er zuckte mit den Schultern, grinste ein wenig, hob kurz die Hand und fuhr davon.

Nova steckte die Karte in die Außentasche ihres kleinen Rucksacks, schnappte sich die Reisetasche, nickte ihm zu und stieg die blank polierte Steintreppe nach oben. Ihr Herz klopfte lautstark. Sie atmete aus, drückte den Zahlencode des Türschlosses, den die Sekretärin ihr vorhin am Telefon genannt hatte, und trat durch einen Flur in ein helles Vorzimmer.

»Ah, Sie sind sicher Nova Sarri.« Die freundliche Sekretärin war älter, als Nova angenommen hatte. Sie hatte eine jugendliche Stimme, die eher zu einer Dreißigjährigen als zu einer Sechzigjährigen gepasst hätte.

»Die beiden Herren trinken Kaffee. Möchten Sie auch einen?«

Nova zögerte, dann nickte sie. Warum Herren? War Kristin nicht hier?

»Kommt sofort«, sagte die Frau und bat Nova in einen Raum, in dem zwei Männer an einem Tisch saßen und sich miteinander unterhielten. Als Nova eintrat, unterbrachen sie ihr Gespräch, und ein schlanker Mann mittleren Alters im Anzug stand auf, trat auf sie zu, gab ihr die Hand und betrachtete sie mit wachen klaren Augen. Der andere Mann saß mit dem Rücken zu ihr auf einem Stuhl mit hoher Lehne. Er hielt sich aufrecht und berührte die grazile Lehne nicht, so als fühlte er sich unwohl. Nova fielen seine breiten Schultern und die grauen, etwas wuscheligen Haare auf, die am Hinterkopf mit dunklen Strähnen durchsetzt waren. Der untersetzte Mann im rot-schwarz karierten Hemd drehte sich um, stand auf und trat zu ihr. Sie betrachtete ihn, vor allem seine dunklen Augen, die sie so sehr an ihren Vater erinnerten. Und diese Locken ... Ihr Vater hatte dieselben Haare gehabt. Nova meinte, sie auf ihrem Gesicht zu spüren. Wie damals, wenn ihr Vater am Abend mit ihr gerauft und ihr einen Gutenachtkuss gegeben hatte. Seine Haare hatten sie gekitzelt, und sie hatte sich danach immer lachend das Gesicht gerieben. Unwillkürlich fuhr Nova mit der Hand an der Wange entlang.

»Hallo, Nova«, sagte ihr Onkel mit dunkler Stimme, streckte ihr die Hand hin, und sie nahm sie, ohne zu zögern.

»Hallo, Pelle.« Er hatte einen kräftigen Händedruck. Sie erwiderte ihn.

»Lange her.«

Sie nickte und entschuldigte sich für ihre Verspätung. Aber der Notar winkte ab und bat sie, Platz zu nehmen. Er deutete auf die beiden Stühle vor seinem Schreibtisch. Sie rückte ihren Stuhl etwas weg von Pelle und setzte sich. »Sind wir vollzählig?«, fragte sie den Notar.

Der Mann bejahte, nahm seinen Platz ein und schlug eine Mappe auf.

Novas Blick fiel auf ein handgeschriebenes Papier. Die Schrift stand auf dem Kopf, trotzdem erkannte sie die gestochenen Buchstaben ihres Vaters. Er hatte immer große Buchstaben geschrieben. Sie stellte Rucksack und Reisetasche neben das Stuhlbein, kramte nach einem Taschentuch, fand es nicht und legte die Hände in den Schoß. Ihr Mund war trocken. Sie trank einen Schluck Kaffee, den die Sekretärin gebracht hatte, und bemerkte, wie ihr Puls in die Höhe schoss. Sicher waren ihre Wangen knallrot, wie immer, wenn sie aufgeregt war.

Wie vorhin saß ihr Onkel mit geradem Rücken auf dem Stuhl neben ihr. Er hatte beide Hände auf den blank polierten Glasschreibtisch gelegt, als wüsste er nicht, was er mit ihnen anstellen sollte. Der kräftige Zeigefinger seiner rechten Hand klopfte gegen die Tischplatte.

»Es geht also um das Testament meines Vaters, der …« Nova schluckte, »… der vor zwei Wochen gestorben sein soll?«

»Exakt.« Der Notar beugte den Kopf leicht zu ihr. »Mein Beileid übrigens.«

Sie schaute Pelle von der Seite an, aber der blickte starr auf das handgeschriebene Blatt Papier und zeigte keinerlei Anzeichen, ihr eine Antwort auf ihre unausgesprochene Frage zu geben.

»Aber …«

»Lass es gut sein, Nova.« Pelle hatte sich zu ihr gewandt. »Ich erkläre es dir später.«

Der Blick des Notars wanderte zwischen ihnen hin und her.

Nova verstand überhaupt nichts. Sie wollte endlich wissen, was hier los war. Warum redete Pelle nicht mit ihr? Und wo waren alle anderen?

»Wollen wir dann?«, fragte der Notar und begann, ohne auf eine Antwort zu warten, mit dem Verlesen des Testaments.

8

Eine Stunde später saß Nova im Pick-up ihres Onkels und starrte aus dem Seitenfenster. Kurz hinter Luleå hatte es angefangen zu schneien, und seit sie die Kleinstadt Boden verlassen und weiter ins Landesinnere gefahren waren, fielen die Flocken immer dichter. Die Landschaft verwandelte sich mit jedem Kilometer mehr in ein Winterwunderland, das Nova seit ihrer Jugend so nicht mehr gesehen hatte. Doch die Schönheit berührte sie jetzt nicht.

»Es tut mir so leid, Nova«, sagte Pelle und schaute weiterhin konzentriert auf die Fahrbahn. Es war wenig los, aber wenn ein Lastwagen entgegenkam, nahm ihnen der aufwallende Schneestaub sekundenlang die Sicht. Um die null Grad. Eine gefährliche Temperatur, aber Pelle war vorsichtig, fuhr langsam und mit Bedacht. Schließlich wohnte er zeit seines Lebens hier und war diese Wetterlage gewöhnt.

Nova wischte sich eine Träne aus dem Augenwinkel und schluckte. Sie konnte immer noch nicht glauben, was Pelle ihr erzählt hatte. Sie drehte den Kopf zu ihm. »Warum wollte er mich nie wiedersehen? Warum hat er nicht mit mir geredet? Ich bin doch seine Tochter!«

Pelle schwieg, umfasste das Lenkrad fester und schaute in den Rückspiegel. Ein Volvo überholte, zog an ihnen vorbei und bog gleich darauf nach rechts in eine schmalere Landstraße ein. »Idiot«, murmelte Pelle. Kurz drehte er den Kopf zu Nova. »Hättest du deiner Tochter erzählt, dass du jemanden angeschossen hast und ins Gefängnis musst?«

Nova schluckte und schwieg. Ihr Vater hätte einem Jungen das Auge ausgeschossen, hieß es. Weil der Kaspar gehänselt, verhöhnt und misshandelt hatte.

Ihr Vater war der friedlichste Mensch gewesen, den sie kannte. Er hatte als Sozialarbeiter bei der Gemeinde gearbeitet, kümmerte sich um Jugendliche, die ins Drogenmilieu abgerutscht waren. Wenn jemand Kaspar gequält hatte, warum hatte ihr Vater nicht mit dem Betroffenen geredet? Er hätte ihn doch sicher zur Vernunft bringen können. Wie war das möglich? »Seit wann wurde Kaspar gemobbt? Ich habe davon überhaupt nichts mitbekommen.«

»Du warst nur in den Ferien hier, oder? Er wurde immer wieder in der Schule gehänselt, schon in der Grundschule. Und dann kam in der Sechsten ein Neuer in seine Klasse. Die Familie war aus dem Süden zugezogen, der Vater hatte eine Stelle im Rathaus von Jokkmokk angetreten. Der Junge hetzte seine Klassenkameraden auf, Schüler, die seit der ersten Klasse mit Kaspar auf der Schulbank saßen.« Pelle drosselte die Geschwindigkeit. Sie fuhren durch Harads, ein lang gezogenes Dorf am Lule-Fluss. »Der Junge war älter als Kaspar, ein, zwei Jahre. War wohl schwierig und kam im Unterricht schlecht mit. Er stachelte die anderen an, sie haben ihren Frust an Kaspar ausgelassen, bis sie ihn schließlich bei einem Fest abgefüllt haben.«

»Aber er war doch erst zwölf Jahre alt.«

Pelle zuckte mit den Schultern. »Der Junge war an Alkohol rangekommen. Sie haben Kaspar …«, Nova merkte, wie schwer es Pelle fiel, darüber zu reden, »sie haben ihn in einem Straßengraben liegen lassen. Als Juhan das mitbekommen hat, ist er ausgerastet.« Pelle drückte noch mehr auf die Bremse. Schließlich blinkte er, hielt auf dem Parkplatz einer Tankstelle und stellte seinen Wagen neben etlichen Schneeräumfahrzeugen ab. Er deutete auf das Restaurant gegenüber. »Ich habe seit heute Morgen um sechs nichts mehr gegessen. Bist du auch hungrig?«

Nova schüttelte den Kopf.

»Hier gibt's Rentiergeschnetzeltes. Wirklich lecker. Ich lade dich ein.«

Zögernd folgte Nova ihrem Onkel die vom Schnee befreite Holztreppe hinauf in einen gemütlich eingerichteten, mit grauen Holzpaneelen verzierten Gastraum. »Zweimal Mittagessen?« Pelle schaute sie von der Seite an, und Nova nickte. Sie hatte heute Morgen im Zug noch nicht einmal gefrühstückt. Ihr Magen war wie zugeklebt gewesen. Und auch jetzt hatte sie das Gefühl, sie würde nichts hinunterbekommen. Doch das Buffet sah einladend aus. Zudem gab es zum Fleisch Preiselbeersoße und Kartoffelpüree. Ein typisches lappländisches Gericht, das sie immer gemocht hatte.

Ihr Onkel bestellte. »Rentierfleisch hast du doch sicher schon ewig nicht mehr gegessen.« Pelle versuchte zu lächeln und schöpfte sich, nachdem sie ihre dicken Jacken abgelegt hatten, einen Schlag Püree und Fleisch auf den Teller. Nova nahm sich von allem etwas und einen kleinen Salat. Sie setzten sich an einen Zweiertisch in einer Ecke, an dem sie ungestört waren, und Nova aß den ersten Bissen Rentierfleisch seit zwei Jahrzehnten. Schon wieder stiegen ihr Tränen in die Augen. Sie legte das Besteck beiseite und schnäuzte sich. »Tut mir leid, aber … das ist alles etwas viel. Wo ist Kaspar denn jetzt? Warum war er nicht mit bei der Testamentseröffnung? Und Kristin? Was ist mit ihr?«

»Macht es dir etwas aus, wenn wir erst in Ruhe essen? Ich hab's mit dem Magen seit damals, und jetzt, wo Juhan gestorben ist …«

Pelle schaute sie an, und Nova musste sich beherrschen, nicht laut loszuweinen. Diese dunklen Augen. Als ob ihr Vater sie anschauen würde. »Natürlich«, sagte sie leise und versuchte, das Gericht zu genießen. Es schmeckte, aber nach ein paar Bissen brachte sie nichts mehr hinunter.

Das Restaurant war an diesem Montagmittag nur wenig besucht. Einige Männer in dicker Arbeitskleidung, vermutlich Arbeiter, die mit ihren großen Maschinen die Straßen räumten, saßen an einem Tisch und aßen schweigend. Auf ihren Tellern türmte sich vor allem das Geschnetzelte. Am Buffet stand ein Mädchen und hielt eine Schöpfkelle in der Hand. Nova schätzte sie auf acht Jahre. Ihr jüngerer Bruder hielt seinen Teller in ihre Richtung, und sie tat ihm auf, worauf er deutete. Die beiden schienen sich gut zu verstehen. Sie lachten und kicherten und gingen mit ihren Tellern zu einem Tisch, an dem zwei Erwachsene saßen. Ein Mann und eine Frau, beide um die Mitte dreißig. Das hätten sie sein können: ihr Vater, Kristin, Kaspar und sie, vor einem Vierteljahrhundert. Verstohlen beobachtete Nova die Familie. Die Frau bat den Jungen, die Mütze abzunehmen. Er zögerte, dann legte er sie auf die Bank neben sich, griff seine Gabel und aß. Nova überlegte. Kaspar hatte seine Mütze oder im Sommer sein Käppi auch immer anbehalten, und Kristin war es gewesen, die ihn ermahnte, zumindest in Gesellschaft seine Kopfbedeckung abzunehmen. Das Mädchen flüsterte seinem Bruder etwas ins Ohr, der Junge kicherte und schaute zu ihr herüber. Bemerkten die beiden, dass Nova sie beobachtete? Schnell wandte sie den Kopf zu Pelle, der fast fertig war mit seiner Mahlzeit.

Kaspar und sie hatten sich auch gut verstanden. Selten hatte es Streit zwischen ihnen gegeben. Und wenn, dann ging es um unwichtige Dinge, wie wer den Tisch abräumen sollte oder wer zuerst das Feuer anzünden durfte. Ihr Vater hatte auf dem Grundstück neben der kleinen Hütte in Ålloluokta eine Feuerstelle angelegt, damit sie dort Kochkaffee zubereiten und frisches Rentierfleisch in der Pfanne braten konnten. Aber wenn sie es sich überlegte, war sie es immer, die abräumte, denn sie schaffte das schneller als Kaspar mit seiner Behinderung. Und sie war es auch, die das Feuer entzündete, so wie ihr Vater es ihr gezeigt hatte. Zuerst schälte sie die Rinde von den Birkenhölzern, platzierte sie in der Mitte der Feuerstelle und legte die Späne darauf, die Papa geschnitzt hatte. Er hatte ein spezielles scharfes Messer dafür, stellte ein schmales Holz auf und schnitt von oben nach unten Späne ab, sodass das Holz wie ein kleiner Fächer aussah. Ein paar von diesen Spänen legte sie auf die Rinde und zündete das Feuer mit einem Streichholz an. Wenn es brannte, legte sie zwei Scheite an jede Seite, damit das Feuer in der Mitte weiterbrennen konnte, und erst dann, wenn sie sicher war, dass das Feuer nicht mehr ausging, legte sie Scheite quer.

Einmal, daran erinnerte sich Nova, hatte sie das Feuer mit Spiritus angezündet. Es windete, und sosehr sie sich auch bemühte, es gelang ihr nicht, die Scheite zum Brennen zu bringen. Immer wieder erloschen die kleinen Flämmchen. Novas Vater war der Geruch sofort aufgefallen, als er zur Feuerstelle kam, und er hatte ihr gezeigt, wie man bei Wind Feuer entfachen konnte. »Wenn du alleine in den Bergen bist, wirst du keinen Spiritus dabeihaben. Du musst lernen, ohne diese Hilfsmittel auszukommen.« Nova überlegte. Was hatte er ihr damals erklärt? Sie hatte es vergessen.

»Wie macht man Feuer, wenn es windet?«

Pelle schaute sie verwundert an, legte sein Besteck zur Seite und putzte sich den Mund mit der Serviette. »Du musst eine windgeschützte Stelle suchen und eine kleine Grube graben, damit das Feuer so wenig Angriffsfläche wie möglich hat. Warum willst du das wissen?«

»Papa hat es mir erklärt, aber … ich konnte mich nicht mehr erinnern.«

Pelle drückte ihr die Hand. »Mein Bruder fehlt mir auch. Eigentlich fehlt er mir schon lange. Seit damals war er nicht mehr derselbe.«

9

Warum war Kaspar nicht bei der Testamentseröffnung?« Nova legte ihren Schal um den Hals. Das Restaurantfenster war nicht dicht. Es zog.

»Kaspar wurde damals in ein Kinderheim nach Luleå gebracht. Später adoptierte ihn eine Familie aus Stockholm.«

»Warum das denn? Was war mit Kristin? Das verstehe ich nicht.« Kaspar hatte schließlich eine Mutter, auch wenn sein Vater im Gefängnis war.

»Kristin ging es nicht gut. Sie … sie hat das alles nicht verkraftet. Sie ist zusammengebrochen. Sie war nicht mehr in der Lage, für Kaspar zu sorgen. Das heißt, es gab niemanden, der sich um ihn kümmern konnte.«

»Aber …« Nova hob den Kopf und schaute Pelle in die Augen, »warum konnte er nicht bei euch wohnen?«

»Glaub mir«, unterbrach er sie, »ich habe lange überlegt und hätte ihn gerne aufgenommen, aber Eleonor war dagegen.«

»Warum das denn?« Nova erinnerte sich kaum an Pelles Frau. Sie hatte als Krankenschwester gearbeitet, war keine Samin und bei den Rentierscheidungen oder den Schlachtungen selten dabei. Pelle behauptete immer, sie bekomme keinen Urlaub. Im Sommer wohnte Nova wochenlang mit ihrem Vater, Kristin und Kaspar in Sitojaure in den Bergen. Juhan besaß dort eine Hütte. Nicht weit davon entfernt hatte Pelle seine Unterkunft.

Oft wohnten dort nur ihr Onkel und sein Sohn Eric. Das Einzige, woran sich Nova erinnerte, war, dass Eleonor sie nicht mochte. Sie hatte im Gegensatz zu Pelle nie viel mit ihr geredet. Wenn sie sich ab und an bei Familienfesten wie Weihnachten oder zu Geburtstagen gesehen hatten, war Eleonor schweigsam gewesen und hatte sie meist ignoriert.

Pelle räusperte sich. »Sie sagte, es sei nicht gut für den Jungen, hier in Lappland zu bleiben. Es solle Gras über die Geschichte wachsen, und es würde ihm sicher besser gehen, wenn er in einer völlig anderen Umgebung wäre. Er solle das alles vergessen.«

»Und du? Fandst du das auch besser?«

»Ich hätte mich nicht um ihn kümmern können. Ich war ständig unterwegs, in den Bergen, beim Zusammentreiben der Rentiere, bin Schneemobil oder Quad gefahren. Die Rentierzucht ist körperlich anstrengend. Kaspar konnte das nicht, ich hätte ihn nicht mitnehmen können. Deshalb …« Pelle sprach nicht weiter. Er schob seinen leeren Teller von sich und stand auf. »Möchtest du einen Kaffee?«

Nova schüttelte den Kopf. Kaspar war also genauso lange von Lappland weg wie sie. »Und wo ist er jetzt? Und warum war er heute Vormittag nicht mit beim Notar?«, fragte sie, als Pelle mit seiner Kaffeetasse zurückkam. »Papa hat ihm schließlich die Hütte in Sitojaure vermacht.«

Pelle trank einen Schluck. »Wir haben den Kontakt zu ihm verloren. Er hat einen anderen Nachnamen angenommen, den seiner Adoptiveltern, und die sind wohl irgendwann mit ihm ins Ausland gegangen, oder er alleine.

Mehr weiß ich leider nicht. Der Notar recherchiert noch. Auf die Schnelle konnte er Kaspar nicht finden. Der Termin wurde ja kurzfristig angesetzt. Ich glaube nicht, dass Kaspar mit der Hütte etwas anfangen kann. Die Sommerhütte kann man ja nur an wenigen Monaten im Jahr nutzen. Aber der Notar ist dran. Vielleicht findet er Kaspar, und ich könnte ihm die Hütte abkaufen. Für Eric. Dann hätte er seine eigene Unterkunft in den Bergen, und sie würde in der Familie bleiben.«

Nova runzelte die Stirn. »Kaspar ist dein Neffe.«

Kurz stutzte Pelle. »Ja, natürlich. Ich dachte nur, weil er schon so lange weg ist. Und er ist körperlich eingeschränkt. Er hatte ja auch früher mit der samischen Kultur wenig zu tun, konnte nie mithelfen.«

Nova sah ihn von der Seite an. Hatte man mit der samischen Kultur nichts zu tun, nur weil man behindert war und nicht so arbeiten konnte wie die anderen?

»Wenn du willst, kann ich dir die Hütte in Ålloluokta auch abnehmen. Du kannst doch sicher nichts damit anfangen. Oder du verkaufst sie an weitere Interessenten. Immer mehr ausländische Touristen hätten gerne eine Hütte an einem Ort, wo die Straße endet. Sie suchen Stille und Einsamkeit. Und die Rentiere und Juhans Ohrenkennzeichen – damit kannst du doch sicher nichts anfangen, oder?«

Nova hob den Kopf. War Pelle nur deshalb so freundlich zu ihr? Weil er ihr das Erbe ihres Vaters abkaufen wollte? Vierzig Rentiere und eine Blockhütte, fast am Ende der Welt. Klar, was sollte sie mit Rentieren oder dem Rentierkennzeichen, das bei den Sami an die Kinder vererbt wurde? Schließlich hatte sie einen Job in Deutschland, eine Arbeit, die ihr Spaß machte, hatte ihren Freund Leo und ihre Freundin Laura, eine Wohnung. Und was sie mit einer einsamen Hütte am Rand der Zivilisation anfangen sollte, wusste sie auch nicht. Aber warum war Pelle so scharf darauf? »Wir sollten weiterfahren. Du wolltest mich doch nach Porjus bringen, und von da aus nehme ich den Bus nach Ålloluokta.«

»Von Porjus fährt kein Bus dorthin. Ich fahre dich. Das sind nur knapp dreißig Kilometer.«

Natürlich. Wie kam sie nur auf so eine Idee? Die kleine Ansiedlung, in der früher kaum ein Dutzend Menschen gelebt hatte und wo neben dem Haupthaus in Porjus die Hütte ihres Vaters stand, war nicht an das öffentliche Verkehrsnetz angeschlossen. Aber Nova wollte so schnell wie möglich alleine sein. Pelles Äußerungen fand sie befremdlich.

»Was ist eigentlich mit dem Wohnhaus in Porjus passiert? Wohnt Kristin immer noch darin?«, fragte Nova. Sie überlegte. An das Haus hatte sie fast keine Erinnerung. Ein kleines rosa Holzhaus. Ungewöhnlich für Schweden, wo doch die meisten Häuser in einem dunklen Rot gestrichen waren. Wenn sie ihren Vater in den Ferien besuchte, war sie fast immer mit ihm in Ålloluokta gewesen, oder sie wohnten in ihrer Hütte in den Bergen. Eigentlich war das Haus in Porjus Kristins Heim gewesen. Sie hatte dort ihr Nähzimmer, wo sie Trachten nähte oder Schuhe und Armbänder herstellte. Zudem arbeitete sie als Erzieherin in der Kita in Porjus. Auch deshalb war Nova oft mit ihrem Vater allein in der Blockhütte gewesen. Kaspar war dann bei seiner Mutter geblieben.

Pelle schüttelte den Kopf. »Juhan hat das Haus verkauft. Vor acht Jahren. Damals war er gerade aus dem Gefängnis entlassen worden. Er brauchte Geld. Als Sozialarbeiter konnte er nicht mehr arbeiten. Er hatte nur noch sein Einkommen durch die Rentiere. Und du weißt ja, dabei kommt nicht viel rüber.«

»Dann könntest du ja kaum in Erwägung ziehen, Kaspars und mein Erbe abzukaufen.« Diese Bemerkung war ihr spontan herausgerutscht. Wie konnte ihr Onkel nur wenige Stunden nach der Testamentseröffnung fragen, ob sie die Hütte und die Rentiere verkaufen wolle?

Pelle schwieg und trank seinen Kaffee. Seine großen schwieligen Hände umklammerten die Tasse. Nova betrachtete ihren Onkel, der zwei Jahre älter war als ihr Vater. Er musste jetzt knapp über sechzig sein. Die Brüder hatten sich früher schon sehr ähnlich gesehen. Pelle war immer etwas größer und kräftiger gewesen als ihr Vater, aber die Augen, die hohe Stirn, die lockigen Haare … Wie wohl ihr Vater zuletzt ausgesehen hatte? »Hast du ein Foto von Papa?«

Pelle schüttelte den Kopf. »Er wollte nicht fotografiert werden. Ist ja verständlich. Der Krebs. Und ehrlich gesagt hatten wir kaum Kontakt.«

»Warum nicht?«

»Nachdem er aus dem Gefängnis entlassen wurde, lebte er zurückgezogen in Ålloluokta. Eleonor und ich wohnen in Porjus, und im Sommer in den Bergen ging er mir meist aus dem Weg. Er wollte wohl allein sein.«

»Was war das für ein Krebs?« Ihr Handy klingelte. Leo. Sie würde ihn später zurückrufen. Sie stellte ihr Handy stumm.

»Magen«, sagte Pelle und stand auf. »Gehen wir?«

10

Pelle fragte sie nach ihrem Leben in Deutschland, was sie arbeitete, wo sie wohnte, wie sie lebte. Nova antwortete einsilbig. Sie hatte keine Lust, zu reden, wollte die Blockhütte, das Zuhause ihrer Kindheit, am liebsten alleine betreten. Oder gar nicht betreten. Was sollte sie mit dem Erbe eines Vaters anfangen, der sie gemieden hatte? Tausend Gedanken schossen ihr durch den Kopf. Wie hätte sie reagiert, wenn ihr Vater sie vor acht Jahren angerufen hätte? Vielleicht hätte sie nichts mehr mit ihm zu tun haben wollen? Oder wenn er aus dem Gefängnis mit ihr Kontakt aufgenommen hätte. Hätte sie mit ihm gesprochen?

Pelle gab seine Versuche auf und sprach Nova nicht noch einmal an. Jetzt konnte sie die Landschaft, die immer einsamer wurde, sogar ein bisschen genießen.

Je näher sie Jokkmokk, dem samischen Zentralort, und dem nächsten Ort Porjus kamen, desto weniger Pkws und Lastwagen begegneten ihnen. Die Fichten und Kiefern am Straßenrand waren mit Puderzuckerschnee überzogen, und die Birken, die vereinzelt zwischen den Nadelbäumen wuchsen, sahen aus wie große Schneemänner, die unzählige Arme in den Himmel reckten. Nova erinnerte sich an eine Klassenkameradin in Deutschland, die sie bei einem Ausflug in die Berge auf die Birken aufmerksam machte. Die Klassenkameradin war begeistert, denn sie hatte noch nie weiße Bäume gesehen. Weiße Bäume, das war für Nova so normal gewesen wie Kochkaffee und Schnee in den Sommerferien.

Das Schneegestöber ließ langsam nach. Als sie von Porjus in die schmale Straße Richtung Ålloluokta einbogen, wurden sie nur noch einmal von einem Pkw überholt. Pelle drückte auf die Bremse und schwenkte leicht nach rechts. Die Straße war zwar sauber geräumt, aber mit einem Pick-up und Pkw nebeneinander wurde es doch gefährlich eng. Auf dieser letzten Strecke gab es keine Dörfer mehr, sondern nur vereinzelt ein paar Häuser oder Höfe, die meist durch die schneebedeckten Bäume verdeckt waren. Nur die Ortsschilder, die ab und zu auftauchten, mit Namen wie Tarfek oder Sanka, verrieten, dass die Gegend besiedelt war. Nova schluckte. Diese Ortsnamen kamen ihr so vertraut vor, als wäre sie gestern erst die Straße entlanggefahren.

Bei ihrem letzten Besuch hatte kein Schnee gelegen. Sie hatte die Sommerferien mit ihrem Vater, Kristin und Kaspar verbracht. Einige Wochen lang waren sie in den Bergen. Aber im August kamen sie gewöhnlich wieder zurück, und als Nova mit ihrem Vater zur Hütte nach Ålloluokta fuhr, war alles grün. Üppige Weidenröschen blühten am Wegrand. Der Straßengraben, in dem im Sommer kleine Bäche flossen, war voller Sumpfdotterblumen und der Straßenrand von Glockenblumen und gelbem Hahnenfuß eingesäumt.

Jetzt war alles weiß. Eine grau-weiße Landschaft ohne Farben.

Pelle fuhr weiterhin konzentriert. »Wir sind gleich da«, sagte er, und sie nickte. Ihr Blick fiel auf ein Ortsschild:

Pieggaluokta. »Halt an!«, rief sie, und Pelle drückte auf die Bremse.

»Was ist?«, fragte er. Er schien erschrocken zu sein. »Hab ich ein Tier übersehen?«

Nova schüttelte den Kopf. »Ist hier nicht der lange Sandstrand am Lule-Fluss? Der kleine Strand ist in Ålloluokta, aber der große, der muss hier sein, oder?« In ihren letzten Ferien, kurz bevor sie Ende August wieder nach Stockholm zu ihrer Mutter geflogen war, war sie hier gewesen, zusammen mit ihrem Vater und Kaspar. Rentiere waren am Strand, und sie war barfuß durch den weichen Sand gerannt.

Pelle fuhr rechts an den Straßenrand, setzte die Blinker und hielt an. Er deutete nach vorne. »Dort ist ein schmaler Pfad, da kommst du an den Strand. Aber pass auf, das Eis trägt noch nicht.«

Nova griff Jacke und Mütze vom Rücksitz, öffnete die Beifahrertür und stieg aus. »Bin gleich wieder zurück«, sagte sie.

Er nickte.

Nova schlug die Tür zu.

Sie hatte Mühe, den Pfad zum Strand zu finden. Hier schien lange niemand mehr gewesen zu sein. Keinerlei Fußspuren waren zu sehen. Nova kämpfte sich durch schneebedecktes Gebüsch und schlängelte sich zwischen kurz gewachsenen Kiefern und Fichten hindurch. Schließlich gelangte sie an den lang gestreckten, im Sommer mit feinem beige brauen Sand bedeckten Strand. Jetzt war hier eine einzige weiße Fläche.

Sie hatte mit ihrem Vater und Kaspar einen Ausflug

gemacht. An einem dieser letzten warmen Sommertage, bevor die ersten Herbststürme im September kamen. Sie angelten, Kaspar fing zwei große Felchen. Er liebte es zu angeln, war im Gegensatz zu ihr geduldig. Stundenlang stand er am Ufer, warf die Angel ins Wasser und wartete, bis ein Fisch anbiss. Trotz seiner Behinderung hatte er eine Technik entwickelt, mit der er ohne Hilfe größere Fische von der Angel ins Netz fallen ließ. Nova und Juhan suchten Äste und Holz, zündeten ein Lagerfeuer an und brieten die Fische. Als sie fertig gegessen hatten und aufbrechen wollten, standen Rentiere am Strand. An die zehn Tiere waren es. Kälber waren auch dabei. Sie mussten von der Straße gekommen sein, trabten über den schmalen Baumstreifen bis zum Strand und liefen gemächlich am Ufer entlang. Juhan, Kaspar und sie versteckten sich hinter Weidenbüschen, die nahe am Ufer wuchsen. So störten sich die Rentiere nicht an ihnen, sondern liefen weiter, bis sie stehen blieben. Zuerst legte sich eines der Tiere in den Sand, die anderen folgten. Wahrscheinlich hatten sie zuvor im Wald Flechten gefressen und ruhten sich aus, um wiederzukäuen. Sie lagen auf dem weichen Untergrund, versteckten ihre langen Beine unter dem Bauch, den Blick auf den Lule-Fluss gerichtet. Ein Bild, das Nova jetzt wieder in den Sinn kam. Was für ein friedlicher Anblick. Ins Wasser schauende Rentiere, die nichts taten, als zu verdauen und zu schauen.

Nova erinnerte sich, dass sie einige Zeit hinter den Büschen standen, bis die Rentiere aufstanden und weiterzogen. Ihr Vater trieb sie zur Eile an, Kristin wartete in Porjus auf sie. Als sie am Strand zurückgingen, sahen sie die Abdrücke der großen und kleinen Hufe, die den feinen Sand wie ein Gemälde durchzogen. »Das muss ich malen!«, sagte Nova zu ihrem Vater. Sie hatte von Kristin und Juhan Aquarellfarben geschenkt bekommen und im Sommer in den Bergen viele Bilder gemalt.

»Fabelhafte Idee!« Juhan lächelte. »Und eine schöne Erinnerung an deinen Sommer bei uns.«

Aber aus irgendeinem Grund hatte sie das Bild nicht gemalt und war bald darauf nach Stockholm geflogen. Und aus irgendeinem Grund hatte sie nicht bei der Rentierschlachtung im September teilnehmen können. Dies war einer der letzten Tage, die sie mit ihrem Vater verbracht hatte. Und dann war im November der schreckliche Anruf ihres Onkels gekommen.

Nova ging am Ufer entlang. Aber da waren keine Abdrücke von Rentierhufen zu sehen. Ab und an ragte ein schwarz-grau gesprenkelter Steinblock hervor, der nicht völlig vom Schnee bedeckt war. Sonst war alles weiß. Eine feine erste Eisschicht schwamm auf dem Fluss, aber bis das Eis tragen würde, würde es sicher noch bis in den Dezember dauern. Sie lief zurück, im Blick die groben Abdrücke ihrer Winterstiefel. Hier waren keine Rentiere gewesen. Der Himmel war grau, und es dämmerte. Nova schaute auf ihr Handy. Fünfzehn Uhr. Sie sollte zurück zu ihrem Onkel. Und dann nach Ålloluokta, in die Hütte, die einmal ihr Zuhause gewesen war.

11

Kurze Zeit später tauchte das Ortsschild von Ålloluokta auf. Sie fuhren über die schmale Betonbrücke. Rechts und links standen vereinzelt an die acht, neun, meist kleinere Holzhäuser, und Nova bemerkte, wie sich ihr Puls beschleunigte. Sie atmete tief durch. So lange war sie nicht mehr hier gewesen. Pelle fuhr im Schritttempo weiter. Links von ihnen lag die Kirche mit dem eindrücklichen Glockenturm. Rechts standen zwei Häuser nahe am Fluss.

»Wie viele Menschen wohnen im Dorf?«, fragte Nova. Sie musste reden, sich ablenken.

»Das dürften keine zehn sein. Im Sommer etwas mehr. Soweit ich weiß, hat letztes Jahr jemand angefangen zu bauen.« Pelle deutete auf ein kleines, rot gestrichenes Haus oben am Hang. »Aber es werden immer weniger Einwohner. Ist ja weit weg von der Zivilisation. Manche Häuser stehen leer.«

Nova nickte. Die Hütte ihres Vaters war nie ein permanenter Wohnsitz gewesen. Sie war Stützpunkt zum Jagen, oder Juhan hatte sie benutzt, wenn er die Rentiere im Winter zufütterte oder am Wochenende mit dem Boot rausfuhr und angelte. Doch Pelle hatte Nova erzählt, dass ihr Vater die Hütte als festen Wohnsitz genutzt hatte, seit er aus dem Gefängnis entlassen worden war. Ihr Onkel drosselte die Geschwindigkeit noch mehr und hielt dann auf einem kleinen geräumten Parkplatz an. Neben einem PKW stand dort auch ein Boot, das mit einer Plane abgedeckt war. Hier hörte der Fahrweg auf. Soweit sich Nova erinnerte, lag im Wald ein Haus, das zumindest früher bewohnt gewesen war. Es war nur über einen schmalen Trampelpfad zu erreichen.

Ihr Blick fiel auf die dunkle Blockhütte, die aus massiven runden Holzstämmen gebaut war. Sie lag knapp dreißig Meter oberhalb vom Parkplatz. Ein Pfad verlief durch den Schnee zur Hüttentür. Er war nur zu erahnen, es hatte wohl sehr viel geschneit heute. Sie schluckte. War ihr Vater durch diesen Schnee gegangen? Hatte vor zwei Wochen schon Schnee gelegen? Wo war er überhaupt gestorben? In der Hütte oder im Krankenhaus?

Pelle schaltete den Motor aus. Seine Hände lagen auf seinen Oberschenkeln. Er saß still, so als wüsste er nicht, ob er aussteigen oder sitzen bleiben sollte. Er sah Nova an.

»Stand hier nicht immer der Wagen von Papa? Ist das sein Pkw?« Sie deutete auf den alten Volvo.

»Nein. Juhans Pick-up ist in einer Werkstatt in Gällivare. Schon seit ein paar Wochen. Irgendein Ersatzteil fehlt. Soll ich für dich nachfragen?«

Sie schüttelte den Kopf. »Ist nicht wichtig. Ich brauche kein Auto.« Sie überlegte. »Ich würde gerne alleine …«

»Verstehe.« Er langte nach hinten auf den Rücksitz und stellte Nova eine prall gefüllte Plastiktüte in den Schoß. »Ich habe einige Lebensmittel eingekauft, für den Fall, dass du ein paar Tage bleiben möchtest.«

Überrascht lächelte Nova ihn an. »Danke!«

»Du weißt ja, wo der Schlüssel liegt.«

Sie nickte. Wenn er immer noch am selben Platz lag, wusste sie es. Links neben der Tür, hinter dem ersten Fensterladen, in einem Lederetui, das Kristin einmal für ihren Vater zum Geburtstag genäht hatte.

»Im Schuppen liegt abgelagertes Holz. Und eine Schneeschaufel.«

Nova öffnete die Beifahrertür, griff ihren Rucksack, der an ihren Füßen stand, schnappte sich die Lebensmitteltüte und stieg aus. »Ich brauche nur noch meine Reisetasche.« Sie setzte den Rucksack auf und ging um den Pick-up herum. Pelle trat zu ihr, öffnete das Verdeck und drückte ihr die Tasche in die Hand.

»Sollen wir unsere Telefonnummern austauschen? Du weißt, hier fährt kein Bus oder … wenn irgendwas ist …« Ohne auf eine Antwort zu warten, kramte Pelle sein Handy aus der Seitentasche seiner Hose.

»Warum nicht?« Sie stellte die Plastiktüte in den Schnee, griff in ihre Jackentasche und nannte ihm ihre Nummer. Er ließ es einmal läuten. »Jetzt hast du meine.«

»Danke noch mal.«

»Juhan ist nicht in der Hütte gestorben. Er lag noch drei Tage in Sunderby, im Krankenhaus.«

Nova nickte kurz und wandte sich zum Gehen.

12

Der Schlüssel lag dort, wo sie ihn vermutete, und wie damals musste sie die Tür etwas zu sich ziehen, damit sich das Schloss bewegte und aufsprang. Sie drückte auf den Lichtschalter, stand in dem einzigen großen Raum. Sofort kroch eine klamme Kälte in sie hinein. Wenn ihr Vater ein paar Tage vor seinem Tod im Krankenhaus gelegen hatte, war die Hütte seit über drei Wochen nicht mehr bewohnt gewesen. Bei diesen Minusgraden war sie inzwischen völlig ausgekühlt.

»Zuerst feuern wir an, Nova. Das ist das Wichtigste. Alles andere kann warten.«

Nova meinte die dunkle Stimme ihres Vaters zu hören. Sie stellte Rucksack und Reisetasche ab, zog die Jacke aus und hängte sie an den einzigen freien Kleiderhaken rechts von der Tür neben eine schwarze Daunenjacke. Verstohlen sog sie den Duft ein. Die Jacke roch nach Holzfeuer. Nova zog die Stiefel aus und lief auf Strümpfen über die Holzpaneelen zum Ofen, der neben der kleinen T-förmigen Küchenzeile stand. Ohne zu überlegen, kniete sie sich hin. Sie reinigte zuerst den Rost mit dem Besen, schälte Birkenrinde von den abgelagerten Holzstücken, die in einem Korb neben dem Ofen lagen, und zündete Rinde und Späne mit Zündhölzern an, die sie in einer der Küchenschubladen fand. Der Ofen war klein, aber völlig ausreichend für die an die dreißig Quadratmeter große

Hütte. Zudem waren an zwei Wänden schmale Heizkörper angebracht, die Nova zusätzlich aufdrehte. Sie wurden schnell warm. Der Ofen zog gut, das Feuer brannte bald lichterloh, und das klamme Gefühl verschwand binnen weniger Minuten. Nova zog ein paar zusätzliche Socken und einen Wollpullover über und begann sich umzusehen. Jetzt erst bemerkte sie, wie aufgeräumt die Hütte war. Auf dem Esstisch vor der Küchenzeile standen nur ein Salz- und Pfefferstreuer, der Tisch war sauber geputzt, die hellbraune Holzplatte glänzte. Die Küchenablage, auf der früher neben dem Toaster eine Kaffeemaschine, ein Wasserkocher und weitere Küchengeräte gestanden hatten, war vollkommen leer. Nova öffnete die Oberschränke. Kräutergläser, Kaffeepulver, ein kleiner Teevorrat, Pasta und Reis. Alles stand akkurat nebeneinander. Angefangene Packungen waren säuberlich verschlossen. Auf der anderen Seite befanden sich ein kleiner Stapel Teller und mehrere verschieden große Tassen. War ihr Vater so ordentlich gewesen, oder hatte Pelle aufgeräumt, bevor sie gekommen war? Vielleicht auch Eleonor? Die Kissen auf dem hellgrauen Sofa, das Nova nicht kannte, lagen adrett auf dem Polster, das große Bett in der rechten hinteren Ecke sah frisch bezogen aus. Jetzt erst bemerkte Nova, dass das Stockbett, in dem Kaspar und sie früher geschlafen hatten, nicht mehr da war. Wo es sich befunden hatte, standen nun ein zweitüriger Holzkleiderschrank, eine Stehlampe, daneben ein helles Bücherregal. Nova trat näher. Nur wenige Romane, meist Sachliteratur über Rentierzucht, die Geschichte der Sami, ein Tieratlas und verschiedene Ausgaben der Zeitschrift *Samefolket*, die ihr Vater schon früher abonniert hatte. Die Bücher waren ordentlich Rücken an Rücken aufgereiht, keines stand schräg oder lag gar aufgestapelt auf anderen. Novas Regale in Wedel quollen über, wiesen keinerlei Ordnung auf, trotzdem fand sie immer das, was sie suchte. Sie rückte die Bücher etwas auseinander und stellte sie so, dass sie keine gerade Linie mehr bildeten. Dann hob sie die prall gefüllte Lebensmitteltüte auf einen der Stühle und breitete alles auf dem Küchentisch aus. Jetzt sah die Hütte etwas wohnlicher aus.

Pelle hatte Fladenbrot gekauft, Käse in der Tube, Kochschinken, eine Tüte Kaffee, Butter, Joghurt, Bananen und Äpfel. Zudem fand sie einen handschriftlichen Zettel.

Draußen in der Scheune steht eine Kühltruhe mit gefrorenen Lebensmitteln: Rentier, Elch und Saiblinge.

War es doch nicht sein Wunsch, dass sie gleich wieder verschwand?

Trotz zwei paar dicker Socken wurden Novas Füße nicht warm. Sie kramte ihre Filzhausschuhe aus der Reisetasche und schlüpfte hinein. Als Kind hatte sie nie an den Füßen gefroren, oder zumindest konnte sie sich nicht daran erinnern. Kaspar war derjenige gewesen, dem oft kalt war, der beim Schlafen eine zusätzliche Decke benötigte und der immer die dicksten Hosen und Jacken trug. Unschlüssig schaute Nova sich weiter um. In einem der unteren Küchenschränke fand sie einen Wasserkocher mit ordentlich aufgerolltem Kabel. Sie kochte Wasser und suchte nach einer größeren Tasse. Weit hinten im Regal fand sie eine selbst getöpferte. *Nova* stand in etwas krakeliger Schrift darauf. Tränen traten ihr in die Augen.

Ein Geschenk von Kaspar, zu Weihnachten. Er hatte die Tasse im Kunstunterricht selbst gefertigt. Sie goss Wasser auf den Kräuterteebeutel, legte zwei Birkenholzscheite im Ofen nach und schaute sich um. Die Hütte wirkte fremd auf sie. Die Küche war in Hellblau gehalten, wie früher. Aber der Holztisch war nie so aufgeräumt gewesen. Hier hatten sonst alte Zeitungen, Zeitschriften, beschriebene und bemalte Zettel, Kartenspiele, ihre Stifte und ihr Zeichenblock gelegen. Nova war, als stünde sie in einem fremden Ferienhaus. Die wenigen Bilder an der Wand kannte sie nicht, und nirgendwo hingen Fotografien. Früher hatte es auch kein großes Bücherregal, sondern nur zwei Regale an der Wand gegeben, wo jeder von ihnen ein paar Bücher aufgestellt hatte. Das Sofa sah so unbenutzt aus, als wäre ihr Vater nie darauf gesessen. Sie konnte sich auch nicht daran erinnern, dass Juhan sich früher auf einem Sofa ausgeruht hatte. Er war immer beschäftigt. Entweder war er bei seinen Rentieren, oder er arbeitete in der Gemeinde. Und wenn er saß, dann auf dem Stuhl am Tisch. Novas Blick blieb bei einer Türklinke hängen. Hatte ihr Vater angebaut? Vielleicht eine Toilette? Früher stand draußen, circa fünfzig Meter Richtung Wald, eine Außentoilette. Nova gefiel die gemütliche Toilette. Dort hatte sie ihre ersten Mangabücher gelesen. Kaspar verzog sich manchmal stundenlang in dem Häuschen und las seine Comics. Ihr Vater hatte immer darauf geachtet, dass die Toilette nicht roch, und Nova und Kaspar dazu ermahnt, das Streu nach dem Toilettengang zu benutzen. Kristin war nicht so angetan gewesen von der Außentoilette, aber sie war oft in Porjus geblieben, arbeitete in ihrer Werkstatt und fertigte Armbänder oder nähte samische Trachten, die sie verkaufte. Nova trat ein paar Schritte vor und drückte die Klinke. Sie hatte dieselbe Farbe wie die dunklen Holzbalken. Ein kleines Badezimmer mit Toilette und Dusche. Sogar eine schmale Waschmaschine stand in der Ecke. Nova betätigte den Heizkörper an der Wand. Es war empfindlich kalt hier. Sie öffnete den Badezimmerschrank. Hier lagen weder eine Zahnbürste noch Zahnpasta, kein Rasierapparat, keine Handcreme. Nichts. Alles war peinlich sauber. Außer der Jacke, die im Hauptraum am Haken hing, gab es keine persönlichen Gegenstände, die ihrem Vater gehört hatten. Nova verspürte einen Druck auf der Brust, den sie noch nie empfunden hatte. Sie zog sich an, sie musste hier raus. Schnell griff sie Jacke, Mütze und Handschuhe, schlüpfte in die Stiefel und langte nach der heißen Teetasse. Sie öffnete die Tür und lehnte sich draußen mit dem Rücken an die überdachte Holzwand. Mit den Wollhandschuhen umklammerte sie die warme Tasse. Sie trank einen Schluck und atmete tief durch.

Obwohl es dunkel war, konnte sie die Umgebung mit einem Blick erfassen. Vor ihr lag eine einzige weiße Fläche, unterbrochen durch die beiden Fahrzeuge auf dem Parkplatz. Es folgte der Sandstrand, unsichtbar unter der Schneedecke verborgen. Dahinter der Lule-Fluss. Auf dem Eis, das sich gerade erst gebildet hatte, lag Schnee. Es würde sicher noch ein paar Wochen dauern, bis man darauf laufen oder gar mit dem Schneemobil darüberfahren konnte. Kein Lüftchen bewegte sich, es war vollkommen windstill. In den beiden Häusern, die nahe am Fluss standen, sah Nova Licht in ein paar Fenstern. Ein Hund bellte in der Ferne. Nova schloss die Augen. Das war nicht mehr die Hütte ihrer Kindheit. Sie war nicht einladend, sie war leblos. Und: Noch nie war Nova alleine in der Hütte gewesen. Immer hatte sie Gesellschaft gehabt. Meist von ihrem Vater. Manchmal auch von Kristin und Kaspar, aber nie war sie ohne Begleitung hier gewesen. Warum auch? Damals war sie ein Kind. Kinder ließ man nicht alleine.

Novas Hand zitterte, als sie die Tasse zum Mund führte.

13

Die Kälte der dicken Holzbalken drang durch Novas wattierte Winterjacke. Ihr Rücken fühlte sich klamm an. Sie trat einen Schritt vor. Leo fiel ihr ein. Er wartete sicher auf eine Nachricht. Sie griff in die Jackentasche. Drei Anrufe in Abwesenheit. Sie hatte nach dem Essen mit Pelle vergessen, das Handy wieder laut zu stellen. Es war fast sechs Uhr abends. Leo hatte Spätschicht. Er konnte jetzt nicht telefonieren. Was sollte sie ihm auch erzählen?

Mein Vater war im Gefängnis. Er hat einem Jungen das Auge ausgeschossen. Und jetzt hat er mir seine Hütte und Rentiere vererbt.

Nova konnte sich vorstellen, was Leo sagen würde.

»Schlaf erst mal drüber. Schau dir die Hütte morgen in Ruhe an. Vielleicht ist sie gut in Schuss, und du kannst sie verkaufen. Was macht man denn mit Rentieren? Musst du die schlachten lassen? Das wäre ja schrecklich. Schau, dass du sie loskriegst.«

Nova steckte das Handy zurück. Sie hatte Leo nur wenig von ihrer Kindheit in Lappland erzählt. Er wusste, dass ihr Vater ein Same und früh gestorben war – eigentlich – und dass ihre Mutter in Stockholm lebte. Mehr nicht.

Novas Mutter hatte kurz nach dem Abitur an einem Jugendaustausch teilgenommen, sich in Schweden verliebt und bei einer Wanderung im Norden auch in ihren Vater. Und sie war geblieben. Nicht in Lappland. Die Liebe zwischen ihren Eltern hatte nicht gehalten. Ihre Mutter hatte nie so weit nördlich wohnen wollen. Das wäre ihr zu einsam gewesen. Sie hatte es immer in die Hauptstadt gezogen. Mama war ein Großstadtmensch, im Gegensatz zu Nova. Nova brauchte nur wenige Menschen um sich herum. Ålloluota hatte kaum Einwohner, in Sitojaure, wo ihr Vater die Sommerhütte besaß, wohnten fünfzehn, vielleicht zwanzig Menschen. Und das kleine Dorf am Tegernsee, in dem ihre Großmutter lebte, hatte auch nur wenige Hundert Einwohner. Nova hatte Hamburg wegen des Studiums und des Jobs gewählt. Und dann hatte sie Leo kennengelernt.

Nova trank ihre Teetasse leer und stellte sie auf dem Boden ab. Vor knapp drei Jahren hatten Leo und sie sich auf einem Konzert getroffen. Nova war zuerst sein ansteckendes Lachen aufgefallen. Leo lachte laut und gern. Er war optimistisch, liebte seinen Job, nahm das Leben nicht so schwer wie sie. Nova hatte ihm erzählt, dass sie als Jugendliche bei ihrer Großmutter aufgewachsen war, und er als Norddeutscher fand schon den Tegernsee und Bayern exotisch. Sie war überhaupt nicht auf die Idee gekommen, ihm mehr aus ihrem früheren Leben zu erzählen. Leo lebte im Jetzt. Das war es, was sie an ihm angezogen hatte. Er grübelte nicht, scherzte mit den Patienten, war bei allen beliebt. Manchmal überlegte er, doch noch Medizin zu studieren. Aber dann kam er wieder davon ab, meinte, er sei zu alt. Dabei war Leo ein Jahr jünger als sie, gerade mal dreiunddreißig.

Nova fiel ein Licht auf, das sich bewegte, eine Gestalt,

die mit einem Hund an der Leine die Straße entlangging. Die wenigen Straßenlaternen, die nach der Brücke begannen und kurz vor dem Parkplatz endeten, gaben nur schummriges Licht von sich. Nova konnte nicht erkennen, ob die Person, die da spazieren ging, ein Mann oder eine Frau war. Sie trug eine Stirnlampe, die heller leuchtete als die Lampen am Straßenrand. Jetzt bog sie Richtung Kirche ab und stapfte weiter zu dem neu gebauten Haus.

Nova fror, und sie hatte Hunger. Am Mittag, als Pelle sie eingeladen hatte, hatte sie kaum etwas hinuntergebracht. Wie auch, nach solch einem Vormittag.

Sie ging in die Hütte, belegte zwei Fladenbrote mit Käse, brühte sich noch einen Tee auf und aß. Aber es schmeckte ihr nicht, obwohl sie früher versessen gewesen war auf Fladenbrot. Besonders auf das runde, weiche, das mit Streichkäse köstlich geschmeckt hatte. War das nicht Kristins Lieblingsbrot gewesen? Nova legte das zweite angebissene Brot zur Seite. Die Szene beim Notar ging ihr nicht aus dem Kopf.

»Sie und Ihr Bruder sind die alleinigen Erben«, hatte der Notar gesagt. »Ihr Onkel ist von Ihrem Vater als Bevollmächtigter eingesetzt. Er wird Ihnen zur Seite stehen, wenn Sie Fragen haben. Sie erben die Hütte in Ålloluokta mit der Einrichtung und sämtlichen Gerätschaften, die in den beiden Scheunen stehen, auch das Schneemobil, sowie die Rentiere. Ihr Bruder erbt die Hütte in Sitojaure. Ansonsten gibt es ein Bankkonto mit circa 100 000 Kronen. Wir müssen sehen, was die Rentiere wert sind. Das wird Ihnen vom Bargeld abgezogen, und der Rest unter Ihnen beiden aufgeteilt. Immer unter der Voraussetzung, dass wir Ihren Bruder ausfindig machen. Falls nicht …«

»Was ist mit Kristin Sarri?«, hatte Nova ihn unterbrochen, »der Frau meines Vaters?«

»Ex-Frau«, hatte Pelle gesagt. »Sie hat sich scheiden lassen.«

Verständnislos hatte sie ihren Onkel angeschaut. »Aber Papa hat das doch wegen Kaspar getan, oder?«

Pelle hatte nur mit den Schultern gezuckt, weggeschaut und geschwiegen.

Kristin. Nova hatte nur positive Erinnerungen an sie. Die perfekte Frau für ihren Vater. Sie war ein paar Jahre jünger als Juhan, war wie er in Porjus geboren und aufgewachsen, obwohl ihre Eltern aus Jämtland stammten. Sie und Papa kannten sich schon seit ihrer Kindheit. Auch Kristin kam aus einer Samifamilie, aber ihre Familie besaß keine Rentiere, deshalb war sie nicht vertraut mit der Rentierzucht. Papa hatte sie angelernt, wie Nova, und Kristin war, obwohl sie klein und zierlich war, stark und belastbar. Sie hatte ihren Vater immer unterstützt. Bei den Rentierscheidungen, wo es hart herging. Die Rentiere wurden mit dem Wurflasso oder der Schlinge am Stab gefangen und aus dem großen Gehege in die kleineren gezogen, die den einzelnen Samifamilien gehörten. Das kostete Kraft. Von den kleineren Gehegen wurden die Rentiere dann in Lastwagen verladen. Auch dabei musste man zupacken können. Kristin war bei den Schlachtungen dabei, häutete Rentiere, gerbte das Fell und stellte Schuhe daraus her. Nur das Schneemobil fuhr sie nicht selbst. Ihr Vater hatte einmal erzählt, dass Kristins Bruder einen Unfall mit einem Schneemobil gehabt hatte. Er sei über einen zugefrorenen See gefahren, eingebrochen und beinahe ertrunken. Aber an diesen Bruder konnte sich Nova nicht erinnern. Er musste einige Jahre älter sein als Kristin und war bereits als Jugendlicher weggezogen.

Nova trank einen Schluck Tee. Kristin war nicht nur eine ebenbürtige Partnerin, sie war auch eine liebevolle Mutter. Nach Kaspars Geburt hatte sie ihre Arbeit als Erzieherin unterbrochen. Später hatte sie ihn in die Kita mitgenommen und immer darauf geachtet, dass Kaspar genauso behandelt wurde wie die anderen, gesunden Kinder. Zwischen ihr und Kaspar hatte Kristin nie Unterschiede gemacht. Kristin war gleichermaßen liebevoll zu ihr wie zu ihrem Halbbruder. Nie hatte Nova den Eindruck, sie bevorzuge ihren Sohn. Kaspar und sie waren wie Geschwister.

Nova aß die letzten Bissen von ihrem Brot und schaute sich um. Es war so still hier. Es musste doch … Auf einem Hocker neben dem Sofa stand ein altes Radio. Sie drückte auf den Startknopf. P4 Norrbotten, der Sender, den ihr Vater früher schon gehört hatte. Sie mochte die hohe Stimme der Radiosprecherin nicht, aber zumindest war es jetzt nicht mehr so leblos hier. Die Nachrichten. Eine Autofahrerin war von der E4 abgekommen, weil sie einem Elch ausweichen musste. Sie war gegen einen Baum gefahren und schwer verletzt ins Krankenhaus eingeliefert worden. In Jukkasjärvi, nahe Kiruna, wurde wie jedes Jahr das Eishotel eingeweiht. Man erwartete Tausende von Touristen. Gleich darauf wurden Schlager gespielt, schwedische und englische. Nova lauschte der Musik und verstaute die Lebensmittel. Der Kühlschrank war völlig leer. Aber warum wunderte sie sich, dass es hier so aufgeräumt war? Sie hätte abgelaufenen Joghurt, verschimmelten Käse oder verschrumpeltes Gemüse auch weggeworfen. Ihr Vater hatte Magenkrebs gehabt. Sicher hatte er am Ende nichts mehr essen können. Und das Bett hätte sie ebenfalls frisch bezogen. Vermutlich hatte es furchtbar hier drin ausgesehen, schließlich war ihr Vater schwer krank und hatte sicher nicht mehr für sich sorgen können.

Nova befüllte den Ofen mit Holzscheiten, schaltete die Lichter aus und legte sich aufs Bett. Die Flammen flackerten hinter der Glasscheibe, die Augen fielen ihr zu. Sie war so erschöpft. Gleich morgen früh würde sie Leo anrufen. Hatte er wieder Spätschicht? Sie erinnerte sich nicht.

Nova wachte auf, weil sie fröstelte. Wo war sie? Doch dann kam die Erinnerung. Das Radio lief immer noch, langsame Musik wurde gespielt, das Feuer war erloschen. Es war kühl in der Hütte, trotz der angeschalteten Heizkörper. Sie stand auf. Eine kleine Glut lag noch auf dem Rost des Holzofens. Sie zündete das Feuer wieder an, ging zur Toilette, trank Wasser und schaute aus dem Fenster. Alles wirkte verschwommen weiß-grau, und der Himmel war stockdunkel. Kein einziger Stern war zu sehen. Hinter dem Fluss lag der Wald. Die hohen verschneiten Fichten und die schneebedeckten Birken ließen sich nur erahnen. Die Straßenlaternen waren erloschen. Aus dem Augenwinkel sah Nova das leichte Flackern der brennenden Holzscheite. Wie lange schon hatte sie nicht mehr eine so dunkle Nacht erlebt? In Wedel war nachts überall Licht. In den Straßen, den Kneipen und den Fabriken. Nur die Häuser waren dunkel. Vor allem im Winter wurden dort, sobald es dämmerte, die Rollläden heruntergelassen. Nova öffnete das Fenster und sog die kalte Luft ein. Nur wenige Minusgrade, es schneite dicke Flocken. In den beiden Häusern unten am Fluss bemerkte sie Lichtschimmer. Die Schweden schmückten in der dunklen Jahreszeit ihre Fenster mit kleinen Lämpchen, die sie auch in der Nacht brennen ließen. Das sollte Nova in ihrer Wohnung in Wedel auch tun. Es sah freundlich aus. Sie schloss das Fenster und schaute sich um. Ihr Vater hatte keine Lämpchen an den Fenstern angebracht. Die hatte es nur im Haus in Porjus gegeben. Die Hütte war ja nur ein einziger Raum. Vielleicht hätte er sich beim Schlafen gestört gefühlt.

Nova war müde, sagte sich, dass sie versuchen sollte, wieder zu schlafen, und befüllte den Ofen mit weiteren Holzscheiten. In der Reisetasche kramte sie nach ihrem Schlafanzug, zog ihn an und legte sich unter die Bettdecke. Eine kuschlige Daunendecke mit gestreifter Bettwäsche. Sie hätte sich gleich darunter legen sollen, dann wäre sie jetzt nicht so ausgekühlt.

»Ab ins Bad, und danach kuscheln wir auf dem Sofa.« Nova meinte, Kristins helle Stimme zu hören. Wenn sie in Porjus waren, hatte Kristin Kaspar und ihr immer vorgelesen. Auch als sie schon größer waren und selbst lesen konnten. Sie hatten die Zähne geputzt, den Schlafanzug angezogen und auf dem Sofa zusammen gekuschelt. Nova rechts neben Kristin, Kaspar links von ihr. Auf ihren Füßen hatte eine warme Wolldecke mit Rentiermotiven gelegen, Sippo zusammengerollt in seinem Körbchen nahe dem Sofa.

Nova hatte sich gruselige Geschichten gewünscht, wie die von Stallo, dem Riesen, der Kinder auffraß, wenn sie nicht brav waren, Kaspar wollte lieber Detektivgeschichten hören.

Kristin las die Stimmen der Hauptfiguren mit unterschiedlichem Tonfall, sie nuschelte und flüsterte, erhob die Stimme und wurde weinerlich. Wie im Hörspiel. Nova hatte es immer genossen. Ihr Vater hatte nie vorgelesen. Er erzählte lieber, meist nach dem Essen, wenn sie zusammensaßen. Von früher, als er mit seinen Freunden Skirennen gefahren war oder sie sich gegenseitig mit dem Lasso eingefangen hatten. Von seinen Eltern, die ein schweres Leben als nomadisierende Rentierzüchter hatten, und seiner Großmutter, die sechs Kinder in der Kote geboren hatte.

Las Kristin ihnen vor, saß er am Esstisch und vertiefte sich in die Tageszeitung. Ab und zu schaute er zu ihnen herüber, lächelte und konzentrierte sich auf den Artikel, den er unterbrochen hatte. Immer wieder warfen Juhan und Kristin sich liebevolle Blicke zu. Oder hatte sie eine völlig falsche Erinnerung? Warum hatte Kristin sich von ihm scheiden lassen? Sie liebten sich doch.

14

Nova war im Badezimmer, als das Handy früh am Morgen klingelte. Leo. Sie feuerte den Ofen an, brühte sich Kaffee. Das dauerte. Angezogen, die Kaffeetasse vor sich auf dem Tisch, rief sie Leo zurück.

»Alles okay?«

»Ja, klar. Tut mir leid, ich war so müde gestern.«

»Wie war's beim Notar?« Seine Stimme klang kurz angebunden, und Nova berichtete in wenigen Worten, was sie erfahren hatte.

»Wie schrecklich! Das ist ja furchtbar, einem Kind das Auge auszuschießen.«

»Er hat es nicht grundlos getan. Kaspar wurde misshandelt.«

»War dein Vater nicht Sozialarbeiter? Er hätte doch …«

Nova hatte das Gefühl, ihren Vater verteidigen zu müssen. Sie wusste ja selbst nicht, warum er so gehandelt hatte. Aber sicher war viel passiert, bevor er zur Waffe gegriffen hatte. Sie schaute sich um. Nein, hier in der Hütte war kein Waffenschrank. Der war in Porjus gewesen.

Sie ließ Leo reden. Er kannte ihren Vater nicht, sie hatte ihm auch fast nichts über ihn erzählt. Natürlich war solch eine Tat zu verurteilen. Und verstehen konnte sie es auch nicht, dass ein so friedliebender Mann …

»Und was machst du mit der Hütte und den Rentieren? Verkaufen?«, unterbrach Leo sie in ihren Gedanken.

»Keine Ahnung. Ich bin erst angekommen.«

»Du wolltest nur ein paar Tage bleiben.«

Sie schluckte. Ja, sie hatte Lydia um eine Woche Urlaub gebeten. Es würde sicher nicht länger dauern. »Ich möchte gerne herausfinden, was genau damals passiert ist. Pelle hat nur Andeutungen gemacht. Das war bestimmt nicht leicht für ihn. Ein Bruder, der jemanden anschießt und im Gefängnis landet. Porjus und Ålloluokta, das sind winzige Orte. Hier in Ålloluokta wohnen knapp ein Dutzend Menschen, in Porjus nicht mehr als dreihundert. Da kennt jeden und seine Geschichte. Und …«

»Aber das ist doch schon lange her. Wann wurde dein Vater noch mal aus dem Gefängnis entlassen?«

»Vor acht Jahren.«

»Das heißt, seit der Tat sind über zwanzig Jahre vergangen. Das ist doch Schnee von gestern.«

»Nicht in einem kleinen Ort.«

Leo schwieg.

Sie betrachtete ihren schwarzen Kaffee. Auf dem ihres Vaters waren oft Fettaugen geschwommen. Juhan liebte es, Kaffeekäse in den Kaffee zu tunken. Sie selbst hatte meist Tee getrunken. Aber als sie älter war und bei den Rentierscheidungen im Winter zuschaute, hatte ihr Vater Kochkaffee über dem Feuer gebrüht. Draußen, im Schnee. Da hatte sie ab und an eine Tasse …

»Nova?«

»Ja.«

»Komm bald zurück. Ich vermisse dich. Und nächsten Sonntag ist ein Konzert von Amy Macdonald in Hamburg. Du magst doch ihre Musik. Bist du dann wieder da? Soll ich Karten besorgen?«

»Ich weiß nicht. Vielleicht. Pelle sagt, er will mir die Hütte und die Rentiere abkaufen.«

»Das ist doch die Lösung. Ja, rede mit ihm. Und ich besorge die Karten. Ich freue mich. Du, ich muss jetzt. Eine Kollegin ist ausgefallen. Aber am Wochenende habe ich frei.«

Leo hatte recht. Sie würde mit Pelle reden. Nicht nur über den Verkauf. Sie wollte wissen, wie die Tat damals genau abgelaufen war. Und sie musste herausfinden, was davor passiert war. Und dann sollte sie Erkundigungen über den Wert der Hütte einziehen. Sie hatte keine Ahnung, was man für eine dreißig oder vierzig Jahre alte Blockhütte mit nur wenigen Quadratmetern und zwei Schuppen verlangen könnte. Soweit sie sich erinnerte, hatte ihr Vater die Hütte gebaut, als er nach dem Studium eine Anstellung bei der Gemeinde erhielt und klar war, dass er mit der Rentierzucht weitermachen würde. Zumindest nebenberuflich. Pelle, sein älterer Bruder, hatte sich ganz der Rentierzucht verschrieben. Er war einer der wenigen Rentierzüchter in Porjus, der von seinen Rentieren leben konnte. Neben dem Gehalt, das Eleonor als Krankenschwester verdiente. Zumindest war das früher so gewesen.

Nova überlegte. Wie groß mochte das Grundstück sein, auf dem die Hütte stand? Sicher gab es einen Ordner, in dem ihr Vater die Unterlagen abgelegt hatte. Sie schaute sich um. Aber nirgendwo entdeckte sie Aktenordner. Pelle wüsste sicher, wo sich die Papiere befanden. Sie würde ihn später anrufen.

Nova öffnete die Tür nach draußen und stieß gegen

einen Widerstand. Sie drückte mehrmals, steckte den Kopf durch die Tür und kämpfte gegen einen Schneewall, der vor der Hüttentür lag. Es musste die ganze Nacht durchgeschneit haben. Der Schnee lag sicher an die dreißig Zentimeter hoch und schien sehr feucht zu sein. Sie musste lange schieben und drücken, ehe es ihr gelang, die Tür zu öffnen. Der Schnee musste weg. Falls es weiterschneien würde, würde sie die Tür nicht mehr aufbekommen. Eilig schlüpfte sie in Stiefel und Jacke, schnappte sich Wollhandschuhe und Mütze. Sie ging nach draußen, schloss die Hüttentür, stieg über den Schneewall und kämpfte sich bis zum nächsten Schuppen vor, der an die zwanzig Meter entfernt war. Ein Blick zum Himmel. Alles grau. Aber Gott sei Dank hatte es aufgehört zu schneien. Mit den Stiefeln schob Nova den Schnee vor der Schuppentür beiseite und legte den Riegel um, mit dem der Schuppen verschlossen war. Rechts lehnte die Schneeschaufel, von der Pelle gesprochen hatte. Nova schnappte sie sich, schippte einen schmalen Weg vom Schuppen zur Hütte und merkte schon nach wenigen Minuten, wie schwer der Schnee war. Es schien wärmer geworden zu sein, vielleicht um die null Grad. Hoffentlich würden es keine Plusgrade werden, dann verwandelte sich die weiße Pracht schnell in eine wässrige Pampe. Und das wäre furchtbar. Nicht nur, weil es rutschig und glatt würde. Die Rentiere … Nova hielt mit dem Schaufeln inne.

Ihr Vater war bei solchen Temperaturen immer besorgt gewesen. Taute der Schnee und gefror dann wieder, hatten die Rentiere nichts zu fressen, weil die Flechten auf dem Boden von Eis bedeckt waren. Und jetzt, mit der

Klimaerwärmung, würden es die Rentiere noch schwerer haben, im Winter Futter zu finden. Nova schluckte. Warum hatte ihr Vater ihr die Rentiere vermacht? Er hätte sie Pelle schenken oder an ihn verkaufen können. Juhan wusste doch, dass sie die Tiere nicht behalten konnte. Sie kannte sich viel zu wenig aus mit der Rentierzucht, war völlig unerfahren. Was ihr Vater ihr früher beigebracht hatte, hatte sie alles längst vergessen. Zudem lebte sie in Deutschland. Weit weg von Lappland. Oder hatte er angenommen, sie würde immer noch in Stockholm leben? Schließlich war der Notarbrief an eine falsche Adresse geschickt worden. Wahrscheinlich hatte er sich überhaupt keine Gedanken über sie gemacht. Man vermachte seine Rentiere nicht jemandem, der völlig unerfahren und unfähig war, sich um sie zu kümmern. Und verdammt noch mal, warum hatte er nie wieder mit ihr gesprochen, sich nie mehr bei ihr gemeldet? Nova griff den Stiel der Schaufel und schleuderte den Schnee zur Seite, dass es spritzte. Immer wieder grub sie die harte Plastikschaufel in die Schneeberge. Sie schwitzte. Wie konnte er es wagen, ihr etwas so Sinnloses zu vermachen? Eine Hütte, die sie nicht brauchte, Tiere, die sie nicht wollte. Wie konnte er es wagen, ihr überhaupt etwas zu vererben? Hätte er sie doch in Ruhe gelassen, dann hätte sie ihn so in Erinnerung behalten können, wie er für sie war: ein liebevoller, sanfter, hilfsbereiter und kluger Vater. Einer, der ihr beigebracht hatte, wie man mit der Natur lebte. Er hatte ihr gezeigt, wie bereichernd es war, draußen zu sein, zu angeln, zu wandern, sich im Wald und in den Bergen zu Hause zu fühlen. Zu jeder Jahreszeit. Und jetzt machte er all ihre positiven Erinnerungen kaputt. Er war nicht mehr der Vater, den sie liebte. Er war ein Verbrecher. Einer, der einem Kind ein Auge ausgeschossen hatte. Wie sollte sie damit leben?

15

Novas Magen knurrte. Vielleicht, weil sie über eine Stunde lang völlig besessen nicht nur einen schmalen Weg von beiden Scheunen zur Blockhütte, sondern den ganzen Hof vom Schnee befreit hatte. Im zweiten Schuppen hatte sie noch eine breitere Schneeschaufel gefunden. Mit ihr hatte sie den Schnee in Richtung Wald und vor allem gegen die Hüttenwand geschoben.

»Bei jedem Winteranfang muss man die Hütte mit Schnee einpacken, dann hält sich die Wärme im Innenraum besser.«

Warum kamen ihr nur dauernd Worte von ihrem Vater in den Sinn? Sie wollte das nicht. Er sollte still sein. Auch jetzt, als sie vor der Küchenzeile stand: »Schabe das Rentierfleisch in dünne Scheiben und brate es in Butter an. Nie in Margarine.«

Das ging ihn doch nichts an. Sie bereitete Souvas zu, wie sie es wollte. Nova warf das gefrorene und geräucherte Rentierfleisch, das sie in der Gefriertruhe im Schuppen entdeckt hatte, auf die Küchenablage und kramte eine Pfanne hervor. Sie stutzte. Fleisch zum Frühstück. Aber natürlich konnte man morgens Rentierfleisch essen. Wenn sie früher in den Bergen mit ihrem Vater frühmorgens aufgestanden und die Netze im See eingeholt hatte, hatte sie auch viel gefrühstückt. Meist Rührei mit Rentierfleisch und Gakku, das leckere Fladenbrot, das Kristin oft backte. Und jetzt hatte Nova Heißhunger auf Souvas. Und genau das würde sie zubereiten. Und wenn es sein musste, dünn geschnitten, wie ihr Vater es immer betonte. Sie kramte nach Brett und scharfem Messer und schabte Scheiben von dem großen gefrorenen Fleischstück. Es hätte gar nicht funktioniert, dicke Scheiben abzuschneiden. Ihr Vater hätte gar nicht zu betonen brauchen, dass man dünne Streifen abschneiden solle. Es wäre verdammt noch mal gar nicht anders gegangen.

Als sie eine genügend große Menge geschabt hatte, schnappte Nova sich Butter aus dem Kühlschrank und stellte den Gasherd an. Wie früher waren die beiden Brenner über eine Gasflasche verbunden, die hinter einem mit Rentierhörnern bedruckten Vorhang verborgen war. Nova ließ die Butter in der Pfanne schmelzen und gab das leicht geräucherte Fleisch dazu. Ihr lief das Wasser im Mund zusammen. Nach nur wenigen Minuten war ihre Mahlzeit fertig. Sie stellte die Pfanne auf eine feuerfeste Unterlage auf den Tisch, nahm sich eine Gabel und ein Fladenbrot und aß den ersten Bissen Souvas. Langsam zerfloss das zarte Fleisch auf ihrem Gaumen. Sie tunkte das weiche Brot in die flüssige warme Butter, die nach Rauch und Natur schmeckte. Nova schluckte. Suovas war das Lieblingsgericht ihres Vaters, und es war auch ihr Lieblingsessen gewesen. Wie hatte sie das vergessen können?

Nach dem Essen rief Nova Pelle an. Sie ließ es lange läuten, aber er nahm nicht ab. Vielleicht war er mit seinem Schneemobil unterwegs. Gestern hatte er erwähnt, dass sich ein Vielfraß in der Gegend angesiedelt habe. Einige

Rentiere seien gerissen worden. Pelle und ein paar weitere Sami kümmerten sich darum, versuchten, das Tier zu vertreiben. Falls das nicht gelänge, müssten sie es erschießen. Nova hatte ihn mit großen Augen angeschaut. Warum denn gleich töten? Hatte ein Vielfraß nicht auch ein Recht zu leben?

»Er reißt unsere Tiere«, hatte Pelle erwidert. »Aber wir dürfen ihn nur schießen, wenn das Landratsamt zustimmt. Wird es eh nicht tun.« Pelle hatte sie angesehen und hinzugefügt: »Juhan hat genauso geredet wie du. Sogar als er keinen Job mehr, sondern nur noch seine Rentiere hatte.«

Nova hinterließ Pelle eine Nachricht auf der Mailbox und zog sich an. Sie ging den Pfad, den sie vorhin freigeschaufelt hatte, zum Parkplatz hinunter. Der kleine Sandstrand, an dem Kaspar und sie gespielt hatten, war nur zu erahnen. Eine einzige weiße Fläche, die nahtlos in den mit Eis und Schnee bedeckten Lule-Fluss überging. Wie winzig dieser Strand war! Sie hatten doch so viel Platz zum Spielen gehabt. Hatten Sandburgen gebaut, Steine hüpfen lassen und mit Sippo, der so gerne schwamm, im Wasser getobt.

Nova lief die Straße entlang. Nachdem es in der Nacht so viel geschneit hatte, waren die Zweige der Fichten und Kiefern, die am anderen Ufer des Flusses und hinter der alten Kirche wuchsen, mit dickem schwerem Schnee bedeckt. Die Äste der an der Straße vereinzelt stehenden Birken beugten sich unter der Last Richtung Boden. Ein Blick in den Himmel. Der ganze Ort war wie in eine grau-weiße Farbpalette getunkt.

Pelle hatte ihr erzählt, dass die Straßen von einem Bewohner Ålloluoktas geräumt wurden. Damit das Dorf und die Häuser, die auf dem Weg nach Porjus lagen, im Winter nicht von der Außenwelt abgeschlossen wären. Bereits jetzt, am Vormittag, war die Straße gut befahrbar.

Die ersten beiden Häuser am Fluss sahen unbelebt aus. Keine Autos in den Einfahrten, nur kleine Lämpchen in den Fenstern, aber keine erleuchteten Zimmer. Vielleicht Bewohner, die zum Arbeiten nach Porjus oder in das siebzig Kilometer entfernte Gällivare fuhren. Nova ließ die Kirche hinter sich und lief weiter nach rechts über einen schmalen, ebenfalls geräumten Weg, der ans Ende des Dorfes führte. An einem kleinen Holzhaus, dessen gelb abgeblätterte Farbe kaum mehr zu erkennen war, säuberte ein älterer Mann die steilen Treppenstufen zu seinem Haus mit einem Besen. In einem Hundezwinger sprang ein Jagdhund aufgeregt umher und bellte. Nova überlegte kurz, dann trat sie ein paar Schritte näher. Hier kannten sich alle. Vielleicht hatte ihr Vater zu den Dorfbewohnern Kontakt und … »Hallo! Entschuldigung!«

Der Mann drehte sich zu ihr um. Schmale Augen sahen sie an.

»Ja?«

Er stützte sich auf seinen Besen. Die dick gefütterte Mütze mit den Ohrenklappen sah etwas unvorteilhaft aus. Der untersetzte Mann war unrasiert und wirkte durch den Arbeitsoverall unförmig.

»Ich bin Nova, Nova Sarri. Mein Vater hat dort in der letzten Hütte vor dem Wald gewohnt.« Nova deutete hinter sich. »Und ich wollte gerne …«

»Verschwinde! Runter von meinem Grundstück!«

»Aber …«

»Hau ab! Gut, dass der Verbrecher endlich tot ist. Wer bist du? Seine Tochter? Glaub bloß nicht, dass dich jemand hier haben möchte. Ich kenne dich doch. Die Deutsche aus Stockholm. Mach, dass du wegkommst!«

Nova blieb das Wort im Hals stecken. Sie schluckte, drehte sich um und lief eilig davon.

Was war das denn gewesen? Sie hatte dem Mann doch nichts getan. Kannte sie ihn von früher? Nein, sie erinnerte sich nicht. Das war alles zu lange her. Und ihr Vater hatte doch nur seinen Sohn verteidigt. Mit Riesenschritten lief sie zurück, bog wieder in den Hauptweg. Ein schneebedeckter Wagen fuhr über die Brücke und langsam an ihr vorbei. Auf dem Beifahrersitz erkannte Nova eine Babyschale. Die Fahrerin schaute sie an. Nova hatte das Gefühl, die Frau wolle anhalten. Aber Nova wollte nicht reden. Sollten sie sie doch alle in Ruhe lassen. Ihr Herz klopfte schnell. Sie zog die Kapuze über die Wollmütze und steckte die Hände in die Jackentaschen. Was für ein Idiot! Und warum hatte sie sich so beschimpfen lassen? Sie war doch sonst nicht auf den Mund gefallen. Aber sie konnte sich ja nicht verteidigen. Sie hatte keinerlei Informationen. Warum hatte Pelle ihr nicht mehr erzählt? Wollte er nicht, oder konnte er nicht? Ihre Schritte auf dem hart gefahrenen Schnee knirschten laut.

Es hatte sie alles so schockiert. Ihr Vater hatte einem Jungen das Auge ausgeschossen. Hatte der Junge überlebt? Wenn ja, wohnte er noch hier in der Gegend? Er musste so alt sein wie Nova. Sie lief am Parkplatz vorbei, ging schneller. Auf einem Trampelpfad stapfte sie tiefer in den Wald. Rechts und links schlugen ihr schneebedeckte Zweige ins Gesicht. Unwirsch wischte sie den feuchten

Schnee von den Wangen. Sie duckte sich, folgte dem Pfad, schwitzte unter ihrer warmen Jacke.

Wohnte hier jemand? Dunkel erinnerte Nova sich, dass Kaspar und sie ab und an ein Ehepaar in einem Waldhaus besucht hatten. Ein Mann in einem karierten Holzfällerhemd tauchte vor ihrem inneren Auge auf. Er war groß und breit, stand auf dem Hof und hackte Holz. Sie, eine kleine Frau, warf die Holzscheite in eine Schubkarre und stapelte sie im Schuppen. Sie war drahtig, lachte viel und backte leckere Waffeln mit Moltebeersoße. Nova lief das Wasser im Mund zusammen. Schon ewig hatte sie die säuerlichen Beeren nicht mehr gekostet. In manchen Jahren, wenn es im Frühjahr nicht zu kalt war und wenig geregnet hatte, waren die Moore mit Moltebeeren übersät. Hatte sie nicht einmal mit der Frau Beeren gesammelt?

»Hallo!« Nova vernahm eine laute Stimme hinter sich.

Erschrocken drehte sie sich um. Eine kleine Frau, die Haare unter einer bunten Wollmütze verborgen, kam mit einem weißen Samojeden an der Leine auf sie zu. Die Frau hatte eine lange Männerjacke an, die ihr fast bis zu den Knien ging. Über den Winterstiefeln trug sie dicke, selbst gestrickte Gamaschen. Wie aus der Zeit gefallen, war Novas erster Gedanke.

»Willst du zu mir?«

»Ähm, nein, eigentlich nicht.«

»Ich wohne da vorne. Da endet der Weg. Zu Fuß kommst du nicht weiter.« Sie stapfte auf Nova zu. Hinter den eckigen Brillengläsern schauten Nova zwei klare Augen an.

Der Samojede versuchte, an Nova hochzuhüpfen. Er schien noch ein Welpe zu sein. Aufgeregt sprang er um die Beine der Frau, seine Leine verhedderte sich. »Lina, lass das!« Die Frau drehte sich um ihre eigene Achse und zog den Welpen nah an sich heran.

»Entschuldigung! Sie ist erst ein halbes Jahr alt und kann sich noch nicht benehmen.« Sie lachte und zeigte eine Reihe ebenmäßiger Zähne.

Wahnsinn! Wie konnte man im Alter so gute Zähne haben! Nova überlegte. Das musste die Frau sein, jetzt zwanzig Jahre älter. Sie war ihr damals uralt vorgekommen. Sicher mochte sie jetzt über achtzig sein. Ihr Gesicht war von unzähligen feinen Runzeln überzogen.

»Sind Sie …?«

»Aina.« Aina Pitja. Sie zog einen dicken Handschuh aus und streckte Nova die Hand hin.

Nova schüttelte sie. Sollte sie ihren richtigen Namen nennen? Würde Aina genauso reagieren wie der grässliche Mann von vorhin. Die Hand der alten Frau fühlte sich warm an.

»Nova Sarri«, sagte sie. »Ich bin …«

»Oh, die kleine Nova. Meine Güte! Juhans Nova. Ich freue mich, dich zu sehen!«

16

Ainas Küche war genauso gemütlich wie früher. Ein kleiner Raum mit einer weißen Küchenzeile, einem alten Holzboden, über den sicher schon viele Hundebeine gelaufen waren, und einem massiven Holztisch, an dessen Längsseite eine Bank stand.

»Setz dich doch!« Aina schob die beiden Kissen mit den bestrickten Überzügen in eine Ecke. »Dekoration«, sagte sie. »Wir sind alleine, Lina und ich.«

»Ihr Mann …?«

»Kent Arne ist vor fünf Jahren gestorben. Herzinfarkt.«

»Das tut mir leid.« Nova rückte den Tisch etwas vor und drückte sich auf die Bank. Hier schien lange niemand mehr gesessen zu haben.

»Wir hatten ein gutes Leben. Über fünfzig gemeinsame Jahre, drei Kinder. Zwei leben mit ihren Familien in Luleå, unser jüngster Sohn ist in den USA, und die Enkel, wer weiß, was die mal machen. Hauptsache, sie sind gesund.« Aina legte ein paar Holzscheite in den Ofen, steckte Lina eine Kaustange zu und machte sich an der Küchenzeile zu schaffen.

Lina verzog sich in eine Ecke der Küche und nagte mit Begeisterung an der Stange.

»Kaffee? Oder magst du lieber Tee? Irgendwo hab ich doch noch Teebeutel.« Sie kramte in einer Schublade.

»Alles gut. Ich trinke gerne Kaffee.« Sie betrachtete die

alte Frau, die behände und drahtig wirkte. Wie konnte sie hier wohnen? »Ist das nicht einsam, so alleine im Wald?«

Aina schaute sie mit großen Augen an. »Ich bin nicht allein.« Sie füllte Kaffeepulver in die Kaffeemaschine und goss Wasser in den Behälter. »Ich habe Lina, und ich rede mit Kent Arne und meinen Eltern. Das hier ist mein Elternhaus, musst du wissen. Ich unterhalte mich mit allen, die ich kannte und mochte. Und mit unseren Geistern natürlich.«

»Mit Geistern?«

»Juhan hat dir früher sicher von unseren Geistern erzählt, oder hast du alles vergessen? Ist ja lange her.« Sie sah Nova an, und jetzt erst bemerkte Nova Ainas auffällige Pupillen. Grün mit einem dunkelbraunen Rand. »Welche Geister?«

»Im Oktober beispielsweise, da fiel der erste Schnee. Ich wollte einen neuen Trampelpfad von hier bis zum Parkplatz machen. Dort habe ich mein Auto stehen, weißt du? Und als ich zusammen mit Lina losgestapft bin, hat sich mir ein kleines Wesen in den Weg gestellt. Es hat mir verboten, weiterzugehen, so musste ich einen Umweg laufen. Deshalb verläuft der Pfad vom Parkplatz bis zum Haus kreuz und quer. Ist dir das nicht aufgefallen?«

Nova schüttelte den Kopf. Sie war so wütend gewesen, hatte so viele Fragen und Gedanken gewälzt.

»Bleibst du jetzt da?«, fragte Aina unvermittelt und stellte zwei geblümte Kaffeetassen mit passenden Untertellern auf den Tisch. »Juhan braucht ja nun seine Hütte nicht mehr.« Sie legte vier kleine Zimtschnecken, die sie in der Mikrowelle aufgetaut hatte, auf einen Teller und stellte ihn vor Nova. »Bedien dich. Selbst gebacken. Ich bekomme zwar nicht oft Besuch, aber wenn, dann gibt's meine Zimtschnecken.«

»Und Waffeln?«, rutschte Nova heraus.

»Daran erinnerst du dich?« Aina lächelte. »Ich mache dir gerne Waffeln. Ich habe Moltebeeren in der Gefriertruhe.«

»Danke, nein. Vielleicht ein andermal.«

»Du bleibst also länger.« Aina schaute sie wieder mit ihren eindringlichen Augen an.

»Nein, nein. Nur so lange, bis ich begriffen habe, was vorgefallen ist. Ich weiß nur, dass … Nein, eigentlich weiß ich gar nichts.«

»Dein Vater war nie gesprächig. Nicht als junger Mann, und später, nachdem er aus dem Gefängnis entlassen wurde, erst recht nicht. Merkwürdig, dass er Sozialarbeiter war. Aber er konnte gut mit Jugendlichen, er hörte ihnen zu.«

»Wissen Sie …?«

»Sag du zu mir. Ich wurde schon lange nicht mehr gesiezt.«

»Weißt du, wie das damals war? Wie kam es dazu, dass mein Vater einen Jungen angeschossen hat?« Nova trank einen Schluck Kaffee.

»Wie gesagt, Juhan hat nicht darüber geredet. Er hat sich zurückgezogen, hatte wenig Kontakt. Manchmal hat er Kent Arne und mir geholfen. Beim Holzmachen, wenn wir im Frühjahr schwere Holzstämme gesägt haben und versuchten, sie aus dem Schnee zu ziehen. Das wurde für meinen Mann und mich immer beschwerlicher. Juhan hat die Stämme mit dem Schneemobil rausgezogen und sie uns bis ans Haus gefahren. Noch letztes Jahr hat er mir geholfen. Auch beim Sägen und Spalten. Aber in diesem Jahr war er schon zu krank. Das ging nicht mehr. Ich hab zehn Kubikmeter Holz bestellt, hab es sägen und spalten lassen. Das funktioniert auch. Man muss es nur bezahlen.«

»Und er hat nie von damals erzählt?«

»Kein Wort.« Aina schüttelte den Kopf. »Iss doch. Sie sind lecker.« Sie deutete auf den Teller.

Nova biss in eine Zimtschnecke. Tränen stiegen ihr in die Augen. Kristin. Sie hatte sie immer gebacken ... Wie sie diese sentimentalen Anflüge hasste!

»Ist dir nicht gut?«

Nova wehrte ab. »Nein«, sie wischte eine Träne weg, »ich hab nur an meinen Vater und an Kristin gedacht.«

Aina aß und legte das angebissene Teilchen auf die Serviette, die sie bereitgelegt hatte. »Die Arme!«

Nova hob den Kopf. »Wo ist sie eigentlich? Pelle sagte, ihr ging es nicht gut und Kaspar musste in eine Pflegefamilie.«

Aina nahm ihre Tasse zwischen die Hände. »Ich weiß nur, dass sie kurz nach der Tat in die Psychiatrie eingeliefert wurde, in Luleå. Sie hat das alles nicht verkraftet. Und dann haben sie ihr auch noch den Jungen weggenommen. Das ist so tragisch.«

»Sie müsste doch sicher entlassen sein, oder?«

Aina zuckte mit den Schultern. »Ihre Familie lebte in Porjus. Kristins Eltern kamen jedoch aus Jämtland. Sie sind schon lange zurückgezogen, ich glaube, noch vor Kaspars Geburt. In die Nähe von Östersund. Kanntest du sie?«

Nova schüttelte den Kopf.

»Kristin hatte zwei Geschwister. Der Bruder wohnte vor zwanzig Jahren bereits in Stockholm. Und die Schwester? Die muss studiert haben und ist nach Südschweden. Aber ich bin mir nicht sicher.«

Nova überlegte. »Ich würde gerne mit Kristin reden. Ich muss verstehen, was damals passiert ist. Weißt du, mein Vater …«, sie stockte, »… für mich war er der friedliebendste Mann der Welt. Er konnte keiner Fliege etwas zuleide tun.«

»Ich kann gut nachvollziehen, warum er das getan hat. Oft habe ich mich gefragt, wie ich gehandelt hätte, wenn man einem meiner Kinder so etwas Schreckliches angetan hätte. Mit Alkohol abfüllen und im Straßengraben liegen lassen. Kaspar hätte sterben können. Es war November. Wir hatten Minusgrade. Das ist so furchtbar!« Aina stellte ihre Tasse auf den Tisch. »Kent Arne und ich haben oft darüber gesprochen. Wir waren uns einig. Es war nicht richtig, was Juhan getan hat, und der Junge ist für sein Leben gezeichnet. Aber zwölf Jahre Gefängnis, nein …« Sie schüttelte den Kopf.

»Wo ist das alles denn passiert? In Porjus? Und ist mein Vater dann zu diesem Timo nach Hause und hat ihn angeschossen? Er muss total überreagiert haben, oder?«

»Die genauen Details kenne ich nicht. Ich weiß nur, was man sich im Dorf erzählt hat. Vielleicht steht das alles im Polizeiprotokoll.«

»Kann ich das einsehen?«

»Wäre es nicht besser, die Sache ruhen zu lassen?« Aina legte die Hand auf Novas Arm.

»Mein Vater hat sich quasi für tot erklärt. Ich wusste nicht, dass er noch lebt, sonst wäre ich früher gekommen.« Nova schluchzte. Sie wischte eine Träne von der Wange. »Er hätte doch mit mir reden müssen. Ich bin seine Tochter.«

»Du warst so jung.« Aina schaute ihr in die Augen. »Ein Teenager.«

»Als er entlassen wurde, war ich sechsundzwanzig Jahre alt. Hat er mir denn gar nichts zugetraut? Ich kann denken, kann mir selbst eine Meinung bilden. Warum hatte er solche Angst davor, dass ich ihn verurteile? Und wenn er gewollt hätte, dass ich ihn als den liebevollen Vater in Erinnerung behalte, den ich kannte, hätte er mich doch in Ruhe lassen können. Warum vererbt er mir die Hütte und die Rentiere? Das ist so gestört.« Nova legte ihre angebissene Zimtschnecke auf den Tisch und weinte.

17

Das ist ja entsetzlich, mit Kaspar und dem angeschossenen Jungen!« Nova hörte der aufgeregten Stimme ihrer Mutter zu, die Fragen über Fragen stellte, die Nova nicht beantworten konnte. »Was willst du mit einer Hütte in Lappland? Du wohnst doch in Hamburg. Und Rentiere? Das ist eine riesige Verantwortung. Wie viele sind das denn?«

»Um die vierzig. Als Papa aus dem Gefängnis entlassen wurde, hat er Pelle die meisten Tiere überschrieben. Pelle hat sich ja die ganze Zeit schon um seine Herde gekümmert. Irgendwo muss ein Ordner sein mit den genauen Unterlagen.«

»Schon ein einziges Rentier wäre zu viel. Du weißt doch nichts über Rentierzucht oder …«, sie stutzte, »hast alles vergessen.«

Nova stöhnte leise. »Ich will rauskriegen, was genau damals passiert ist. Deshalb bleibe ich ein paar Tage länger.«

»Wozu?«

»Dann weiß ich es. Hoffentlich.« Sie beherrschte sich, nicht laut zu werden. Aber sie war so sauer, dass sie am liebsten gleich wieder aufgelegt hätte. Doch ihre Mutter blieb hartnäckig.

»Verkauf alles, dann hat dir dein Vater wenigsten etwas vererbt. Am besten an Pelle, wenn er es dir schon angeboten hat. Das geht sicher schnell. Wann fährst du denn wieder zurück? Wir können uns doch hier bei mir treffen. Du hast Stig nie kennengelernt, dabei sind wir schon fünf Jahre zusammen.«

Nova atmete tief aus. Nein, sie kannte den Freund oder Partner ihrer Mutter nicht. Sie wollte ihn auch nicht kennenlernen. Es hatte so viele davor gegeben. An einen Lars und an einen Sven erinnerte sie sich, die anderen Namen hatte sie vergessen.

»Ich würde ihn dir gerne vorstellen. Du wirst Stig mögen. Er ist …«

»Keine Ahnung, wann ich zurückfahre«, unterbrach sie ihre Mutter. »Heute ist Dienstag, bis Sonntag hab ich Urlaub. Vielleicht brauche ich auch länger. Ich melde mich.« Sie verabschiedete sich und legte auf.

Seit sie zurück in der Hütte war, hatte ihr Handy ständig geklingelt. Zuerst Leo, der ihr erzählte, dass er Karten für das Konzert am Samstag ergattert hatte. Sie hatte gemurmelt: »Schön, dass es geklappt hat«, aber währenddessen hatte sie darüber nachgedacht, wie sie Kristin finden könnte.

Dann ihre Chefin. Lydia hatte eine Frage zu einem Projekt und vergewisserte sich, dass Nova nächsten Montag wieder zurück sei und arbeiten würde. »Ich brauche dich, Nova. Vor Weihnachten ist die Hölle los!« Kurz darauf war es Laura, die sie nach dem Testament fragte und wissen wollte, wie hoch der Schnee lag. Wie kalt es war und ob die Hütte beheizbar sei und wie es ist, so weit weg von der Zivilisation zu wohnen … Und jetzt ihre Mutter, die Novas Frust, der eigentlich ihrem Vater galt, abbekommen hatte.

Bevor sie telefonierte, hatte sie versucht, herauszubekommen, was genau damals passiert war. Sie hatte im Internet recherchiert, hatte einen kleinen Zeitschriftenartikel über die Tat gefunden, der aber keine neuen Informationen brachte. Sie hatte gegoogelt, um Kristins Aufenthaltsort herauszufinden. Aber sie fand keine Kristin Sarri in Schweden, oder sie hatte ihren Namen und die Adresse nicht registrieren lassen. Vielleicht hatte sie nach der Scheidung wieder ihren Mädchennamen angenommen?

»Kroik«, hatte Aina gesagt, »sie hieß vor der Heirat Kristin Kroik.«

Aber auch unter diesem Namen: Fehlanzeige. Nova versuchte Kristins Schwester und Bruder zu finden. Aina hatte ihr die Namen genannt. Nichts. Nova überlegte. Ihr Onkel. Er musste wissen, wo Kristin lebte. Sie rief ihn an, hörte jedoch wieder nur den Anrufbeantworter. Nova seufzte. Morgen würde sie bei Pelle vorbeifahren, er konnte sich doch nicht dauernd verleugnen. Pelle wohnte mit Eleonor nicht direkt in Porjus, sondern auf der rechten Seite des Flusses, bevor man über den Damm fuhr. Aina könnte sie mitnehmen.

»Jeden Mittwoch betreue ich nachmittags die Bibliothek in Porjus. Sie ist einmal die Woche geöffnet. Falls du ins Dorf musst, kannst du gerne bei mir mitfahren.« Aina hatte sie vorhin mit Lina zurück zum Parkplatz begleitet, wo sie ihren Pkw abgestellt hatte. Sie hatte ihr Linas Leine in die Hand gedrückt und ihren Volvo vorsichtshalber einmal gestartet. Das alte Gefährt röhrte auf und stieß eine dunkle Abgaswolke aus dem Auspuff aus.

»Wunderbar! Startet immer. Auch nach über fünfundzwanzig Jahren läuft er wie am Schnürchen.« Sie lachte. »Ich muss nur alle zwei Jahre die Batterie tauschen lassen. Hat mir Kent Arne noch eingeschärft, kurz bevor er starb. Damit ich immer beweglich bleibe. Bisher hat mich der Wagen nur einmal im Stich gelassen, aber da hatten wir unter dreißig Grad minus. Also ...«, sie hatte ihr Linas Leine aus der Hand genommen, »falls du morgen nach Porjus willst, um dreizehn Uhr geht's los. Ich bin etwas früher da. Muss das Auto vom Schnee befreien. Sei pünktlich.«

Nova schaute aus dem Fenster. Es war erst halb drei Uhr nachmittags und dämmerte bereits. In einer Dreiviertelstunde würde es dunkel sein. Aber heute war Vollmond. Er war bereits aufgegangen. Aina hatte Nova darauf hingewiesen, als sie durch den Wald liefen. »Schau nur, wie er leuchtet!« Sie hatte auf den runden hellen Ball gedeutet, der zwischen den Bäumen hervorblitzte und dann über dem Lule-Fluss in seiner vollen Größe zu sehen war.

Nova überlegte. Durch den Vollmond müsste es hell genug sein zum Skifahren. Am Morgen waren ihr im Schuppen zwei Paar Holzskier aufgefallen. Beide mit der alten Rottefeller Bindung. Auf einem Paar Skier stand mit einem schwarzen Stift ein großes H, für höger, rechts, und ein großes V, für vänster, links. Ihre alten Skier. Nova hatte sich nie merken können, welcher Ski an welchen Fuß passte. Deshalb hatte sie die Seiten gekennzeichnet. In einem Regal standen ein paar schwarze Skischuhe. Für einen Mann hatte ihr Vater kleine Füße gehabt, höchstens Schuhgröße 44. Kurz entschlossen schnappte Nova sich Skier und Schuhe und zog in der Hütte zwei Paar Socken über ihre eigenen. Sie schlüpfte in Jacke und Handschuhe und stülpte zur Sicherheit eine Stirnlampe über die Mütze, die sie in einer Schublade gefunden hatte. Sie funktionierte.

Ihr Vater hatte ihr das Skifahren beigebracht, als sie gerade laufen konnte. Später war sie mit ihrer Großmutter Ski gefahren, immer Langlauf, nie Abfahrt. In Hamburg hatte sie keine Gelegenheit dazu gehabt. Novas Herz schlug schneller. Es war so lange her.

Langsam glitt sie abwärts, vorbei am Parkplatz, zu einer kleinen Nase, die in den Fluss ragte. Rechts davon lag der schneebedeckte Sandstrand. Nova stoppte und schaute zum Himmel. Am Mittag hatte es aufgeklart. Das Dunkelblau war von einzelnen grauen schmalen Wolkenstreifen durchzogen. Jetzt schoben sich die Streifen vor die gelbe Mondkugel, verschwanden aber gleich darauf wieder. Hinter dem Wald, auf der anderen Seite des Flusses, schimmerte es leicht rosa. Es schien kälter zu werden. Nova hatte, bevor sie losgefahren war, auf das Außenthermometer an der Hüttentür geschaut. Knapp unter zehn Grad. Vielleicht würde morgen die Sonne scheinen. »Sonne und minus zehn, fünfzehn Grad. Das ist die beste Temperatur. Hauptsache kein Tauwetter.« Schon wieder die Stimme ihres Vaters. Nova schüttelte den Kopf, schlüpfte in die Schlaufen der Skistöcke, drehte sich um und fuhr Richtung Wald.

Die Skier waren sicher über zwei Meter lang. »Bei deinen knapp ein Meter achtzig brauchst du so lange Bretter.« Nova war schon mit dreizehn Jahren ein paar Zentimeter größer gewesen als ihr Vater.

Nova stieß die Stöcke in den Boden und schlug sie gegen herunterhängende Äste. Schnee spritzte auf ihre Jacke, Mütze und in ihre Augen. Sie blieb stehen und fuhr sich mit dem Jackenärmel über das Gesicht. Schließlich riss sie sich zusammen, konzentrierte sich und glitt den schmalen Waldweg entlang, den sie zuvor mit Aina gelaufen war. Langsam wurden ihre Bewegungen rhythmischer. Sie kam immer tiefer in den Wald. Vor ihr schimmerten helle Lampchen an Sprossenfenstern. Sie hörte Linas Bellen und schwenkte nach rechts, an Ainas Haus vorbei. Wie war es, so weit draußen zu wohnen, ganz allein? Nur mit dem Hund reden zu können, mit den Toten und den Geistern? Aber Aina schien nicht unglücklich zu sein. Wie sie sich gefreut hatte über Novas Besuch! Doch sie hatte auch gelächelt, als sie sich verabschiedet hatte. »Ich habe ein neues Strickmuster für Handschuhe. Das probiere ich heute Abend aus.« Aina schien mit ihrem Leben zufrieden zu sein.

Der Pfad hörte auf, jetzt fuhr Nova querfeldein durch den Wald. Sie ließ den hellen Schein der beleuchteten Fenster hinter sich. Der Mond blitzte nur ab und an zwischen den dichter stehenden Bäumen hindurch. Trotzdem brauchte Nova kein zusätzliches Licht. Der Schnee erhellte ihren Weg. Sie sah ihre Umgebung immer besser. Die Fichten, die Kiefern. Sie glitt durch das weiche Weiß und wich umgefallenen Bäumen aus. An manchen Stellen sank sie an die zwanzig Zentimeter ein. Schnee schob sich unter ihre Hosenbeine und Schuhe. Blöd, dass sie keine Stulpen trug. Eine Skihose hatte sie auch nicht dabei. Egal. Sie wollte jetzt nichts denken, nur dahingleiten, sich treiben lassen durch diese weiße Wunderwelt. Nichts hören außer dem gleichmäßigen Geräusch ihrer Skier, die durch Schnee glitten. Nova schwitzte. Das ständige Ducken, Bücken und konzentrierte Gleiten nahm all ihre Aufmerksamkeit in Anspruch. Über ihr kreischten Raben auf, vielleicht hatte sie sie beim Schlafen gestört. Sie flogen davon. Schliefen Raben, sobald es dunkel wurde? Nein, nichts denken. Nova schob ihre langen Skier durch den weichen Schnee. Jetzt wurden die Bäume lichter. Sie holte mit den Stöcken aus, glitt schneller. Sie genoss die Geschwindigkeit. Ihre Arme und Beine bewegten sich in einem regelmäßigen Rhythmus, als hätten sie nie etwas anderes getan.

18

Die Bibliothek hat bis siebzehn Uhr geöffnet. Danach fahre ich zurück. Es ist immer noch dasselbe Gebäude wie früher. Du erinnerst dich doch, oder?«

Nova nickte und stieg aus dem Volvo. »Ein lang gestrecktes Haus mit einem schmiedeeisernen Schild, kurz bevor man auf den Porjus-Berg fährt.«

»Genau. Bis dann.«

Nova schnappte sich ihren Rucksack aus dem Fußraum. »Danke«, wollte sie noch sagen, aber Aina hatte bereits die Hand zum Abschied gehoben, die Räder drehten durch. Nova schlug die Beifahrertür zu, Schnee stob auf.

Sie war froh, dass sie heil an der Abzweigung zu Pelles Siedlung angekommen waren. Ainas Fahrstil war gelinde gesagt gewöhnungsbedürftig. Sie fuhr grundsätzlich in der Mitte der Fahrbahn, drückte in Kurven aufs Gas und hatte gelacht, als Nova sie darauf hinwies, dass nicht nur Fahrzeuge, sondern auch Rentiere auf der Straße unterwegs sein könnten. Nicht zu reden von den Kindern, die in einem der vereinzelt stehenden Häuser wohnten.

»Die Rentiere kennen mich, und die Kinder sind in der Schule!«, hatte Aina gesagt und gegrinst. »Nein, du hast recht.« Sie nahm den Fuß kurz vom Gas. »Ich fahre gerne schnell. Das hat Kent Arne schon verrückt gemacht.«

Ein blaues Postauto befüllte bunte Briefkästen, die an der Einfahrt der Siedlung standen. Der Postbote hob freundlich die Hand, Nova nickte ihm zu und lief die Straße entlang. Einen Gehweg gab es nicht. Der durch die Fahrzeuge platt gedrückte Schnee knirschte laut unter ihren Schuhen.

Natürlich erinnerte sie sich an die Bibliothek. Sie hatte sich in allen Ferien Bücher ausgeliehen.

»Nicht mehr als fünf«, hatte ihr Vater im Sommer immer gesagt, kurz bevor sie in die Berge flogen. »Sonst haben wir Übergepäck im Helikopter.« Dabei lachte er. Klar, nicht mehr als fünf. Wusste sie doch. Vor allem dicke Bücher hatte sie sich ausgesucht, mit vielen Illustrationen. Die Geschichten waren ihr nicht so wichtig. Hauptsache massenhaft Zeichnungen, so entstanden ihre eigenen Geschichten im Kopf, die manchmal nichts mit der Handlung im Buch zu tun hatten.

Nova blieb stehen und streckte das Gesicht in die gleißende Sonne. Es war kalt heute. Minus zwanzig Grad, schätzte sie.

Der Schnee glitzerte, als tanzten Abertausende kleine Lichter auf der weißen Fläche, doch die Sonne wärmte nicht. Heute ließ sich keine einzige Wolke am Himmel blicken. Eine Mischung aus Hellblau und Rosa. Es war so kalt, dass ihr Atem direkt an den Haaren und am Schal gefror. Nova lief schneller. Obwohl sie eine lange Skiunterhose unter der Jeans und zwei Pullover übereinander trug, fror sie. Weder Jeans noch ihre kaum gefütterte Winterjacke waren für das Klima in Lappland geeignet.

Erste Häuser tauchten auf. Hier wohnten meist Sami in verschiedenfarbigen Holzhäusern, die auf weitläufigen Grundstücken standen. Man brauchte Platz für die

Gerätschaften. Einen Schuppen für das Schneemobil und den Anhänger, mit denen die Rentiere transportiert wurden, einen Unterstand für das Holz, eine Räucherhütte, in der das Rentierfleisch und Fisch geräuchert wurden. Novas Vater und Kristin hatten früher zusammen mit Pelle auf dessen Grundstück geräuchert.

Novas Schritte wurden langsamer. Würde Pelle zu Hause sein? Warum hatte er nicht auf ihre Anrufe reagiert? Sie hatte es heute Morgen noch einmal probiert. Hoffentlich arbeitete Eleonor. Ob Eric, deren Sohn, noch daheim wohnte? Vielleicht jobbte er bei Vattenfall oder in einer der Gruben in Gällivare oder Kiruna, wie viele Sami.

Es war das letzte Haus in der Straße. Dahinter fing der Wald an. Nova hielt inne. Es sah freundlich aus. Vielleicht durch die weiße Holzfassade, die früher einmal dunkelbraun gewesen war. Über zwei Seiten verlief eine großzügige Holzterrasse. Große rote Weihnachtssterne hingen in den Frontfenstern. Sie trat näher, stieg die Treppenstufen nach oben, schluckte und drückte auf die Klingel. Drei Mal erklang eine kurze Melodie, dann sah Nova durch den langen Spalt in der Tür jemanden kommen. Pelle müsste größer sein. Eleonor.

Die Tür öffnete sich. Nova erkannte ihre Tante sofort. Sie hatte rundere Hüften, war aber immer noch schlank. Die glatten, früher dunkelblonden Haare waren inzwischen grau. Sie hatte sie zu einem Pferdeschwanz gebunden. In der dunklen Jogginghose und dem kurzärmligen T-Shirt wirkte Eleonor dynamisch und viel jünger als die bald sechzig Jahre, die sie jetzt sicher sein musste.

»Ja?«

Nova bemerkte eine kleine Falte zwischen Eleonors Augenbrauen.

»Nova?«

»Ja. Hallo, Eleonor. Ich wollte kurz mit Pelle …«

»Komm rein.« Eleonor wies sie an, ihre Jacke an einen Haken im Flur zu hängen.

Nova zog auch die Schuhe aus und ging in Strümpfen hinter Eleonor in die Küche.

»Pelle hat die Grippe. Schon Montagabend fing es an, als er vom Notar zurückkam. Fieber, Husten … die ganze Palette.«

»Ich habe mehrmals angerufen, aber …«

»Er kann kaum sprechen.«

Nova versuchte, Eleonors Worte zu deuten. Sie konnte keine Abneigung darin erkennen. Ihre Stimme klang neutral, als würde sie zu einem ihrer Patienten im Krankenhaus sprechen.

Sie bot Nova Kaffee und Tee an und bat sie, sich zu setzen. Die Küche sah freundlich aus. Sie war in Grau und Weiß gehalten und wirkte aufgeräumt. Hier stand nichts Überflüssiges herum, keine Teller vom Mittagessen, keine Gläser, keine Krümel auf dem blank polierten Tisch. Alles sauber, clean, wie in einer Ausgabe von *Schöner Wohnen*.

»Hast du Juhans Hütte aufgeräumt?«, rutschte es Nova heraus.

Eleonor war dabei, Teewasser aufzusetzen. Sie hielt in ihren Bewegungen inne.

»Dein Vater war in den letzten Monaten sehr krank. Er konnte sich kaum selbst versorgen. Der Pflegedienst hat ihm Essen gebracht, und vielleicht hat er auch mal geputzt. Es war wirklich nötig.«

Nova sah Eleonor dabei zu, wie sie nach Teebeuteln kramte. »Hatte Papa keine Fotos von uns, also von Kaspar und mir? Da ist nichts Persönliches in der Hütte. Keine Erinnerung an seine Familie. Oder gab es einen Brief an mich?«

»Ich dachte, es fällt dir leichter, das alles hinter dir zu lassen, wenn …«

»Wenn was?« Nova merkte, wie Hitze an ihrem Hals emporkroch. Sie zog einen der Wollpullover aus und legte ihn auf den Stuhl neben ihr.

»Nova, wir konnten noch nie gut miteinander. Aber ich will dir nichts Böses. Das wollte ich nie. Ich wünsche mir, dass wir alle so gut wie möglich aus der Sache herauskommen. Dein Vater ist tot. Er hat dir die Hütte und die Rentiere vererbt. Pelle würde dir beides abnehmen. Wenn ein paar weitere Jahre vergangen sind, wird vielleicht endlich Gras über diese Tragödie wachsen, und du kannst dein Leben in Deutschland weiterführen wie bisher. Ich habe es auch früher nie passend gefunden, dass du hierherkamst und versucht hast …« Sie stockte.

»Was habe ich versucht?«

»Eine Samin zu werden.«

Nova schaute sie mit verwunderten Augen an. Was sollte das heißen? Sie *war* Samin. Ihr Vater hatte ihr alles beigebracht, was man wissen musste. Sie konnte Lasso werfen, hatte bei Rentierscheidungen geholfen, ihr Vater hatte sie auf die Elchjagd mitgenommen, sie hatte ihr eigenes Rentier markiert …

»Es war und ist auch heute für mich als Schwedin schwer, in dieser samischen Gesellschaft zu leben. Das ist nichts für dich. Das ist zu hart. Und dann bist du nicht mal Schwedin, du bist Deutsche. Was glaubst du, wie das für mich …?«

»Ich bin Schwedin *und* Deutsche.« Novas Augen blitzten auf. »Und ich kann selbst Entscheidungen treffen.« Sie griff nach ihrem Pullover, zog ihn über und stand auf.

»Jetzt bleib! Ich wollte doch nur …«

Nova ging in den Flur, zog Schuhe und Jacke an, schnappte Mütze, Schal und Rucksack und öffnete die Haustür. Ein Schwall eiskalter Luft schlug ihr entgegen. Sie atmete tief ein.

»Warte doch!« Eleonor stand hinter ihr im Türrahmen.

Nova lief die Treppenstufen hinunter.

»Am Samstag ist die Beerdigung.«

»Was?« Nova drehte sich noch einmal um.

»Hat Pelle dir das nicht erzählt? Die Beerdigung ist in drei Tagen. Hier in Porjus. Falls Pelle wieder gesund ist. Sonst müssen wir sie verschieben. Kommst du?«

Nova erstarrte. Sie hatte gedacht, ihr Vater wäre schon lange beerdigt. Er war doch bereits vor über drei Wochen gestorben. In Deutschland begrub man seine Toten nach wenigen Tagen. »Keine Ahnung. Vielleicht … hm …« Nova stotterte. Mit eiligen Schritten lief sie aus der geräumten Einfahrt. Nichts wie weg hier! Gestern, beim Skifahren, war ihr alles so leicht erschienen. Sie hatte endlich wieder frei atmen und ihre Gedanken ausschalten können. Und jetzt … die Beerdigung ihres Vaters! Sie wollte nichts davon wissen.

Sie wollte nur verstehen, warum ihr Vater den Jungen angeschossen hatte. Wenn sie das herausgefunden hatte, würde sie gehen, zurück in ihr altes Leben. Sie bemerkte Eleonors Blick im Nacken und schwenkte nach rechts, lief an den Häusern entlang. Ihre Schritte wurden immer schneller.

19

Der Atem gefror an Novas Haaren. Sie wurden steif, schimmerten silbern. Nova setzte die Kapuze über die Mütze und schob den Schal vor den Mund. Nordwind blies ihr entgegen.

»Schau nicht nur nach dem Thermometer. Wind macht es kälter. Du kannst sterben, wenn du draußen nicht die richtige Kleidung trägst.«

Halt einfach die Klappe! Tränen schossen Nova in die Augen. Eine Träne bahnte sich einen Weg an ihrer Wange entlang. Nova kramte nach einem Taschentuch, wischte sich übers Gesicht. Die Haut durfte nicht nass werden, nicht bei dieser eisigen Kälte. Die Wangen könnten erfrieren und einen Kälteschaden nehmen, der nicht mehr rückgängig zu machen wäre. Ihr Vater hatte immer darauf geachtet, dass Kaspar und sie im Winter wasserfreie Creme verwendeten. Bevor sie rausgingen, zum Schneemannbauen oder zum Rodeln. Später, wenn Nova mit ihrem Vater mit den Skiern auf dem zugefrorenen Lule-Fluss unterwegs war, wies er sie immer darauf hin. Wasserfreie Creme, wasserfreie Creme, wasserfreie Creme, tönte es in ihrem Kopf. Sie hatte verdammt noch mal keine wasserfreie Creme. Daran hatte sie überhaupt nicht gedacht. Wollte sie auch nicht. Sie wollte wieder zurück, nach Deutschland, in ihr altes Leben. Wollte nicht, dass ein toter Vater in ihrem Kopf herumspukte, ein Vater, der ihr ständig Worte ins Hirn blies, ein Verbrecher, der nun auch noch beerdigt werden sollte.

Nova lief an den Briefkästen vorbei, schwenkte nach rechts, zum Dorf. Ihre Schritte wurden schneller. Trotzdem blieben ihre Füße kalt. Sie brauchte unbedingt andere Winterboots. Mindestens eine Nummer größer, damit sie zwei Paar Socken anziehen konnte. Und eine dickere Winterjacke. Sie zog die Riemen ihres Rucksacks enger, als ob die sie wärmen könnten.

Auf der Straße gab es keinen Gehweg. Nova lief auf der Fahrbahn. Es waren sicher zwei Kilometer bis zur Dorfmitte, aber sie musste sich warm laufen, und sie brauchte etwas Süßes. Zur Beruhigung. Sie lief und lief, die Mütze tief ins Gesicht gezogen, den Kopf gesenkt. Ein Fahrzeug fuhr von hinten an ihr vorbei. Schnee stob auf, spritzte ihr in die Augen und auf ihre Wangen. Auch das noch! Sie blieb stehen, zog die Handschuhe aus und versuchte, ihr Gesicht mit dem Schal trocken zu reiben. Ihre Handschuhe fielen auf den Boden, sie bückte sich. Dieselgestank stieg ihr in die Nase.

Das Fahrzeug vor ihr war stehen geblieben. Ein grüner Land Rover, älteres Modell, mit Holzskiern auf dem Dachträger. Die Fahrertür öffnete sich.

»Hej, tut mir leid. War keine Absicht, dich mit Schnee vollzuspritzen. Können wir dich mitnehmen?«

Nova zog die Handschuhe über, sah zuerst einen riesigen dick wattierten Kapuzenparka, eine grün-gelb geringelte Pudelmütze, dann blickte sie in ein rundes Gesicht mit dunklen Augen hinter einer silbernen Nickelbrille. Ein bärtiger Mann, ein paar Jahre älter als sie, schätzte Nova.

»Ich stehe ungünstig. Willst du einsteigen?«

Sie überlegte. »Ja, danke.« Nova bemerkte, wie der Mann etwas ins Auto rief. Dann wandte er sich wieder ihr zu. »Du kannst dich auf den Beifahrersitz setzen.«

Sie stieg ein. Auf dem Rücksitz drängten sich zwei kleine Mädchen und ein riesiger schwarzer Hund zusammen. Die Mädchen sahen sie neugierig an, der Hund schaute aus dem Beifahrerfenster.

»Samuel«, sagte der Mann, nahm seine Mütze ab und legte sie auf die Ablage vor ihm. Er trug die lockigen dunklen Haare zu einem Pferdeschwanz gebunden, der ihm bis auf die Schulterblätter fiel. Er lächelte.

»Nova«, sagte sie und versuchte, ihren Rucksack von den Schultern zu nehmen. Umständlich wand sie sich heraus und stellte ihn neben ihre Schuhe. Sie schnallte sich an.

»Das sind Tindra, Ebba, und der Dicke dahinten ist Otto.«

»Hej, ihr drei.« Sie drehte sich nach hinten.

»Otto ist zehn«, sagte das größere Mädchen. »Er ist ein Hütehund. Wie alt bist du?«

»Vierunddreißig«, sagte Nova und lächelte. Schon lange hatte sie niemand mehr nach ihrem Alter gefragt.

»Ich werde bald sechs und komme nächstes Jahr in die Vorschule. Ebba ist erst vier.« Tindra grinste und zeigte dabei ihre kleinen Zähnchen.

Samuel fuhr los.

»Wow. Freust du dich schon?«, fragte Nova.

Tindra nickte.

»Ich will auch in die Vorschule, Papa«, sagte die Kleinere und schubste ihre Schwester von der Seite.

»Du darfst auch bald.« Samuel wandte sich ihr zu, und sie drehte sich wieder nach vorne. »Wir können dich ins Dorf mitnehmen. Ich habe im Winter noch nie jemanden auf der Fahrbahn laufen sehen. Wohin willst du denn?«

»Ich brauche Schokolade«, sagte Nova und nahm ihre Wollmütze vom Kopf. »Gibt's den Laden noch?«

»Klar.«

»Marabou-Schokolade schmeckt am besten.« Das kam von Tindra.

»Nee, Kex schmeckt am besten.« Ebba schmollte. »Papa, Kex schmeckt doch am besten, oder?«

»Beides ist lecker. Wir kaufen Hundefutter im Dorfladen. Passt also perfekt.« Er sah Nova von der Seite an. »Ist gefährlich, hier zu laufen. Und das bei minus fünfundzwanzig Grad. Für Schokolade?« Samuel fuhr am Stauwerk vorbei und blinkte, um in die Hauptstraße abzubiegen.

»Ich mag's gefährlich.« Nova schaute aus dem Seitenfenster und ärgerte sich über sich selbst. Was redete sie für einen Unsinn? Sie fror und war froh, dass Samuel angehalten hatte. Sie hatte überhaupt nicht überlegt, wie weit es von Pelles und Eleonors Haus bis ins Dorf war. Früher war sie nie hier gelaufen. Samuel hatte recht. Kein Mensch lief bei diesen Temperaturen kilometerweit. Sie fuhren an einem riesigen Gebäudekomplex vorbei. *Hotel Porjus* stand in großen Buchstaben über dem Eingang. Dann folgten ein paar rot-weiße Villen, eine davon war mit handgeschriebenen Schildern in verschiedenen Sprachen behängt. Ein Laden, in dem es Fische, Rentierfelle, samische Andenken und Kuriositäten gab. Als Kind hatte sie ab und zu in den überquellenden Regalen herumgestöbert.

»Hier sind wir schon«, sagte Samuel, setzte den Blinker, fuhr auf einen kleinen Parkplatz und stoppte den Motor.

»Kriegen wir auch Schokolade, Papa?«, fragte Tindra.

»Wir kaufen Hundefutter für Otto.« Samuel half den beiden Mädchen aus dem Auto.

»Danke fürs Mitnehmen.« Nova stieg aus.

»Der Laden hat seit ein paar Jahren neue Besitzer. Ich kann dir zeigen, wie man hineinkommt?«

»Warum? Ist das Geschäft nicht offen?«

Samuel schüttelte den Kopf. »Nur vormittags ist jemand da. Nachmittags und abends kann man die Tür mit dem elektronischen Ausweis öffnen.«

»Den hab ich nicht.«

Er schaute sie verwundert an.

»Ich komme aus Deutschland.«

»Tja, da hast du Glück, dass wir dich mit Schnee vollgespritzt haben. Sonst würde das nichts werden mit der Schokolade.« Er lachte kurz und laut. Nova sah, dass sein Bauch unter dem riesigen Parka wackelte. Ebba und Tindra rannten zur Ladentür. Samuel zückte sein Handy, scannte einen QR-Code, der sich an der Tür befand, tippte ein paar Zahlen. Es schnurrte.

Die Mädchen drückten die Tür auf, drängten sich hinein, Nova und Samuel folgten.

»Nichts in die Hand nehmen«, rief Samuel den beiden nach, doch sie waren schon hinter einem der Regale verschwunden.

»Geh ihnen nach. Ich glaube, sie suchen dasselbe wie du«, sagte er, und ein paar Lachfältchen wurden um die Augen sichtbar. »Ich gehe zum Hundefutter.«

Nova schaute sich um. Die beigebraunen Holzregale

waren mit unverderblichen Waren gefüllt. Es gab Dosen in verschiedenen Variationen, von Erbsensuppe über Mandarinen in Sirup bis zu Fischbällchen in unterschiedlichen Soßen war alles vorhanden. Hinter einem schmalen Gang waren ein paar Schütten mit frischem Obst, Bananen, Äpfel, Orangen aufgestellt, daneben lagen Knäckebrotsorten und Plastiktüten mit Fladenbrot. Der Laden sah aus wie früher. Nova folgte Tindra und Ebba und fand sie vor dem Süßigkeitenregal, gefüllt mit Bonbontüten, Keksen und den verschiedensten Sorten Schokolade.

»Nichts anfassen, Ebbi«, zischte Tindra ihrer Schwester zu und zog deren kleine Hand von der Schokolade weg.

»Ich will aber Kex.« Das Mädchen schaute Nova mit großen Augen an.

Nova lief das Wasser im Mund zusammen, als sie die kleinen Schokoladenriegel sah, eine leckere Mischung aus Biskuit und Schokolade. Kaspars Lieblingsriegel. Sie drückte Ebba zwei in die Hand und schnappte sich auch welche. Dann griff sie eine Tafel Marabou-Milchschokolade und fragte Tindra nach ihrer Lieblingssorte.

»Mit Nüssen«, flüsterte die und drehte sich um.

Nova schaute über die Schulter, aber Samuel war nirgends zu sehen.

»Also, zwei Kex-Riegel für Ebba, eine Tafel Marabou-Nuss-Schokolade für Tindra, und für mich von jedem etwas. Ich bin ja größer als ihr. Und jetzt schleichen wir uns an die Theke und zahlen.« Nova hatte geflüstert.

Die beiden Mädchen nickten ihr verschwörerisch zu.

Doch das Zahlen stellte sich als schwierig heraus. Auch hier benötigte man den elektronischen Ausweis.

»Alles klar?« Samuel trat von hinten an sie heran. Er stellte einen riesigen Sack mit Hundefutter auf den Boden.

»Nova kauft uns Schokolade«, sagte Tindra.

»Und Kex«, ergänzte Ebba.

»Kannst du mir aushelfen?« Nova schaute ihn schuldbewusst an. Die Sache war ihr peinlich. »Ich geh gleich zum Automaten und geb dir das Geld.«

»Hier gibt's keinen Bankomat mehr. Schon seit Jahren nicht.«

»Oh! Und …«

»Wir zahlen nur mit Kreditkarte, Bargeld gibt's kaum noch. Ein elektronischer Ausweis wäre nicht schlecht. Das solltest du dir anschaffen, falls du länger bleibst. Sonst kannst du nie hier im Laden einkaufen. Beziehungsweise nur in netter Begleitung.« Er grinste.

»Ich wollte deinen Kindern gerne …«

»Ich lade euch ein. Eigentlich wollte ich keine Süßigkeiten kaufen. Vor allem meinetwegen nicht. Ich kann mich kaum zurückhalten, wenn Schokolade im Haus ist. Aber dann übe ich eben.«

»Nein, auf keinen Fall.«

»Üben?« Er nahm ihr die Süßigkeiten ab und scannte sie. Nova sah konzentriert auf die Zahlen, die auf dem Kassendisplay erschienen, und rechnete im Kopf zusammen. »110 Kronen bekommst du von mir. In Gällivare gibt es doch sicher noch Bankomaten, oder? Und Klamotten und Schuhläden. Ich müsste mir wärmere Schuhe kaufen. Und eventuell eine Jacke. Dann könnte ich dort das Geld abheben und …«

»Du bist mir nichts schuldig«, unterbrach er sie. »Aber

wenn du unbedingt willst … Morgen früh fahre ich nach Gällivare. Ich bin Lehrer an der samischen Grundschule. Um halb acht geht's los. Wir wohnen auf der anderen Seite von Porjus. Västra Strand 520.«

»Okay.« Nova überlegte. »Ähm, ich wohne in Ålloluokta, da gibt's keinen Bus.«

Samuel stutzte. »Soweit ich weiß, fährt Knut jeden Morgen von Ålloluokta nach Jokkmokk. Knut Jakobsson. Er arbeitet beim Sametinget. Er nimmt dich sicher mit und setzt dich bei uns ab. Ich gebe dir seine Telefonnummer und meine gleich dazu.«

»Das ist aber kein unverschämter älterer Mann in einem alten gelben Haus mit einem bellenden Jagdhund?«

Er schüttelte den Kopf. »Nein, Knut ist ein wenig älter als ich. Ein Netter.«

Sie tauschten ihre Telefonnummern, und Samuel verabschiedete sich. »Muss noch Unterricht vorbereiten, und Otto braucht seinen Spaziergang. Kommst du zurück nach Ålloluokta?«

Nova nickte. »Esst nicht alles auf einmal, und versteckt die Schokolade vor eurem Papa.« Sie lächelte die Mädchen an.

»Und was sagt man, wenn man etwas geschenkt bekommt?« Samuel hatte sich an seine Töchter gewandt.

»Danke.« Tindra und Ebba vergruben ihre Schätze in den Jackentaschen und rannten zum Auto.

»Also vielleicht bis morgen früh. Dann kannst du mir ja erzählen, wie es dich von Deutschland hierher verschlagen hat.«

Nova murmelte etwas vor sich hin, drehte sich um, hob die Hand und lief Richtung Bibliothek. Samuel und seine

Töchter waren nett. Die Zeit mit ihnen war wie im Flug vergangen, und Nova wurde bewusst, dass sie seit Tagen zum ersten Mal wieder gelächelt hatte. Aber wie würde Samuel reagieren, wenn sie ihm erzählte, wessen Tochter sie war?

20

Nova grübelte. Eine Woche Urlaub reichte nicht. Wie sollte sie in so kurzer Zeit mit Kristin sprechen, die immer noch unauffindbar war? Samuel hatte ihr zwar auf der Fahrt nach Gällivare versichert, dass er sich umhören werde – er sei in Porjus aufgewachsen, irgendjemand dort wisse sicher, wo Kristin wohnte –, aber das könne dauern. Wie sollte sie in nur ein paar Tagen herausfinden, was genau damals passiert war? Eleonor wollte Nova nicht fragen, und Pelle reagierte immer noch nicht auf ihre Anrufe. Zudem kreiste Nova ständig ein Gedanke im Kopf: Warum hatte Pelle damals ihre Mutter angerufen und gesagt, ihr Vater sei an einem Herzinfarkt gestorben? Er hatte gelogen. Aber aus welchem Grund? Ihr Onkel war ein Lügner, und ihre Tante wollte sie hier nicht haben. Am liebsten würde Nova so schnell wie möglich verschwinden. Sie brauchte diese Familie nicht. Pelle und Eleonor waren keine Familie für sie. Das Einzige, was sie brauchte, war mehr Zeit.

Nova holte einen großen Korb Birkenholz aus dem Schuppen. Sie befeuerte den Ofen unablässig mit neuen Scheiten, und die brannten in null Komma nichts herunter. In Gällivare war es etwas wärmer gewesen. Aber hier war die Temperatur noch weiter gefallen. Deshalb hatte Nova sich am Vormittag in einem Sportladen eine dickere Jacke, eine wattierte Überhose und mit Lammfell gefütterte Winterstiefel gekauft, die weit über den Schaft gingen. Wenn es bei der Beerdigung so kalt wäre wie jetzt, brauchte sie warme Kleidung.

Nova war froh, dass am Morgen alles geklappt hatte. Knut Jakobsson war ein freundlicher Mann, der sie bis vor Samuels Haus fuhr. Samuel wartete im Auto auf sie, und in Gällivare hatte sie genug Zeit, den Bankomat zu finden, Geld abzuheben und wärmere Kleidung zu kaufen. Zudem war sie zur Polizeidienststelle gegangen. Dort hatte man ihr erklärt, dass sie Auskunft über das Verbrechen bekommen könne. Aber sie müsse online bei einem Registrator eine Anfrage stellen, und die Antwort würde zwischen einer und mehrerer Wochen dauern. Am frühen Nachmittag war sie mit dem Bus zurück nach Porjus gefahren, und Knut, der nur halbtags in Jokkmokk arbeitete, hatte sie wieder bis nach Ålloluokta mitgenommen.

»Ruf mich an, wenn du wieder eine Fahrgelegenheit brauchst. Falls ich nicht fahre, tut es ein anderer. Einfach reden, dann klappt das. Wir wohnen so weit weg von der Zivilisation, wir müssen zusammenhalten. Sonst funktioniert das Leben hier draußen nicht.«

Sie hatte sich als Tochter von Juhan Sarri vorgestellt. Er machte dazu keine unangenehme Bemerkung, sagte nur: »Tut mir leid, dass dein Vater gestorben ist. Ich habe ihn nicht gut gekannt. Er war verschlossen, aber immer freundlich.« Genauso Samuel. Nachdem sie ihm erzählt hatte, wer sie war und was sie vorhatte, hatte er sofort seine Hilfe angeboten. All ihre Befürchtungen waren unbegründet gewesen.

Sie brühte sich einen Schwarztee, rief Lydia an und erklärte ihr die Lage. Wie erwartet war ihre Chefin nicht begeistert. »Hast du deinen Laptop mitgenommen?«, fragte sie Nova.

Hatte sie nicht. Sie hatte ja nur ein paar Tage wegbleiben wollen.

»Dann müssen eben die anderen mehr ran. Die Kunden warten nicht.«

»Ich habe Urlaub übrig. Es müssten noch sieben Tage sein.« Nova hörte ein Seufzen.

»Ich weiß, das ist ein Notfall. Aber total ungünstig, so kurz vor Weihnachten. Und vielleicht reichen dir die restlichen Tage nicht mal.« Am Ende der Leitung war es still. Dann kam: »Hast du nicht erwähnt, es gebe super Internet bei dir?«

»Ja, ich habe Glasfaser.«

»Und das am Ende der Welt.« Lydia lachte. »Das ist perfekt. Irgendjemand hat doch sicher einen Wohnungsschlüssel von dir. Könnte derjenige nicht …?«

Das hatte sie auch schon überlegt. Leo und Laura hatten je einen Schlüssel. Aber Leo konnte sie nicht bitten. Er hatte bei ihrem letzten Gespräch erwähnt, dass immer mehr Patienten mit Atemproblemen eingeliefert würden. Er machte Überstunden. Zudem wäre er furchtbar enttäuscht, wenn sie ihm jetzt erzählte, dass sie länger bliebe. Er freute sich doch so auf das Konzert mit ihr. Sie musste sich überlegen, wie sie ihm das beibringen sollte. »Ich bitte meine Freundin Laura darum.«

»Super, dann wäre das Problem gelöst. Das Schicken dauert sicher nicht lange, das geht per Express. Du kannst dort oben im Norden alles erledigen und hast zudem Ruhe für deine Arbeit. Ruf mich an, wenn du den Laptop hast, dann besprechen wir die Aufträge. Okay?«

Nova fiel ein Stein vom Herzen. Lydia war eine faire Chefin, ließ ihr und ihren Kolleginnen freie Hand, aber sie erwartete Leistung.

»Ich melde mich, bis dann.« Nova legte auf. Heute Abend würde sie mit Laura reden.

Sie schnappte sich die Tüte mit ihren Einkäufen, zog die schwarze Überziehhose, ihre neue rote Daunenjacke und die Stiefel an und drehte sich vor dem langen Spiegel am Eingang der Hütte. Kuschlig warm war die Jacke, und ihre alte Mütze mit den rot-schwarzen Streifen passte perfekt dazu. Wie lange hatte sie schon keine rote Jacke mehr besessen? Rot war immer ihre Lieblingsfarbe, deshalb hatte Kristin ihr alles in Rot gestrickt, Pullover, Handschuhe, Socken. Nova fing an zu schwitzen, hängte die Jacke an den Haken, warf die Überhose auf das Bett und breitete ihre weiteren Einkäufe aus. Sie liebte Obst und hatte Mandarinen, Kiwi und eine Ananas gekauft. Sie legte die Früchte in eine Schüssel, öffnete eine Tüte Walnüsse, tat sie in eine fein verzierte Holzschale, die sie in einem der Küchenschränke gefunden hatte, und stellte alles auf den Tisch. Im Bücherregal entdeckte sie ein Buch über Rentiere, eine Art Liebeserklärung. Sie setzte sich so, dass die Füße zum warmen Ofen zeigten, trank ihren Tee, aß Nüsse und las. Über das Leben der Sami mit Rentieren. Rentiere seien mehr als nur Tiere, mit denen Rentierzüchter ihre Lebensgrundlage verdienten, stand im ersten Kapitel. Rentiere seien die Wurzeln aller Sami: ihre Geschichte, ihre Vergangenheit, ihre Zukunft. Rentierzüchter würden von ihren Tieren leben, aber sie sprächen auch über sie, dächten ständig an sie, arbeiteten mit ihnen, sorgten sich um sie und erfreuten sich an ihnen.

Die Rentiere kommen immer zuerst, sei ein alter Spruch der Sami. Als sie das las, meinte Nova wieder ihren Vater zu hören. Er pfiff, wenn er morgens nach Gällivare zur Arbeit fuhr, aber er joikte, wenn er in den Bergen bei den Rentieren war. Und sein Gesicht leuchtete auf, wenn er Nova Geschichten von früher erzählte. Von seinen Eltern, die in einer Kote in den Bergen aufgewachsen waren. Von seiner Mutter, die Rentiere gemolken hatte und am Lagerfeuer Gakku buk. Ihr Vater erzählte gerne von Novas Großeltern, die sie nicht kennengelernt hatte, weil beide früh gestorben waren.

Nova versank in eine völlig andere Welt. Als sie merkte, dass das Feuer heruntergebrannt war und es deutlich kühler in der Hütte wurde, stand sie auf und legte erneut Holzscheite nach. Sie las Gedichte über das Rentierjahr, über das Kalben im Mai und die Sorge darüber, ob die Kälber überlebten. Ob sie stark genug wären, den Herden zu folgen, und von wilden Tieren verschont würden. Texte von alten Sami, die mit ihren Rentieren über die Berge gezogen waren. Sie übernachteten in Zelten oder später in Torfkoten und joikten, wenn sie in ihre bekannten Gebiete gekommen waren, ihre Heimat, die sie nach wenigen Wochen wieder verließen und weiterzogen. Nova las über das Markieren im Sommer und die Schlachtung im September vor der Brunft. Über Sami, die im Winter mit den Tieren ins Tal zogen, dorthin, wo sie genügend zu fressen fanden. Sie betrachtete die Fotos von Kälbern mit weichen Schnauzen und samtigen Fellen und Stieren mit riesigen Geweihen. Fotos, auf denen große Rentierherden durch weite unbewohnte Flächen trabten, immer auf der Suche nach genügend Futter.

Stunden später trank sie einen Schluck von ihrem kalten Tee. Tränen liefen ihr über die Wangen. Sie war so unendlich traurig und gleichzeitig so furchtbar wütend auf ihren Vater, der ihr die Möglichkeit genommen hatte, an diesem Leben teilzunehmen. Durch eine völlig blödsinnige Tat, die aus nichts anderem als einem Affekt geschehen sein konnte. Er hatte sie um ihre Jugend in Lappland gebracht, war aus ihrem Leben verschwunden. Hatte ein so unsinniges Verbrechen begangen, für Kaspar. War denn sein Leben mehr wert als ihres? Nova schlug so heftig auf den Tisch, dass die Teetasse umfiel und der restliche Tee über die Holzplatte floss. Die Obstschale rutschte dabei an den Rand des Tisches, Nova konnte sie gerade noch festhalten, sonst wäre sie auf den Boden gefallen. Die übrig gebliebenen Nüsse lagen überall verstreut auf dem Holzfußboden. Novas Augen fielen auf das Buch, sie wischte es mit der Hand vom Tisch. Es landete auf dem Sofa. Eine Karte fiel heraus. Nova griff nach ihr. Eine Geburtstagskarte von Kristin an ihren Vater, in der sie ihm ihre Liebe beteuerte und dieses Buch schenkte. Sie schaute auf das Datum. 10. September vor genau zwanzig Jahren. Kristin schrieb, dass sie sich auf viele weitere Geburtstage mit ihm freue. Kurz darauf hatte ihr Vater auf den Jungen geschossen und dadurch ihrer aller Leben verändert.

21

Nova hatte schlecht geschlafen. Kaspar spukte ihr ständig im Kopf herum. Szenen mit ihm, die sich wiederholten. Er wurde von Klassenkameraden in der Schule gemobbt. Sie lachten ihn aus, weil er beim Sport nicht mithalten konnte, und füllten ihn auf einem Fest mit Alkohol ab. Kaspar lag im Straßengraben, das Gesicht nach unten. Sie versuchte, ihn umzudrehen, schaffte es nicht. Seine Wange war festgefroren. Sie redete mit ihm, schrie ihn an, zog und zerrte an ihm, er rührte sich nicht … Schweißgebadet wachte sie auf, zog sich um und versuchte, wieder zu schlafen. Stundenlang wälzte sie sich im Bett hin und her.

Die Dusche und der Kaffee am Morgen wirkten nicht. Sie war unendlich müde. Erst als sie im Schuppen mit einer kleinen Axt Späne spaltete, wurde ihr Kopf freier.

Sie rief bei der Kirchengemeinde an, fragte, wann die Beerdigung ihres Vaters sei, und erfuhr, dass sie um eine Woche verschoben worden war.

Aina versprach, sie zu begleiten. »Sicher kommen noch andere aus Ålloluokta mit«, sagte sie, »und aus Porjus und Jokkmokk werden bestimmt auch einige da sein, um deinen Vater auf seinem letzten Weg zu begleiten. Juhan war Mitglied in der Sirgas-Kooperative. Das ist schließlich der größte Zusammenschluss der Rentier-Sami hier in Lappland. Wir werden sehen, wer sich zu deinem Vater bekennt. Auf die Feigen, die zu Hause bleiben, kannst du verzichten.«

Nova schluckte.

»Komm vorbei, wenn du möchtest«, sagte Aina. »Ich bin in den nächsten Tagen immer da. Am Sonntag ist erster Advent. Ich werde mein Haus schmücken. Du bist jederzeit willkommen. Wenn du vorher anrufst, rühre ich einen Waffelteig«, fügte sie noch hinzu, »dann essen wir Waffeln mit Moltebeeren. Lina mag Waffeln auch sehr gerne. Kent Arne wurde immer sauer, wenn ich unseren Hunden Essen vom Tisch gegeben habe. Aber es hat ihnen nicht geschadet.« Sie beendete das Gespräch, und Nova war froh, in ihr eine Vertraute gefunden zu haben.

Aina erinnerte sie an ihre Großmutter Sophie. Sophie war genauso unkompliziert, gastfreundlich und selbstbewusst gewesen wie Aina. Und fit war sie, bis ins hohe Alter. Wie oft sie zusammen gewandert waren! Noch mit achtzig hatte Sophie Klettersteige überwunden und ihre Nachbarn ausgelacht, die sie von allzu schwierigen Wanderungen hatten abhalten wollen. Eigentlich hatte Nova Glück gehabt, dass ihre Mutter sie damals zu ihrer Großmutter nach Deutschland aufs Land geschickt hatte. Stockholm wäre für Nova nichts gewesen. Sie hatte sich in Täby, dem Vorort, in dem sie gewohnt hatten, zwischen all den Hochhäusern, lauten Straßen und vielen Menschen nie wohlgefühlt.

Nova rief Laura an und bat sie, ihr den Laptop zu schicken. Sie erklärte ihr, wo sie den Originalkarton fände und wie sie ihn verpacken solle, damit auf dem Transport nichts passierte.

Laura beruhigte sie. »Mach dir keine Sorgen, ich

schlage ihn doppelt und dreifach ein. Wann kommst du denn wieder?«, fragte sie, aber darauf hatte Nova keine Antwort.

Sie füllte über ihr Handy ein Formular auf der Homepage der Polizei aus und forderte die Unterlagen über das Verbrechen an. Der Antrag ging schnell. Gut, dass man in Schweden solche Dinge online erledigen konnte. Nova wusste, dass die schwedischen Behörden sich oft Zeit ließen. Ihre Mutter klagte immer wieder darüber. Aber mit etwas Glück werde sie das Protokoll Ende nächster Woche bekommen, hatte die Polizistin in Gällivare gesagt.

Schließlich tat Nova das, was ihr schon lange im Kopf herumspukte. Sie untersuchte die ganze Hütte. Systematisch blätterte Nova alle Bücher und Zeitschriften durch. Sie kramte in Schubladen und im Kleiderschrank, schaute unter das Sofa, leuchtete zusätzlich mit der Stirnlampe und schlug die Flickenteppiche zurück. Sie öffnete die kleine Luke am Boden beim Küchenbereich, in dessen Öffnung Platz für Obst und Gemüse war, ein Erdkeller, der in alten samischen Häusern üblich war. Ihr Vater hatte ihn sicher deshalb auch in seine Hütte eingebaut. Nova fand nichts, alles war leer, sauber, kein Stäubchen. Nur unter dem Bett, weit hinten an der Wand, stand eine Kiste mit Malutensilien. Aquarellfarben, Paletten in unterschiedlichen Größen, ein angefangenes Bild. Nova betrachtete es näher. Eine Landschaft. Berge, kleine Hütten und ein See. Das musste Sitojaure sein, das Samidorf, wo sie immer die Sommer verbracht hatten. Die vordere Hütte war die ihres Vaters. Sie lag nah am See, unweit davon war ein Steg, von dem aus sie an sonnigen Tagen ins Wasser gesprungen war. Nova schaute genauer, am rechten unteren Rand standen die Initialen ihres Vaters, *JS, Juhan Sarri.*

Ihr Blick fiel auf die Bilder an der Wand. Sie hatte sie bisher nicht beachtet. Ein Rentier mit seinem neugeborenen Kalb, ein langer Rentierzug über kahle Berghänge, eine Torfhütte, wie die Sami sie bewohnt hatten, bevor sie in den fünfziger Jahren des vorigen Jahrhunderts sesshaft wurden. Auf jedem der Bilder befanden sich die Initialen ihres Vaters. Kurz entschlossen nahm Nova die drei Rahmen herunter und entfernte das Glas. Aber da war nichts, keine Nachricht, kein Zeichen.

Nach dem Mittagessen zog sie zwei Wollpullover übereinander, schlüpfte in die Überhose, griff sich Schal und Handschuhe und stülpte die Stirnlampe, die sie aufgeladen hatte, über die Wollmütze. Im ersten Schuppen stand nichts außer einem schwarz-weißen Schneemobil, das unter einer Plane verborgen war. Ihr Vater musste das alte orange Schneemobil, mit dem sie als Kind mitfahren durfte, verkauft oder verschrottet haben. Die Birne im zweiten Schuppen gab nur schummriges Licht. Nova brauchte die Stirnlampe, um etwas zu sehen. Aber auch zwischen dem abgelagerten Holz, der riesigen Kühltruhe, den Gerätschaften zum Schneeräumen, den Skiern und den Regalen mit Werkzeug fand sie nichts Persönliches. An einer Wand standen zwei Holzgestelle, an denen ihr Vater früher Rentierfelle mit verschieden langen Hölzern zum Trocknen befestigt hatte. Die geschnitzten Hölzer, die am Ende jeweils spitz zuliefen, damit man sie in das Fell stecken konnte, lagen, mit einer dicken Schnur zusammengebunden, im Regal. Nova durchsuchte jede Ecke des Schuppens, kramte überall, bis ihre Finger trotz Handschuhen völlig steif waren. Ihre Nase lief, sie schnäuzte sich. Sogar mit wattierter Überhose wurden ihre Beine kalt. Sie suchte weiter. In einer hinteren Ecke fand sie eine Truhe. Hier? Aber zwischen uralten Weihnachtskugeln, zerdrückten Strohsternen, die sicher Kristin gebastelt hatte, und ein paar aus Pergamentpapier gefertigten Sternen, die Risse aufwiesen, fand sie nur zwei elektrische Kerzenleuchter aus hellem Holz. Wenigstens ein Fund, mit dem sie die Hütte etwas heimeliger gestalten konnte. Nova kramte beide Leuchter heraus und ging zurück in ihre Hütte. Sie war völlig durchgefroren.

Es war kalt hier. Die kleinen Heizkörper lieferten nur wenig Wärme, und der Ofen war ausgegangen. Sie behielt ihre Jacke an, feuerte ein und stellte die Leuchter an die beiden Fenster, die Richtung Fluss zeigten. Fast festlich sah das aus. Aber Nova freute sich nicht daran. Für heute hatte sie genug. Sie war entsetzlich müde und enttäuscht.

Genauso enttäuscht war Leo, den sie am Abend anrief. »Wie lange bleibst du denn weg? Das kann ja ewig dauern, bis du herausgefunden hast, was genau passiert ist. Mann, Nova, warum hast du mir nie etwas über deine Kindheit erzählt?«

Nova ließ ihn reden. Sie wusste doch selbst nicht, wie lange das dauerte. Ja, und warum hatte sie nie von Lappland gesprochen? Weil es so wehtat und immer noch tut. Weil sie sich all die Jahre nicht eingestehen wollte, wie zerrissen sie war. Weil sie vergessen wollte, wie schön das Leben in Lappland war und wie sie das Leben mit ihrem Vater, ihrem Bruder und Kristin genossen hatte. Das Einzige, was sie herausbrachte, war: »Ich war nicht so weit.«

»Und bist du jetzt so weit?«

»Es ist schwer«, sagte sie. »Mir kommen so viele Erinnerungen, und ich habe mich hier zuerst so verloren gefühlt.«

»Und jetzt?«

»Ich habe nette Leute wiedergetroffen und neue kennengelernt.«

»Aha. Wen denn?«

Sie erzählte von Aina und Knut, auch von Samuel und seinen Töchtern.

»Aber mit deinen Verwandten hast du keinen Kontakt mehr?«

»Pelle ist krank, und Eleonor … Nein. Ich hab dir doch erzählt, wie sie sich verhalten hat. Dann gibt es noch Eric, deren Sohn, also meinen Cousin. Aber an ihn kann ich mich kaum erinnern. Er war damals immer der Große. Er hat sich mit Kaspar und mir nicht abgegeben. Warum auch? Er konnte schon Schneemobil und Quad fahren, trieb mit den anderen jungen Sami die Rentiere zusammen. Er muss mindestens fünf, sechs Jahre älter sein als ich.«

»Wohnt er in der Gegend?«

»Keine Ahnung.«

»Vielleicht ist er gesprächiger als dein Onkel und deine Tante. Frag ihn.«

Warum war sie selbst nicht auf diese Idee gekommen? »Mach ich.« Sie merkte, wie kurz angebunden sie war. Aber sie wollte sich nicht drängen lassen, zurückzukommen. Jetzt, wo Lydia damit einverstanden war, dass sie von Lappland aus arbeitete. Zudem würde in der nächsten Woche die Beerdigung stattfinden. Bei dem Gedanken zog sich ihr Magen zusammen.

»Die Konzertkarten für morgen verfallen dann wohl.«

Das Konzert hatte sie völlig vergessen. »Kannst du die Karten zurückgeben?«

»Ich schau mal.« Er schwieg.

»Es tut mir wirklich leid. Mich überfordert das alles hier. Ich …«

»Schon gut, Nova. Ich … muss los. Tschau.«

Er legte auf.

22

Am nächsten Tag rief Samuel an und berichtete, er habe noch nichts über Kristin herausgefunden, aber auch seine Mutter werde sich erkundigen. Sie singe im Kirchenchor und werde die anderen Mitglieder fragen. Nova bedankte sich. Dann fragte er, ob sie Lust habe, am Nachmittag mit nach Gällivare zu fahren. Dort finde ein internationaler Skilanglaufwettbewerb statt und es gebe ein Fest in der Stadt. Freiluftkino, Musik, ein kleiner Jahrmarkt mit Karussell und Zuckerwatte für die Kinder.

Sie hatte Lust, aber … nein, sie wollte sich nicht in eine Familie drängen. Bisher hatte Samuel zwar nichts über seine Frau erzählt, aber seine Kinder mussten ja eine Mutter haben.

Es sei ja sehr kalt für Kino im Freien, schob sie vor. Und dann sagte sie noch, sie wolle alleine sein.

Später ärgerte sie sich über ihre Absage. Ablenkung hätte ihr sicher gutgetan. Zudem war Samuel so unkompliziert und herzlich. Obwohl er sie nicht kannte, hatte er ihr im Laden ausgeholfen. Und wie schnell er sich bereiterklärt hatte, sie bei der Suche nach Kristin zu unterstützen. Er hatte von der Tragödie mit ihrem Vater gehört. Was wäre dabei gewesen, ihn und seine Familie zu einem Fest zu begleiten?

Noch mehr ärgerte sie sich, nicht mitgefahren zu sein, als sie mitten in der Nacht eine Nachricht von Leo erhielt.

Das Konzert war super! Mehr hatte er nicht geschrieben. War er alleine dort gewesen oder in Begleitung?

Sie konnte es ihm nicht verdenken. Es war ihre Schuld. Wie sollte er verstehen, dass sie länger bleiben wollte, wenn sie ihm so wenig erzählte?

Sonntagnachmittags lud Aina sie zum Adventscafé ein. Die Fenster waren mit roten Gardinen und leuchtenden Sternen geschmückt. Im ganzen Haus schien es zu glitzern und zu glänzen.

»Kitschig«, sagte Aina. »Ich weiß. Kent Arne mochte es nicht, wenn ich Massen an Krimskrams aufgehängt und aufgestellt habe, aber … einmal im Jahr und vor allem, wenn es dunkel ist, brauche ich so viel Licht und Glitzer wie möglich.«

Auf dem Holztisch in der Küche brannte die erste Kerze in einem schlichten Adventskranz. Aina hatte alkoholfreien Glühwein aus Blaubeersaft mit Zimt und Zucker zubereitet. Sie schenkte ihnen ein und deutete auf die Rosinen, die sie in einer kleinen Schale auf den Tisch gestellt hatte. Nova legte sie in den Glühwein, ließ sie ein paar Minuten liegen und löffelte sie langsam. Schon lange hatte sie diesen Geschmack von warmen, mit Blaubeersaft vollgesogenen Rosinen nicht mehr genossen. Dazu gab es Pfefferkuchen, die Aina mit Schimmelkäse bestrich, so wie es viele Schweden lieben.

Später überraschte Aina sie mit ihren leckeren Waffeln und Moltebeeren. Nova aß, streichelte Lina, die sich auf ihre Füße gelegt hatte, der Holzofen brannte, und Aina erzählte. Von früher, als sie mit ihren Eltern in einer Kote lebte. Von den langen herrlichen Sommern in den Bergen, in denen sie mit den anderen Samikindern spielte. Aber sie sprach auch von den einsamen Stunden, als sie ins Internat nach Jokkmokk musste, weg von den Eltern. Monatelang hatte sie sie nicht mehr gesehen. »Schrecklich war das. Aber ich hatte meine Schwester. Sie war ein Jahr jünger als ich. Wir haben uns gegenseitig getröstet. Geteiltes Leid ist halbes Leid.«

Nova fragte nach. Sie konnte sich nicht daran erinnern, dass ihr Vater ihr von einem Internat erzählt hatte. Ihr war das Leben oben im Norden immer leicht vorgekommen. Lag das daran, dass sie nur in den Ferien in Lappland war? Sie hatte keine samische Schule besucht, hatte nie erlebt, wie samische Kinder ausgegrenzt wurden. Eigentlich war es bei ihr umgekehrt gewesen. Sie selbst hatte sich ab und an ausgeschlossen gefühlt, weil sie die aus Stockholm war, die mit der deutschen Mutter.

Aina erzählte weiter. Darüber, dass sie im Internat kein Samisch, sondern nur Schwedisch sprechen durften. Dass sie sich aber heimlich mit ihrer Schwester und ihren Freundinnen abends im Bett in ihrer Muttersprache unterhalten hatten. »Wenn wir erwischt wurden, hat uns die Vorsteherin bestraft, mit Essensentzug oder Schlägen auf die Hand und auf den Rücken. Eine schreckliche Zeit, monatelang weg von unseren Eltern. Aber Gott sei Dank ist sie vorbei. Bis in die 1960er Jahre gab es diese Internate. Die Sami wurden sesshaft, wir bekamen ein Haus vom Staat, gingen in ›normale‹ schwedische Schulen, und heute gibt es samische Schulen, in denen unsere Sprache eine wichtige Rolle spielt. Viele Samikinder sind stolz auf ihre Herkunft. Das ist gut so. Wir werden auch heute noch ab und an unterdrückt, und manchmal unterdrücken wir Sami uns gegenseitig. Aber es wird besser.«

Nova wunderte sich. »Über Internate hat mein Vater nicht geredet. Zumindest kann ich mich nicht erinnern.«

»Juhan war eine andere Generation. Seine Eltern waren im Internat, er musste das nicht erleben. Dein Vater durfte studieren, das hätte man sich in unserer Kindheit nicht träumen lassen.« Ainas Augen verdunkelten sich, blitzten jedoch schnell wieder in ihrer gewöhnlichen Schärfe. »Wir haben das Beste aus der Situation gemacht. Kent Arne hat die Rentiere von seinen Eltern übernommen, ich habe als Verkäuferin in Gällivare gearbeitet. So haben wir unsere Kinder durchgebracht. Es hat uns an nichts gefehlt.« Aina gab Nova zum Abschied ein Buch mit, in dem Sami der älteren Generation dazu interviewt wurden, wie sie die Zeit im Internat erlebt hatten. »Ich komme auch zu Wort«, sagte sie. »Aber für jeden war es anders. Ich hatte Glück, ich hatte eine Schwester. Kent Arne hat nie über diese Zeit geredet. Ich glaube, er wollte sie verdrängen.«

In den nächsten Tagen ließ Nova sich treiben. Es wurde erst gegen halb neun morgens hell. Sie schlief lange, packte endlich ihre Reisetasche aus und legte ihre Kleidung in den Schrank. Sie wusch, hackte Holz und versuchte, Ski zu fahren, aber es war zu kalt. Bei unter minus zwanzig Grad hätte sie eine Maske gebraucht oder zumindest Klebeband für die Wangen.

An einem eiskalten Wintertag war sie einmal mit ihrem Vater Ski gefahren. Damals hatte sie sich die Wangen erfroren. Auch deshalb war ihr Vater so vorsichtig gewesen und hatte immer auf wasserfreie Creme bestanden.

Nova kramte Juhans Malutensilien hervor und versuchte sich an einem Aquarell. Zuerst malte sie ihre Hütte mit den beiden Scheunen und dem angrenzenden Wald. Davor den Lule-Fluss und ihren Vater und sie in einem Boot, beim Fischen. Aber sie war nicht zufrieden, die Farben stimmten nicht. Sie malte eine Winterlandschaft. Ein Rentiergehege im Wald, tief verschneite Fichten und Kiefern, ein abgestelltes Schneemobil, eine Familie beim Rasten im Schnee. Aber wieder passte es nicht. Sie bekam weder die verschiedenen Grau- und Weißtöne hin, noch wirkten die Menschen lebendig. Nova verschloss die Tuben, legte die begonnenen Rahmen in die Kiste und verstaute alles wieder unter dem Bett.

Angespannt lief sie in der Hütte hin und her. Seit der Nachricht nach dem Konzert hatte sich Leo nicht mehr bei ihr gemeldet, und sie hatte nicht darauf geantwortet. Was hätte sie schreiben sollen? Ich freue mich, dass es dir gefallen hat? Bald gehen wir wieder zusammen auf ein Konzert? Sie hatte keine Ahnung, wann sie zurückkommen würde. Leo fehlte ihr. Aber sie wollte alleine hier sein. Gemeinsam mit ihm hätte sie sich noch mehr fehl am Platz gefühlt.

Mitte der Woche kam der Laptop unversehrt aus Deutschland bei ihr an. Laura hatte zudem T-Shirts und dicke Socken aus ihren Schubladen gekramt und mitgeschickt. *Und ein paar Süßigkeiten, damit du die Kälte überstehst*, hatte sie auf einem Zettel handschriftlich notiert und einen Smiley daruntergesetzt. Schokolade und Riegel. Novas Lieblingssorten.

Lydia würde Nova am Wochenende anrufen. Nova

hatte noch mal genau nachgerechnet. Bis Freitag konnte sie frei nehmen, dann war ihr Jahresurlaub verbraucht. Vor der Beerdigung würde sie sich sowieso nicht auf ihren Job konzentrieren können.

Die Beerdigung. Noch zwei Tage bis dahin. Bisher hatten sich weder Pelle noch Eleonor bei ihr gemeldet.

»Ruf sie an«, hatte Aina gesagt. »Manche Menschen brauchen einen Tritt in den Hintern.«

Nein. Sie hatte Pelle so oft auf den Anrufbeantworter gesprochen, sicher war er schon lange wieder gesund. Und Eleonor? Mit ihr wollte sie nicht reden. Es reichte, wenn sie sich bei der Beerdigung begegneten.

Nova stutzte. Die nächsten Tage sollte es weiterhin so kalt bleiben. Sie hatte nur ihre dicke rote Jacke und die bunte Mütze. Völlig unpassend für eine Beerdigung. Sie rief noch einmal Aina an, und die lachte sie aus.

»Was glaubst du, wie die Sami auf eine Beerdigung gehen?«

»In ihrer Tracht?«

»Natürlich. Ist unsere Tracht schwarz?«

Sofort tauchte ein Bild vor Novas innerem Auge auf. Ihr Vater in seiner dunkelblauen Tracht. Um den Hals trug er einen mit Silberfäden bestickten Brusteinsatz, der mit den samischen Farben, Rot, Grün, Blau und Gelb, unterlegt war. Kristin hatte seine Tracht genäht, wie auch ihre eigene. Auch für Kasper und sie hatte Kristin einen Kolt angefertigt. Wo waren sie nur abgeblieben? Nova bekam das Gefühl, dass nichts mehr aus ihrer Vergangenheit vorhanden war.

Besonders stolz war ihr Vater auf seinen Gürtel gewesen. Er hatte ihn selbst aus Rentierhorn gefertigt. In der

Mitte wurde er mit einer silbernen Schnalle geschlossen. Wo war seine Tracht? Außer der schwarzen Daunenjacke gab es kein einziges Kleidungsstück von ihm.

»Nova?« Aina unterbrach sie in ihren Gedanken.

»Ja?«

»Zieh deine rote Jacke an. Juhan hätte das gefallen.«

Nova schwieg.

»Mach dir keine Gedanken über die Farbe. Hauptsache, du gehst zur Beerdigung. Sie beginnt um dreizehn Uhr. Juhan wird sicher in der Aussegnungshalle aufgebahrt sein. Möchtest du ihn …?«

»Nein!« Das kam so spontan, dass Nova selbst erschrak. Sie wollte ihren Vater nicht mehr sehen. Wollte ihn so in Erinnerung behalten, wie sie ihn gekannt hatte: jung, lebensfroh, lachend. Mit einem Dreitagebart, an dem sie so gerne ihre Wange gerieben hatte, mit dunklen lockigen Haaren, ohne Sorgenfalten oder ausgemergelt durch den Krebs. Lebendig sollte ihr Vater für sie sein. Lebendig!

23

Ein eiskalter Tag. Der Himmel war hellblau, nicht mal ein Schleierwölkchen ließ sich blicken. Die Sonne hatte sich nur kurz über den Baumspitzen gezeigt. Jetzt verschwand sie bereits am Horizont.

Aina bekam den alten Volvo kaum warm. Die Frontscheibe wurde frei, aber die Seitenfenster blieben beschlagen. Ab und zu wischte sie mit einem Lappen, kurz darauf war die Sicht wieder begrenzt. Auf dem Rücksitz hatte sich Lina wie eine Kugel zusammengerollt. Sie sah aus wie ein Schneeball, nur ab und an sah man zwei kleine dunkle Augen und eine Schnauze aus dem Fell blitzen.

Beide behielten Jacke, Mütze und Handschuhe im Auto an. Unter Ainas riesigem Daunenparka blitzte der bunt umrandete Rock ihrer samischen Tracht hervor. Nova war froh, dass Aina kaum sprach. Nur einmal drückte sie ihr während der Fahrt nach Porjus die Hand, umfasste jedoch das Lenkrad schnell wieder, als ein Fahrzeug entgegenkam. Heute fuhr sie umsichtig. Nova hätte es lieber gesehen, sie wäre gerast, wie beim ersten Mal. Es hätte sie von ihren Gedanken abgelenkt.

Ein einziges Mal war sie bisher auf einer Beerdigung gewesen. Sie war dreiundzwanzig, als ihre Großmutter starb. Fit wie immer, dann eine Hirnblutung. Sophie war vom Stuhl gefallen und sofort tot. Ein Schock für Nova. Sie saß in der Vorlesung, studierte im vierten Semester

Grafikdesign, als der Anruf kam. Die Kirche in Rottach-Egern war bis zum letzten Platz gefüllt. An mehr konnte Nova sich nicht erinnern. Nur, dass ihre Mutter sofort aus Stockholm gekommen war und alles geregelt hatte. Das Begräbnis, den Leichenschmaus, den Verkauf des alten Bauernhauses. Ihre Großmutter hatte Geld angelegt, für Novas Studium, für später. Nova fehlte es finanziell an nichts.

Sie parkten an einem großzügig geräumten Platz. An die Kirche von Porjus erinnerte Nova sich nicht mehr. War sie überhaupt schon einmal hier gewesen?

Aina ließ den Parka im Auto, zog ihre Wollmütze vom Kopf und setzte ihre hohe samische Mütze auf die weißen halblangen Haare. Um die Taille ihres langen blauen Wollkleides trug sie einen gewebten Gürtel in den samischen Farben. Der Stehkragen und die Ärmel waren rot eingefasst. Eine schlichte Tracht, die jedoch durch das blau-rot-karierte Schultertuch, das mit einer großen Silberbrosche zusammengehalten wurde, edel wirkte. Nova schaute an ihrem roten Parka hinunter, aber Aina eilte schon voraus. Ihre Schritte knirschten auf dem harten Schnee. Sie folgte Aina die Treppen nach oben und durch die Eingangstür.

Die Kirche war schmucklos gehalten, mit der dunkelbraunen Holzfassade, innen schlichte Holzbänke und ein Holzkreuz hinter dem Altar. Echte Kerzen brannten in schmiedeeisernen Leuchtern. Vor dem Altar war ein heller Holzsarg mit einem Blumenbukett aus roten Rosen aufgebahrt. Nova schluckte. Rosen. Ihr Vater hatte sich nie etwas aus Blumen gemacht. Kristin war es, die im Sommer in den Bergen Weidenröschen in ein ausrangiertes Glas stellte oder die Blaubeer- und Preiselbeerzweige zur Zierde trocknete. Langsam folgte sie Aina. Durch die hohe Mütze wirkte die alte Frau größer, doch es war nicht möglich, sich hinter ihr zu verstecken. Nova bemerkte die verstohlenen Blicke der Trauergäste und setzte sich in eine der vorderen Bänke neben Aina. In der ersten Reihe saßen Pelle und Eleonor. Rechts von Novas Tante saß ein jüngerer Mann mit breitem Rücken. Eric, ihr Cousin. Verstohlen schaute sich Nova um. An die fünfzig Menschen mussten es sein. Die meisten trugen ihre samische Tracht, ab und zu blitzte eine schwarze Jacke oder ein dunkler Mantel hervor. Novas knallrote Winterjacke und vor allem ihre gestreifte Mütze wirkten sicher unpassend zwischen all der festlichen Kleidung. Schnell zog Nova die Wollmütze vom Kopf und legte sie neben sich.

Sie schaute nach vorne, zum Sarg. Ihr Vater lag darin. Ein achtundfünfzigjähriger Vater, den sie nicht kannte. Ein Vater, der ein Verbrechen begangen hatte, das sie sich nicht erklären konnte. Ein Vater, der sich zwanzig Jahre nicht bei ihr gemeldet hatte. Novas Bauch krampfte sich zusammen. Sie hatte das Gefühl, jemand drückte mit einer Faust gegen ihre Brust. Nova atmete tief ein und versuchte, den Blick auf einen Punkt am Kreuz zu fixieren. Aber immer wieder blieb sie an den roten Rosen hängen. Pelle drehte sich um, schaute umher, als suchte er jemanden, und nickte ihr kurz zu. Nova schien es, als würde er ihr zulächeln. Sie wandte den Kopf. Was sollte das? Ihr Onkel wollte sie nicht hier haben, hatte sich die ganzen Tage nicht bei ihr gemeldet, und er hatte sie belogen. Sie wollte mit dieser Familie nichts mehr zu tun haben. Nach der Beerdigung würde sie sich nur noch darum kümmern, den Tathergang zu rekonstruieren, und dann so schnell wie möglich verschwinden.

Aina unterhielt sich mit einer Samin neben ihr. Die Frau lächelte sie an und bekundete ihr Beileid. Nova bedankte sich. Sie kam sich vor wie im falschen Film. Ich bin Juhans Tochter, aber ich kenne diesen Mann nicht, der da vorne im Sarg liegt. Das hätte sie gerne gesagt. Sie spürte eine Wut in sich wie lange nicht mehr.

Eine Orgel ertönte, dann erhob der Pfarrer das Wort. Nova erstarrte. Er redete Samisch. Wie lange hatte sie diese Sprache nicht gehört? Und wie lange hatte sie sie nicht gesprochen? Ihr Vater legte immer großen Wert darauf, dass sie beide Sprachen beherrschte. Schwedisch und Samisch. Als Kind hatte sie zwischen ihnen hin und her gewechselt, ohne nachzudenken. Jetzt begrüßte der Pfarrer die Menschen auch auf Schwedisch. Nova atmete tief durch und schluckte.

Als der Pfarrer über ihren Vater sprach, blieb er beim Schwedisch. Er war diplomatisch, erzählte von früher, Juhans Tätigkeit als Sozialarbeiter, seinem Engagement in der samischen Gemeinde und von einer Schuld, die er beglichen hatte. Konnte man denn ein solches Verbrechen jemals sühnen?

Nova schaute auf die Uhr. Eine halbe Stunde war vergangen. Sie wollte weg, wollte, dass alles schnell vorbei wäre. Wie lange dauerte die Zeremonie denn? Als ihre Großmutter beerdigt wurde, hatten sie sich an der Aussegnungshalle versammelt, waren mit ihr in einem Zug zum Grab gegangen, hatten sie dort verabschiedet. Warum redete der Pfarrer so lange? Nova wusste ja, dass Sami gerne erzählen, aber …

Ein großer kräftiger Same in Tracht trat von einer der hinteren Bänke nach vorne. Samuel. Nova hatte ihn bisher nicht bemerkt. Was tat er hier?

Samuel stellte sich neben den Sarg und joikte. Nein, aufhören! Er sollte still sein! Ihr Vater joikte, wenn er in den Bergen war, wenn er die Rentiere von Weitem sah und wusste, dass es ihnen gut ging. Er joikte, wenn er sich freute. Als Kind hatte Nova manchmal mit ihm zusammen gejoikt, hatte versucht, diese kehligen Laute nachzuahmen, und ihr Vater hatte sie ermuntert. »Das entsteht von alleine«, hatte er gesagt, »du musst nichts dabei denken. Es kommt aus deinem Herzen.«

Samuel joikte weiter, und Nova konnte ihr Schluchzen nicht mehr unterdrücken. Verstohlen sah sie sich um, aber niemand schaute zu ihr, alle lauschten gebannt Samuels melodischer Stimme.

Aina drückte ihr ein Papiertaschentuch in die Hand. Auch sie hatte Tränen in den Augen.

24

Am späten Nachmittag kam Nova nach Hause. Sie war erschöpft, stellte das Handy leise, wollte mit niemandem reden. Vor allem nicht mit ihrer Mutter, denn das, was sie nach der Beerdigung von ihrem Onkel erfahren hatte, war ungeheuerlich. Sie konnte es immer noch nicht glauben.

Nova schnitt eine Ingwerknolle klein, brühte sich einen Tee und kramte die Wolldecke aus dem Schrank. Sie stellte einen der Küchenstühle neben das Sofa, trank einen Schluck Tee und legte sich aufs Sofa. Ein Kissen unter dem Kopf, die Decke um sich geschlungen. Nur die Weihnachtsbeleuchtung und das Feuer im Holzofen erhellten die Hütte. Die Kisten, die Nova von Pelle bekommen hatte, hatte sie unter das Bett geschoben. Sie war nicht in der Lage, nachzuschauen, was darin lag. Noch nicht. Nova schloss die Augen.

»Nur die engste Familie ist bei der Grabsetzung dabei«, hatte Aina nach der Feier in der Kirche erklärt und sich am Friedhofsparkplatz, der fast zwei Kilometer von der Kirche entfernt lag, von ihr verabschiedet. »Ich führe Lina Gassi und besuche eine Freundin, die ich getroffen habe. Ruf mich an, wenn du wieder nach Hause möchtest.«

»Warum hat Samuel gejoikt?«, fragte sie Aina.

»Er hat die schönste Stimme, immer schon. Und seit er wieder in Porjus wohnt, joikt er bei festlichen Anlässen, auch bei Beerdigungen.«

Nova schaute sich um. Samuel war nicht zu sehen, und Aina lief bereits zu ihrem Wagen.

Als der Sarg hinuntergelassen wurde, standen nur wenige Menschen am offenen Grab. Die meisten kannte sie nicht. Ein paar nickten ihr zu, redeten jedoch nicht mit ihr. Eine kurze Zeremonie, ohne große Worte. Pelle zog Nova am Arm zu sich nach vorne, Eleonor drückte ihr eine rote Rose in die Hand, sie warf sie auf den Sarg. Eric würdigte sie keines Blickes. Tränen kamen keine mehr. Sie wären bei dieser Kälte auch sofort an den Wangen gefroren.

Zuerst wollte Nova gleich im Anschluss gehen, aber Pelle bat sie, dazubleiben. Er müsse mit ihr reden und ihr etwas übergeben. Worum es ging, sagte er nicht.

Der Leichenschmaus fand in einem Gebäude nahe der Hauptstraße statt. Der Kaffee war stark. Es gab Zimtschnecken und Sarah Bernhardt-Plätzchen, aufgeschnittenes getrocknetes Rentierfleisch und Kaffeekäse. Nova saß neben Pelle, ihr gegenüber Eric, der schweigend seinen Käse in den Kaffee legte, nach kurzer Zeit herauslöffelte und genüsslich schlürfte. Sie hätte ihren Cousin nicht wiedererkannt. Sein braunes Haar war schütter, am Hinterkopf zeigte sich eine kahle runde Stelle. »Lange her«, sagte er zu Nova und ihr fiel nichts Besseres ein, als »Hm« zu murmeln und in ihrem Kaffee zu rühren.

»Magst du kein Rentierfleisch mehr?« Er deutete auf den Teller mit dem üppig drapierten fein geschnittenen Fleisch.

Sie steckte sich einen Streifen in den Mund. Leicht gesalzen und geräuchert. Wie früher, als ihr Vater zusammen mit Pelle geräuchert hatte. Als Nova klein war, war sie dabei gewesen. Später passte es oft nicht. Das Fleisch wurde meist im November oder April geräuchert, da hatte sie keine Ferien.

»Hast du es dir überlegt mit den Rentieren?«, fragte Eric wie beiläufig und steckte sich Fleisch in den Mund. »Verkaufst du sie uns?« Er kaute langsam.

»Weiß ich noch nicht.«

Er schaute sie an, aß weiter. »Wir haben Juhans Rentiere mitversorgt. Zuerst als er im Gefängnis war, dann, als er krank wurde. Falls wir sie weiterversorgen, kostet das.«

Was sollte das denn jetzt?

»Lass es sein!« Ein scharfer Blick von ihrem Onkel, und Eric schwieg.

Pelle stand auf und rückte seinen Stuhl an den Tisch. »Komm mit«, sagte er zu ihr.

»Wohin?«

»Zu uns nach Hause. Dort hab ich was für dich, von deinem Vater.«

Nova bemerkte den verstohlenen Blick von Eleonor, die bisher kein einziges Wort an sie gerichtet hatte. Nova zögerte, stand auf, griff ihre Jacke und folgte Pelle zum Wagen.

Sie nahm auf dem Beifahrersitz Platz. Es war eiskalt im Fahrerraum. Nova rückte ihre Mütze etwas tiefer ins Gesicht und schob den Schal zum Mund. Kurz überlegte sie, dann stellte sie die Frage, die ständig in ihrem

Kopf herumspukte. »Warum hast du meine Mutter angelogen?«

Pelle startete den Wagen und sah sie verständnislos an. »Wann soll ich sie angelogen haben?«

»Du hast ihr gesagt, dass Papa tot ist.«

»Hab ich nicht.«

»Aber …« Nova schluckte. »Mama hat damals einen Anruf erhalten, von dir. Papa sei tot, Herzinfarkt.«

»Ich habe sie nicht angerufen. Ich kannte sie doch kaum. Nur von damals, als Juhan und sie … in den Bergen. Also …«

»Aber wir haben einen Anruf bekommen, dass Papa tot sei.«

»Nicht von mir.« Er setzte das Blinklicht und fuhr in die kleine Straße, vorbei am Kraftwerk.

Verständnislos schaute Nova aus dem Fenster. Es war fast dunkel, doch die grellen Strahler der Kraftstation erhellten die Straße in einem unnatürlichen Licht.

»War es Eleonor?«, fragte Nova.

»Quatsch!« Pelles Stimme klang entrüstet. »Was habt ihr beiden bloß miteinander? Warum hätte sie so einen Unsinn erzählen sollen?«

»Sie wollte mich nie hier haben. Das hat sie mir vor ein paar Tagen noch mal bestätigt.«

Pelle schwieg.

Ein Auto kam ihnen mit Fernlicht entgegen. Pelle blinkte den Fahrer an. »Ich fand es falsch, dass Juhan dir nicht die Wahrheit erzählt hat. Aber er wollte es so. Und deine Mutter wahrscheinlich auch.«

Novas Kopf fuhr herum. »Hat sie gewusst, dass Papa lebt?«

Pelle stieß einen tiefen Seufzer aus. »Frag sie selbst. Juhan kann ja nichts mehr dazu sagen.«

Das konnte nicht wahr sein! Es war nicht Pelle gewesen, der gelogen hatte. Es war ihre Mutter. Sie hatte gewusst, dass ihr Vater lebte, dass er im Gefängnis war. Dann hatte sie auch mitbekommen, dass er entlassen wurde. Warum …?

»Sie haben sicher ihre Gründe gehabt. Eltern wünschen sich das Beste für ihr Kind. Juhan wollte, dass du ein gutes Leben hast. Das wünschte er sich für jeden von euch. Für dich, für Kaspar und Kristin. Dass es dann so kommen musste …« Pelles Stimme erstarb. Er wischte sich mit der Hand über die Augen.

Nova schaute ihn verstohlen von der Seite an. Er sah mitgenommen aus und wirkte müde. Seine Haut war fahl.

Er schwenkte nach rechts, kurz darauf hielt er in der Einfahrt von seinem Haus.

In der Werkstatt im Keller kramte Pelle in einer Schublade. »Hier«, er drückte ihr ein Messer in die Hand, das in einem dunkelbraunen Lederschaft steckte. »Juhans Messer, mit dem er seine Rentiere markiert hatte. Er wollte, dass du es bekommst.«

Nova zog es aus dem Schaft. Es hatte eine kleine scharfe Klinge und einen Griff aus Rentierhorn mit Gravuren am Rand. Winzige Dreiecke, wie angedeutete Zelte. Ihr Vater hatte seine Messer immer selbst gefertigt. Unten am Griff hatte er seine Initialen eingeritzt. Ihr hatte er auch ein Messer gemacht, als sie ihr erstes Rentierkalb markieren durfte. Sie hatte es nicht mit nach Stockholm genommen. Ihr Vater wollte nicht, dass sie damit reiste. Zudem gehörte es nach Lappland.

Pelle reichte ihr ein weiteres Messer. »Das ist deines. Er hat es aufgehoben.«

Sie nahm es an sich. Es war kleiner als das ihres Vaters, hatte jedoch dieselben eingeritzten Muster. Auch ihr Messer war mit einem *JS* versehen.

»Danke!« Sie schluckte.

Pelle drehte sich um und hob zuerst eine, dann eine weitere Holzkiste auf die Werkbank. »Hier sind ein paar Aktenordner mit Schriftsachen. Internet- und Stromanschluss, Steuerbescheide, Informationen über das Grundstück und die Rentiere. Und …«, er deutete auf die zweite Kiste, »das sind ein paar persönliche Dinge von Juhan. Eleonor hat sie aufgehoben. Sie hat Juhans Hütte geputzt. Wir wussten ja nicht, ob du kommst und dort wohnen willst oder ob jemand sie kauft. Deshalb … na ja.« Er räusperte sich.

Nova schaute verstohlen in die Kiste. Obenauf lagen ein paar Bilder in Fotorahmen. Kaspar und sie, wie sie ein Rentier mit Bartflechten fütterten, ihre Großeltern vor einer Kote in den Bergen. Was darunter lag, konnte sie nicht erkennen. Ihr Herz raste. Vielleicht eine Nachricht von ihrem Vater.

25

Die Kiste! Sie schnellte hoch.

Sie musste eingeschlafen sein. Der Ingwertee war kalt, das Feuer heruntergebrannt. Nova schlug die Decke zurück, stand auf, schaute auf ihr Handy. Anrufe von ihrer Mutter, von Laura und von Samuel. Leo hatte sich nicht gemeldet. Er wusste, dass heute die Beerdigung war. Sie hatte ihm eine Nachricht hinterlassen.

Sie schaltete alle Lichtquellen an, die Lampen über dem Esstisch und dem Gasherd, die Stehlampe am Regal und sogar das kleine Lämpchen am Bett. Sie brauchte es hell. Mit ein paar Spänen brachte sie das Feuer wieder zum Brennen.

Die Kiste war nicht schwer. Nova stellte sie auf einen Stuhl am Esstisch und legte den Inhalt nacheinander behutsam auf die Tischplatte. Drei Fotorahmen. Auf dem dritten Foto waren ihr Vater und Kristin zu sehen, ihr Hochzeitsfoto. Ihr Vater in seiner dunkelblauen Tracht mit dem bunt bestickten Brusteinsatz. Kristins Kolt war in Grau gehalten mit grün-roten Einfassungen, wie man sie in Jämtland trug. Ihre Brust zierte eine große silberne Brosche, ein Gürtel mit Silbereinlagen umfasste ihre schmale Taille. Sie sahen so glücklich aus und so jung. Jünger, als sie heute war. Nova stellte zwei handgemachte Schalen aus Birkenknollen auf den Tisch. Am Rand waren sie mit einem Rahmen aus Rentierhorn verziert. In einer der Schalen lagen Schlüssel. Vielleicht für das Schneemobil und den Pick-up, der immer noch in der Werkstatt war? Ein winziger Lederschuh kam zum Vorschein. Von ihr oder von Kaspar? Eine samische, handgefertigte Puppe. Sie nahm sie in die Hand und fuhr mit dem Zeigefinger an den roten Wangen entlang. Kristin hatte ihr die Puppe zu ihrem dritten oder vierten Geburtstag genäht. Später hatte Nova beide Zöpfe abgeschnitten, weil sie die doof fand. Sie kramte weiter. Ein Handy mit dazugehörigem Kabel. Sie schaltete es ein, der Schirm blieb dunkel. Sie steckte es an die Steckdose. Zuletzt lagen da nur noch ein selbst gestrickter Schal aus bunter Wolle und ein dunkelblauer Wollpullover mit kompliziertem Muster an Brust und Rücken. Beides hatte sicher Kristin gefertigt.

Die Kiste war leer. Kein Brief, keine Nachricht, nichts. Vielleicht zwischen den Ordnern. Sie schnappte jeden einzelnen, blätterte ihn sorgfältig durch, fand jedoch nur nach Datum abgelegte Handyrechnungen, Steuerbescheide, Stromabrechnungen und einen Ordner für die Hütte, in der sich der Grundriss befand, Rechnungen zu den Anschaffungen, Ofen, Badezimmer. Und einen weiteren Hefter über die Rentiere, genaue Aufzeichnungen zur Anzahl der Tiere im Laufe der Jahre. Übersichtliche Tabellen über die Stiere, weiblichen Rentiere und Kälber. Vor einem Jahr hatte ihr Vater seine Tiere zum letzten Mal gezählt, damals waren es achtundreißig.

Nova ließ sich auf einen Stuhl fallen. Er hatte sein Testament geschrieben, wusste, dass er sterben würde. Eine einzige winzige Zeile. War das zu viel verlangt? *Tut mir leid* oder *Ich liebe dich*. Oder: *Ich habs nicht mit Absicht getan, war ein Versehen. Der Schuss ging los …*

Sie hätte ihrem Kind eine Nachricht hinterlassen, etwas, was erklärt, was tröstet. Etwas, was die Erinnerung leichter macht.

Wie konnte er nur?

Und dann ihre Mutter? All die Jahre hatte sie ihr vorgegaukelt, dass ihr Vater tot sei. Hatte sie sie deshalb nach Süddeutschland geschickt? So weit wie möglich weg von ihm. »Scheiße, Scheiße, Scheiße!«

Sie stand auf, schaute durchs Fenster zum Fluss. Es war stockdunkel und eiskalt. Sie würde sich so gerne austoben, rennen, an der Elbe entlanglaufen. Im Sand einsinken, wieder hochrappeln, sich den Nordwind um die Ohren pfeifen und die Gedanken aus dem Hirn blasen lassen. Aber sie war hier, in dieser unwirtlichen Kälte. Skifahren war unmöglich, sie würde sich die Wangen erfrieren, und geschneit hatte es auch nicht. Es gab keinen Schnee, den sie gegen die Hüttenwand pfeffern konnte. Am liebsten hätte sie einen Boxsack gehabt, draufgeschlagen, ihre Wut weggeboxt. Kurz überlegte sie, dann riss sie die Tür auf, trat in Pullover und Socken unter das Vordach und schrie Worte hinaus, die sie schon lange nicht mehr gedacht hatte. Sie spie ihre ganze Wut heraus, und es war ihr vollkommen egal, ob jemand sie hörte.

Plötzlich verstummte sie. Vor ihr tanzten grüne und lila Schleier. Wirbelwinde fegten am Himmel, veränderten ständig ihre Muster und Figuren. Jetzt waren sie genau über ihr. Nova legte ihren Kopf in den Nacken, beobachtete das feurige Spiel, das nicht zu enden schien.

»Papa, schau, da tanzen Feen am Himmel.« Nova hörte ihre hohe Mädchenstimme, sah die Szene genau vor sich.

Sie stand mit ihrem Vater hier draußen vor der Tür und starrte fasziniert nach oben.

»Das sind die Toten, Nova. Sie tanzen für uns, damit wir nicht traurig sind.«

»Tanzt du für mich, wenn du tot bist?«

»Natürlich. Wie ein Wirbelwind sause ich dann über deinem Kopf und winke dir.« Er lachte sein dunkles Lachen. Sie fröstelte, es war kalt, und er stellte sich hinter sie, rieb ihre Arme und den Rücken, damit ihr wärmer wurde.

Eine Träne lief an Novas Wange entlang. Sie wischte sie weg, bevor sie ihren Mund erreichte. Ihre Füße waren Eisklötze. Sie zitterte. Wie dumm, in Strümpfen und Pullover rauszugehen. Sie hatte völlig vergessen, wie man sich in der Kälte verhielt. Man ging nicht ohne Mütze und Jacke raus und schon gar nicht auf Strümpfen. Die Zehen gefroren am schnellsten. Kristin hatte ihr von einem Baby erzählt, dessen Zehen in der Babytrage erfroren waren. Man hatte sie amputieren müssen. Sogar mit Kleidung konnte man erfrieren, wenn man nicht aufpasste. Wie dumm sie war!

Nova drehte sich um, schlug die Tür hinter sich zu und setzte sich vor den brennenden Ofen. Sie streckte die Füße zu den Flammen. Sie kribbelten, brannten und schmerzten.

26

Am Abend rief Nova Leo an. Er hatte frei. Sie ließ alles bei ihm heraus, schrie ihre Wut ins Telefon, weinte.

»Komm nach Hause«, sagte er. »Du gehörst da nicht hin. Lass das alles hinter dir.«

Das half ihr nicht weiter, aber es tat gut, sich den Kummer von der Seele zu reden.

Laura tröstete sie. »Vielleicht konnten deine Eltern nicht anders. Sie wollten dich schützen. Pelle hat recht.«

Nein, das war kein Schutz. Sie hatten sie ins offene Messer laufen lassen.

»Du«, Laura druckste herum, »kann ich für ein paar Tage in deine Wohnung? Es klappt nicht so mit Karsten.«

Nova bekam ein schlechtes Gewissen. Sie sprach immer nur von sich, von ihren Problemen, fragte Laura nicht, wie es ihr ging.

»Klar. Habt ihr Streit?« Laura war im Sommer bei ihrem Freund eingezogen. Bisher hatte sie immer von ihm geschwärmt. Er sei anders als andere. Nova hatte ihn ein paarmal getroffen, mochte ihn. Er war sympathisch, zuvorkommend. Wer half einem heutzutage noch in die Jacke?

»Ich muss nachdenken.« Mehr sagte Laura nicht zu dem Thema. Stattdessen erzählte sie von ihrem Job im Verlag. Laura stellte Bücher her wie Nova, gestaltete das komplette Layout. Sie kannten sich seit dem Studium, trafen sich mindestens einmal die Woche und oft am Wochenende, wenn Leo arbeitete.

Novas Mutter hatte ihr auf den Anrufbeantworter gesprochen. »Wie lief die Beerdigung? Hast du es dir überlegt? Verkaufst du alles? Kommst du vorbei?«

Nova rief nicht zurück. Sollte ihre Mutter ihre Lügen doch für sich behalten.

Samuel. Auch er hatte angerufen. Nova hatte völlig vergessen, ihm das Geld zurückzugeben, das sie ihm schuldete. Dabei hatte sie es in Gällivare abgehoben.

»Ich hab doch gesagt, dass ich euch zu den Süßigkeiten einlade.«

Aber es war Nova schon immer schwergefallen, in der Schuld eines anderen zu stehen »Kann ich mich revanchieren?«

»Keine Schokolade für mich. Ich versuche, davon wegzukommen.«

»Was magst du denn?«

Er schien zu überlegen. »Vor Jahren war ich in Süddeutschland und habe dort leckeren Wurstsalat gegessen.«

Nova lächelte. Schweizer Wurstsalat war das Leibgericht ihrer Großmutter. Sie hatte ihn mindestens einmal in der Woche zubereitet. »Fleischwurst mit Käse, angemacht mit einer Öl-Essig-Soße und Zwiebeln.«

»Klingt lecker!«

»Dazu selbst gemachtes Brot.«

»Ich könnte Gakku backen.«

Ihr lief das Wasser im Mund zusammen. Warmes, weiches, am besten auf einem heißen Stein gebackenes

Fladenbrot schmeckte köstlich. Nova hatte schon immer gerne gekocht. Knödel, Sauerbraten, Kartoffelsalat, Rouladen, Linsen und Spätzle. Aber für sie alleine hatte sie die süddeutschen Speisen nie zubereitet. Leo aß lieber Fisch und liebte mediterrane Küche. »Ich bereite gerne einen Wurstsalat zu.«

»Ich backe gerne Gakku.«

Sie schwiegen. Wartete er auf einen Vorschlag für einen passenden Zeitpunkt? Wollte er sie alleine treffen, mit den Mädchen oder mit seiner ganzen Familie? Sollte sie ihm den Wurstsalat vorbeibringen? Er redete nicht weiter, und sie traute sich nicht zu fragen. »Dein Joik hat mir gut gefallen«, sagte sie schließlich. »Das habe ich ewig nicht mehr gehört.«

»Freut mich. Pelle und Eleonor haben mich darum gebeten. Manchmal joike ich auch auf Hochzeiten oder bei Taufen. Leider hab ich wenig Zeit für mein Hobby. Aber heute hat es gut gepasst. Ich singe in einer samischen Band. Macht mir Spaß. Zum Jokkmokk-Markt im Februar haben wir einen Auftritt. Vielleicht hast du Lust zu kommen.« Er zögerte. »Weißt du denn, wie lange du in Lappland bleibst?«

»Nein. Kommt drauf an.«

»Oh, das hätte ich fast vergessen … Meine Mutter hat die Adresse herausgefunden, die du suchst. Eine Kollegin in ihrem Chor ist weitläufig mit der Frau deines Vaters verwandt.«

»Ex-Frau«, sagte Nova und biss sich auf die Lippen. Was machte das für einen Unterschied? Nova war ihre Überkorrektheit peinlich. Völlig daneben und unpassend.

Samuel ging nicht darauf ein. Er nannte ihr die Adresse.

Eine Telefonnummer hatte er nicht. Kristin lebte auf Seskarö, einer Insel nahe der finnischen Grenze. Die Verwandte habe keinen Kontakt zu Kristin. Sie wisse nur, dass Kristin alleine lebe und etwas seltsam sei. »Ist ja verständlich, nach all dem, was vorgefallen ist. Ich hoffe, dass du sie bald triffst, damit du herausfindest, was damals passiert ist.«

Novas Herz klopfte vor Aufregung. »Danke. Nett von dir, dass du dich so gekümmert hast.« Hitze stieg ihr in den Kopf. Kristin. Vielleicht könnte sie bereits in den nächsten Tagen mit ihr sprechen. »Das wäre super, wenn ich sie sehen könnte.«

»Wie geht's dir sonst?«, fragte Samuel.

Und dann platzte all ihre Wut auf ihre Eltern noch einmal aus Nova heraus. Samuel hörte zu, stellte ab und zu eine Frage. Sie redete, sagte, was sie fühlte. Plötzlich hörte sie im Hintergrund eine helle Stimme.

»Papa, es gibt Essen.«

Oh, Nova hatte sich völlig vergessen. »Entschuldige, ich wollte dich nicht so lange aufhalten. Danke noch mal. Ich melde mich, wenn ich bei Kristin war und …«

»Ich komme sofort«, rief er in den Hintergrund. »Soll ich dir einen Link zu einem Video unserer Band schicken? Ein paar Auftritte sind im Netz.«

»Gerne. Bis bald und guten Appetit.« Nova legte auf. Warum hatte sie ihn nur so vollgetextet? Sie kannte Samuel doch gar nicht. Hatte nur ein paarmal mit ihm gesprochen. Es war ihr leichtgefallen, mit ihm über ihre Eltern zu sprechen. Vielleicht weil er nicht urteilte und keine Ratschläge gab.

Ihr Handy blinkte. Sie drückte auf Samuels Link. Zwei

junge Frauen, eine am Piano, eine an der Gitarre, ein Mann am Schlagzeug, Samuel am Mikro. Ein langsamer samischer Song über die Liebe zu den Bergen, zu glasklaren Flüssen und Kaffee am Lagerfeuer. Sie hörte zu, schloss die Augen und sah die geschwungenen Bergkuppen vor sich. Die niedrig gewachsenen Birken leuchteten in verschiedenen Gelb- und Orangetönen, roter Steinbrech blühte, aufflatternde Schneehühner, Rentiere, die über die Berge wanderten. Sie stoppte das Video, betrachtete Samuel näher. Er sah schlank aus. Sie scrollte zurück. In den ersten Sekunden war unten das Datum der Aufführung eingeblendet, Kulturhaus Gällivare, vor zwei Jahren. Samuel hatte zugenommen. Auf dem Video hatte er nur einen leichten Bauchansatz, kein Doppelkinn. Sie hörte sich den Song weitere Male an. Samuel schloss die Augen beim Singen. Seine Stimme war sanft, und er lächelte. Nova betrachtete die Frauen. Sie waren hübsch, alle beide. Die Gitarrespielerin braunhaarig, mit einem langen geflochtenen Zopf über dem Rücken, die Pianistin hatte halblange schwarze glatte Haare. Beide waren sicher unter dreißig. Spielte Samuels Frau mit in der Band?

Nova drückte das Video weg und schaltete den Laptop an. Sie brauchte einen größeren Bildschirm. Seskarö. Wo lag noch mal diese Insel, und wie könnte sie ohne Auto dorthin kommen? Sie öffnete eine Navigationsapp. Mit dem Bus würde es gehen. Es dauerte viele Stunden, aber …

Später nahm Nova sich das Handy ihres Vaters vor. Es war aufgeladen, aber es gelang ihr nicht, den Code zu knacken. Sie probierte alle Geburtsdaten durch, den ihres Vaters, von Kristin, von Kaspar und ihren eigenen. Fehlanzeige.

27

Nova schwitzte. Die Straßen waren geräumt, und der Verkehr hielt sich an diesem Mittwochmorgen in Grenzen. Aber Nova war es nicht gewohnt, Auto zu fahren. Vor allem war sie es nicht gewohnt, auf winterlichen Straßen zu fahren. Am Morgen hatte sie den Pick-up ihres Vaters in Gällivare abgeholt. Jetzt war sie unterwegs auf die Insel Seskarö, zu Kristin.

Pelle hatte sie dem Monteur vorgestellt, und er bekundete sein Beileid. »Nova ist die Erbin. Sie bekommt den Wagen.«

»Der Pick-up steht seit September bei uns. Juhan sagte, wir sollen alles kontrollieren: Motor, Batterie, neue Winterreifen aufziehen. Eine Achse war gebrochen. Hat gedauert, bis wir das Ersatzteil hatten.« Er drückte ihr die Rechnung in die Hand. Über dreißigtausend Kronen, fast dreitausend Euro. »Ist alles bezahlt. fünftausend Kronen haben wir zurückerstattet.«

Sie zögerte. Klar, sie hatte einen Führerschein. Den hatte sie bereits mit achtzehn Jahren gemacht. Mit ihrer Großmutter war sie über die Landstraßen Bayerns gedüst, Sophie hatte ihr das Autofahren beigebracht. Aber Nova hatte noch nie ein eigenes Auto besessen. In Hamburg brauchte sie keines. Und falls doch, lieh sie sich einen Carsharing-Wagen. Leo war heikel mit seinem alten Beagle. Er hatte Nova nie ans Steuer gelassen.

Anfang der Woche hatte Pelle angerufen. Der Pick-up sei fertig. Heute Morgen hatte er sie abgeholt und mit nach Gällivare genommen. Er hatte dort etwas zu erledigen. Auf halber Strecke zwischen Porjus und der Grubenstadt gestand Nova ihm, dass sie wenig Übung im Autofahren habe. Beim nächsten Parkplatz blinkte er, stieg aus und bedeutete ihr, sich auf den Fahrersitz zu setzen. »Juhan hat denselben Pick-up. Also …« Er ließ sie schalten, Blinker und Scheibenwischer setzen. Zeigte ihr das Tankloch. »Denk daran, er braucht Diesel.« Dann startete sie den Motor. Die Straßen waren schneebedeckt, aber gut geräumt.

Pelle schaute in den Rückspiegel. »Drück auf die Bremse.« Nova zögerte.

»Fester.«

Sie befolgte seine Anweisungen. Der Wagen stoppte, ohne zu schleudern.

»Der Bremsweg ist im Winter länger. Fahr langsam, wegen der Rentiere und Elche. Vor allem, wenn es dunkel ist.«

»Ich fahre nur im Hellen. Drei Stunden sind es von Gällivare nach Seskarö.«

»Rechne mit vier bis fünf. Es ist Winter, du kannst nicht schnell fahren. Falls es anfängt zu schneien, ist die Sicht eingeschränkt.«

Nova fuhr langsam, hielt sich an achtzig Stundenkilometer, wie Pelle ihr geraten hatte. »Hauptsache, du kommst sicher an. Und lass dich nicht provozieren, auch wenn du überholt wirst.«

Neun Uhr dreißig. Nova hatte Gällivare hinter sich gelassen und war auf die E10 abgebogen. Wenn es gut lief, schaffte sie es, im Hellen anzukommen. Das Handynavi sagte drei Stunden und zehn Minuten. Beim ersten Lastwagen, der ihr entgegenkam, zuckte Nova zusammen. Nach dem dritten blieb ihr Puls ruhig. Sie schaltete das Radio an. P4, die Nachrichten, dann eine Diskussionsrunde über eine Erzgrube, die in der Nähe aufgemacht werden sollte. Die vielen Stimmen irritierten Nova, es fiel ihr schwer, sich auf die Fahrbahn zu konzentrieren. Sie hielt auf dem nächsten Parkplatz. In der Seitenablage der Fahrertür lagen einige CDs, sie schaute sie durch. Mari Boine. Eine Samin aus Norwegen. Nova hatte sie einmal in München im Olympiastadion gehört. Ihre Großmutter hatte ihr die Konzertkarte zum Geburtstag geschenkt. Sie kramte weiter. Jon Henrik Fjällgren, Sophia Jannock, Simon Marainen. Allesamt samische Musiker.

Nova legte Mari Boine ein, setzte den Blinker, fuhr los und lauschte der Musik. Kehlige Laute, wie beim Joiken, mit rhythmischen Klängen, die an indigene Gesänge aus Amerika erinnerten. Nova bewegte ihren Kopf im Rhythmus. Langsam entspannte sie sich. Jetzt kamen ihr fast nur Pkws entgegen. Die meisten Gruben waren in Gällivare, Kiruna und Pajala. Deshalb die vielen Laster. Sie fuhr Richtung Meer, hier gab es nur kleine Ortschaften, ohne Industrie. Kurz blitzte die Sonne auf, leuchtete die Fichten- und Kiefernspitzen an, verschwand jedoch gleich wieder.

Die vergangenen Tage war es nicht mehr ganz so kalt gewesen. Minus achtzehn Grad hatte das Thermometer am Morgen in Ålloluokta angezeigt, zehn Grad wärmer als in der Woche zuvor. Nova fuhr an kleinen Ortschaften mit bunten Häuschen vorbei, versunken in einer tief verschneiten Winterlandschaft. Dazwischen über lange Strecken nur weißgraue Wälder und Wiesen. An einer Tankstelle in Överkalix rastete sie, stärkte sich mit Kaffee und einer Zimtschnecke. Sie hatte die Hälfte geschafft, der Pick-up lief, die Heizung funktionierte. Bisher waren keine Rentiere oder Elche auf den Straßen gewesen, der Verkehr wurde immer weniger.

Am Tag zuvor hatte Nova noch einmal versucht, die Telefonnummer von Kristin herauszufinden. Sie überprüfte die verschiedenen Homepages, auf denen Adressen und Rufnummern gespeichert waren. Nichts. Sie hätte sich gerne angekündigt. Nova hoffte, dass Kristin zu Hause wäre. Wie würde sie reagieren? Würde Kristin sie erkennen? Schließlich hatten sie sich über zwanzig Jahre lang nicht gesehen. Warum wohnte Kristin so weit weg, am Meer? Sie hätte auch zu ihrer Familie nach Jämtland ziehen können.

Blöd, dass der Bericht der Polizei auf sich warten ließ. Gestern hatte Nova angerufen. Sorry, unterbesetzt, zudem sei der zuständige Revisor krank, hatte die Antwort gelautet.

Auf der E4 traute Nova sich, schneller zu fahren. Zwar wurde der Verkehr dichter, aber die Straße war schneefrei, rechts und links waren Elchzäune angebracht. Sie genoss es, erhöht zu sitzen und die Landschaft zu betrachten. Die Gegend wurde flacher. Die Äste der Bäume, die sich bisher durch den Schnee tief zur Erde neigten, schimmerten kaum Weiß. Manche waren sogar schneefrei. Kahl sah das aus, wie in Deutschland, dunkel.

Nach nur wenigen Kilometern auf der Schnellstraße bog Nova auf die Insel ab. Kleine Brücken, die Sicht auf die Schären boten. Dann eine längere Brücke, die Einfahrt in den Ortskern. Ein Sägewerk, ein Wirtshaus, ein Dorfladen, an der Kirche vorbei, immer Richtung Meer. Ein paar Kilometer weiter kam ein Campingschild. Kurz davor bog Nova links ab, in eine schmale Straße, mehrere Häuser, dann kam lange nichts. Am Ende sah Nova versteckt zwischen dunklen Fichten und Kiefern ein winziges Häuschen.

28

Beim Aussteigen merkte Nova, dass es wärmer war als in Gällivare. Meeresklima. Aber die frische Brise ging ihr durch und durch. Sie schnappte sich Jacke und Mütze vom Beifahrersitz, schloss den Pick-up und lief die wenigen Schritte zur dunklen Haustür. Weder Klingel noch Name. Nova zögerte, schaute verstohlen in ein Fenster neben der Tür. Sie sah Teile einer Tischplatte. Oberschränke. Sicher die Küche. Im Zimmer brannte kein Licht. Ein Schatten huschte vorbei, sie klopfte. Nichts rührte sich. Sie klopfte stärker. »Hallo?«

Schließlich öffnete sich die Tür. Nova sah zuerst dunkle Haare, durchsetzt mit grauen Strähnen. Ein aufgeschwemmtes Gesicht. Die Frau war klein, die Größe passte. Aber sonst passte nichts. Das konnte nicht Kristin sein, die schlanke, dunkelhaarige Kristin, die so großen Wert auf ihr Äußeres gelegt hatte. Niemals hätte sie eine ausgebleichte Jogginghose und ein übergroßes langärmeliges T-Shirt getragen, dessen ursprüngliche Farbe nur zu erahnen war. »Guten Tag. Ich bin Nova und …«

Die Frau schaute sie mit durchdringenden grünen Augen an. Kristins Augen.

»Ah, die neue Pflegerin. Komm rein. Ich finde das Kaffeepulver nicht. Kannst du mir helfen?« Die Stimme war anders. Leiser, zögerlicher. Überhaupt nicht wie Kristins hohe Stimme. Als Kind hatte Nova manchmal geglaubt, neben ihr zwitscherte ein Vogel, wenn sie redete.

Kristin schaute sie aufmerksam an.

Zögernd betrat Nova einen kleinen dunklen Flur und stand kurz darauf in einer Küche.

»Kristin?« Nova musste sich sicher sein.

Die Frau reagierte nicht. Sie schaltete die Deckenlampe an und ließ sich auf einen der Holzküchenstühle fallen. »Ich hab alles durchsucht. Kein Kaffeepulver. Und es dauert, bis ich wieder einkaufen kann. Warum kommt das Taxi nur einmal die Woche?«

»Ich weiß es nicht.«

»Ist egal. Schau bitte nach. Ich brauche einen Kaffee.«

Novas Blick fiel auf die Küchenablage. Reis- und Pastatüten standen neben Weizenmehl, verschiedenen Kräuterfläschchen und Teesieben. Sie kramte in einer der Schubladen und entdeckte eine Alubox. Kristin hatte Kaffee immer in einer Box aufbewahrt. Nova öffnete den Verschluss. Der Duft von gemahlenem Kaffee zog in ihre Nase.

»Oh, wunderbar! Danke!« Überschwänglich riss Kristin ihr die Box aus der Hand, schnappte sich eine Alukanne, die auf dem Elektroherd stand, und füllte Kaffeepulver hinein. Sie goss kaltes Wasser darauf und stellte den Herd an. »Möchtest du eine Tasse?« Sie wartete ihre Antwort nicht ab. »Ich will endlich einen Holzofen. Das Ding mag ich nicht.« Sie deutete auf den Elektroherd. »Deine Kollegin hat mir dabei geholfen, einen Antrag auszufüllen. Weißt du, ob er bewilligt ist?«

Nova schüttelte den Kopf. Unschlüssig stand sie in der Küche.

»Draußen im Flur kannst du deine Jacke aufhängen.« Kristin strich versonnen an Novas rotem Jackenärmel entlang. »Ich hatte mal eine Stieftochter. Sie liebte Rot.«

»Ich bin's, Kristin. Nova. Ich bin gekommen, weil …«

Kristin lächelte vor sich hin, holte einen Löffel aus der Schublade und rührte in der Kaffeekanne. »Der Kaffee darf nur einmal kurz aufkochen. Dann stellt man die Kanne von der Platte und gießt ein wenig kaltes Wasser auf, damit sich das Pulver vollständig setzt. Kannst du dir das merken, falls du mal Kaffee zubereitest?«

»Klar.« Kristin schien sie nicht zu erkennen. Sie wirkte, als lebte sie in ihrer eigenen Welt.

Nova zog Jacke und Schuhe im Flur aus und setzte sich an den Küchentisch.

»Nein, das dauert mit dem Kaffee. Fang nur schon an. Der Staubsauger steht da drin.« Sie deutete auf einen hohen Küchenschrank. »Vor allem unter dem Sofa und dem Bett. Ich kann meine Knie nicht mehr gut beugen. Sie sind geschwollen und schmerzen.«

Nova schnappte sich den Staubsauger und trat kurz darauf in ein gemütliches Wohnzimmer. Sie betätigte den Lichtschalter. Ein Lesesessel, ein Rentierfell an der Wand, ein dunkelgraues Zweisitzer-Sofa, auf dem eine Wolldecke mit Rentiermotiven lag. Nova trat näher. Die Decke, unter die sie sich mit Kaspar gekuschelt hatte, wenn Kristin vorlas. Auf einem überquellenden Bücherregal stand ein größerer Fotorahmen. Sami in Trachten. Verstohlen schaute Nova sich um, aber Kristin schien in der Küche zu bleiben. Nova trat näher. Zwei Erwachsene, drei Kinder. Vielleicht Kristins Eltern und Kristin mit ihren Geschwistern. Sonst gab es keine Fotos. Nova suchte nach einer Steckdose, stellte den Staubsauger an. Es knirschte unter dem Sofa, sie stieß an einen Gegenstand. Nova bückte sich, konnte jedoch kaum etwas erkennen, die Deckenlampe leuchtete nur spärlich. Sie kniete sich hin, langte unter das Sofa und zog einen Karton hervor. Kristins Näharbeiten. Obenauf lagen Lederarmbänder, unterlegt mit buntem Wollstoff, bestickt mit Silberfäden. Nova hatte zu Hause in Wedel ein Armband von Kristin auf ihrer Kommode im Schlafzimmer liegen. Das Leder war schon brüchig und der Verschluss ausgeleiert. Sie hatte sich nie getraut, es anzulegen, aus Angst, es zu verlieren. Nova hörte Schritte und schob den Karton rasch wieder zurück.

»Klappt es?« Kristin trat neben sie.

»Ja.« Nova saugte weiter.

»Da darfst du nicht ran.« Sie deutete auf Orchideentöpfe, die eng nebeneinander auf den beiden Fenstersimsen standen. »Das sind meine Schätzchen. Ich bekomme sie immer zum Blühen.« Kristin strich an einer zarten weißen Blüte entlang. »Draußen hab ich einen Schattengarten angelegt. Der ist jetzt unter dem Schnee verborgen. Im Sommer zeige ich ihn dir. Die Leute sagen, ich bin verrückt. Bin ich ja auch, aber ich hab es geschafft. Bei mir blühen Fingerhüte, Buschwindröschen, Leberblümchen und Lerchensporn. Und Elfenblumen. Kennst du Elfenblumen?«

Nova schüttelte den Kopf.

»Meine sind weiß und lila. Man darf sie nicht unter Bäumen anpflanzen. Nur unter Gehölzen. Vor dem Winter lege ich Reisig darüber, dann blühen sie immer wieder.«

»Kristin.«

Kristin hob den Kopf. Zum ersten Mal schien sie auf ihren Namen zu reagieren.

»Der Kaffee ist fertig.«

Nova folgte ihr in die Küche. Zwei Kaffeebecher standen auf dem Tisch.

»Milch ist aus. Kann ich erst wieder nächste Woche kaufen, wenn das Taxi kommt. Der Weg zum Dorfladen ist mir zu lang. Drei Kilometer, und das bei der Kälte.« Kristin schob den Ärmel ihres T-Shirts zurück. »Meine Handgelenke schwellen an. Vielleicht von den Tabletten. Aber die muss ich ja nehmen.« Sie schenkte Nova und sich Kaffee ein.

»Kommst du jetzt öfter?«

»Kann ich dich was fragen?« Irgendwann musste Nova ihr den Grund ihres Besuches nennen. Es war nicht in Ordnung, dass sie so tat, als ob sie vom Pflegedienst käme.

Kristin trank einen Schluck und schaute sie aufmunternd an.

»Kaspar, dein Sohn. Er wurde gehänselt.«

Kaffee schwappte aus Kristins Tasse.

Nova riss ein Papiertuch von der Rolle, putzte über die bunte Plastiktischdecke und warf das verschmutzte Papier in den Müll.

Kristins Augen wirkten erschrocken. Sie schob die Kaffeetasse von sich und schaute aus dem Küchenfenster.

»Was ist damals passiert?«

Sie schwieg. »Hast du eine Salbe dabei? Für die Handgelenke. Sie schmerzen immer mehr.«

»Kristin. Ich bin Nova. Kaspar, dein Sohn, wurde von einem Jungen gehänselt. Kaspar lag im Graben, lange, es war kalt. Aber er wurde gerettet. Was ist damals passiert? Hat Juhan das Gewehr genommen und geschossen?«

Kristin stand auf und schob den Vorhang etwas beiseite.

»Seit wann kommt der Pflegedienst mit einem Pick-up? Hat die Gemeinde plötzlich Geld?« Sie kicherte.

»Ich arbeite nicht beim Pflegedienst. Ich bin's, Nova. Ich will wissen, wie das Unglück mit dem Jungen passiert ist. Ist er zu euch ins Haus gekommen? Hat Papa das Gewehr aus dem Waffenschrank genommen und geschossen?

Kristin schaute in die Kaffeedose. »Das reicht nur noch für zwei Mal. Was ist heute für ein Wochentag?«

»Mittwoch.«

»Könntest du das nächste Mal Kaffee mitbringen?«

Nova stand auf. War Kristin so verwirrt, oder tat sie nur so?

»Ich komme nicht wieder.« Sie zog sich an und ging zur Tür. Das hier brachte nichts. »Mach's gut, Kristin.«

Sie folgte ihr. »Ich heiße Vivi-Anne Kroik. Das ist mein Name. Danke fürs Staubsaugen.«

Nova fuhr in den Dorfladen. Seskarö gehörte zur Gemeinde Haparanda, und die war zuständig für die Pflege der Alten und Hilfsbedürftigen, erfuhr sie dort. Zwanzig Minuten später war sie in Haparanda. Aber weder die Sachbearbeiterin im Rathaus noch die Pflegerin vom ambulanten Dienst gaben ihr Auskunft. »Tut uns leid, wir dürfen nur mit Angehörigen sprechen.«

»Ich bin ihre Stieftochter. Nova Sarri. Kristin war mit meinem Vater verheiratet.«

»Sie ist schon lange geschieden. Und ihr Name ist Vivi-Anne Kroik.«

»Ist das ihr Mädchenname?«

»Ihr Vorname lautet Vivi-Anne Kristin.«

Sie bekam noch ein kurzes Nicken, dann verabschiedete sich die Pflegerin von ihr und bat sie zu gehen.

»Kann sie sich denn alleine versorgen? Sie wirkte sehr … neben sich.«

»Wir bemühen uns, die Menschen so lange wie möglich in ihrem häuslichen Umfeld zu lassen. Sie wird drei Mal am Tag von uns besucht.«

»Aber …«

»Wenn es nicht mehr funktioniert, muss sie in ein Heim. Solange sie sich so liebevoll um ihre Pflanzen kümmert … Bitte gehen Sie jetzt.«

»Warum wohnt sie auf Seskarö?« Nova wollte sich nicht abweisen lassen. »Sie stammt doch aus Jämtland.«

Die Pflegerin schwieg und schob Nova aus der Tür.

29

Es fiel Nova schwer, sich auf ihre Arbeit zu konzentrieren. Lydia rief jeden Morgen an, fragte, wie sie vorankam. Drei Umschläge für verschiedene Verlage sollte sie bis Anfang nächsten Jahres fertigstellen. Zwei Romane, ein Sachbuch.

»Hast du das Briefing bekommen? Ist alles klar? Klappt das in deiner Hütte? Sag, wenn du das nicht hinbekommst, dann müssen wir eine andere Lösung finden.«

Nova beruhigte sie, aber sie fühlte sich so weit weg von ihrem früheren Leben. Von Deutschland, von ihrer Arbeit. Auch von Leo. Ihre Gespräche wurden weniger, als ob sie sich nichts zu erzählen hätten. Novas Gedanken kreisten um ihren Vater, Kristin und um Kaspar, der laut Notar unauffindbar war, und um die Rentiere.

»Hast du dich entschieden?«, hatte Pelle vorhin am Telefon gefragt. »Willst du die Rentiere behalten und dich selbst um sie kümmern, oder sollen Eric und ich das weiterhin tun?«

»Ich weiß es nicht.« Nova hatte überhaupt keine Zeit gehabt, darüber nachzudenken.

»Dir ist klar, es gibt einen Unterschied zwischen Rentierbesitzern und Sami, die sich um die Tiere von anderen Besitzern kümmern.«

»Hm …«

»Du bist eine Rentierbesitzerin, auch wenn du dich

nicht selbst um deine Tiere kümmerst. Eric und ich wären dann diejenigen, die nach ihnen schauen.«

»Und …?«

»Wir haben uns auch bisher um Juhans Tiere gekümmert, als er … keine Zeit hatte oder krank war.«

Nova erinnerte sich an das unangenehme Gespräch mit Eric beim Beerdigungskaffee. »Und dafür möchtet ihr bezahlt werden.«

»Juhan hat uns ab und an ein Muttertier mit Kalb überlassen. Vielleicht wäre das auch eine Lösung für dich.«

»Ich überlege es mir.«

»Die andere Möglichkeit wäre, du übernimmst Juhans Rentiere, auch sein Ohrenkennzeichen. Bist also Rentierbesitzerin und kümmerst dich selbst um deine Tiere. Mit allem, was dazugehört. Bist bei den Rentierscheidungen dabei, bei der Schlachtung, überlegst dir, ob du neben dem Schneemobil einen Anhänger und ein Quad kaufst. Manchmal sind ein paar Rentiere schwächlich, dann müssen sie gefüttert werden. Das geht nicht von Deutschland aus. Du musst hier wohnen.«

»Das … ähm, keine Ahnung. Ich …«

»Was du auf jeden Fall tun musst, wenn du die Rentiere behältst und nicht an mich verkaufst: Du musst die Tiere beim Finanzamt melden. Jedes Rentier, ob Stier, weibliches Tier oder Kalb wird anders bewertet. Du brauchst eine Aufstellung über die Anzahl, das Geschlecht, über ausgewachsene Tiere und Kälber. Je nachdem wirst du besteuert. Die letzte Statistik ist im Ordner, aber du benötigst eine aktuelle. Du hast doch sicher eine Personennummer?«

»Klar, hab ich.«

»Und du bist schwedische Staatsbürgerin?«

»Ich hab beide Staatsbürgerschaften.«

»Dann dürfte das ja nicht allzu schwer sein. Du solltest eine Firma anmelden und …«

Pelle redete weiter. Über Anträge, die Bürokratie, die gar nicht so schrecklich sei. Er war in seinem Element. Ihr Onkel war durch und durch Rentierzüchter, sein Leben lang.

»Wo sind die Rentiere denn jetzt?«, unterbrach Nova ihn.

»Sie werden gerade zusammengetrieben. Eric und ein paar andere Jungs sind mit den Schneemobilen in den Bergen. Sie treiben sie herunter ins Tal. In den nächsten Tagen werden einige Rentierscheidungen stattfinden.«

Oh. Wie peinlich, so eine Frage zu stellen. Natürlich. Die Rentiere wurden im Dezember und manchmal auch noch im Januar zusammengetrieben und in unterschiedliche Weidegebiete gebracht, damit die Tiere genügend zu fressen fanden. »Klar. Hatte ich total vergessen.«

»Ich kann dir Bescheid geben, wann und wo die Scheidungen stattfinden.«

Sie zögerte.

»Das ist wie Autofahren oder Schwimmen. Das verlernt man nicht«, sagte Pelle, und letztlich stimmte sie zu. Klar, sie würde mitkommen.

Und jetzt? Nova saß vor dem Laptop, sollte sich Gedanken über den Umschlag zu einem Roman machen, der auf Sizilien spielte. Sie durchforstete Bildarchive, schaute sich Cover von Büchern an, die Italien als Schauplatz hatten, aber … es kam nichts. Sie hatte keine Idee, wie sie die Vorstellungen der Verlagsleute umsetzen sollte. Sie las die Zusammenfassung der Handlung. Ein Liebesroman, leicht, unterhaltsam. Aber mehr als Zitronen, Zypressen und Szenen aus *Der Pate* fielen ihr nicht ein.

Kurz entschlossen zog Nova sich an, holte im Schuppen eines der Lassos, die an einer Wand hingen, und versuchte sich im Lassowerfen. Die Spitze des Holzzauns, der das Grundstück an einer Seite von einer Wiese abgrenzte, diente ihr als Ziel. Sie rollte das blaue Kunststofflasso auf, stellte einen Fuß vor, beugte sich zuerst nach hinten, wieder vor, zielte und verfehlte die Latte. Sie warf noch einmal und noch einmal. Es klappte immer besser. Sie verlängerte den Abstand zwischen sich und der Latte, rollte das Lasso auf, konzentrierte sich und traf. Verfehlte und traf häufiger. Nach einer Weile öffnete Nova den Reißverschluss ihrer Jacke und lockerte den Schal. Die letzten Tage war es wärmer geworden. Knapp unter null Grad. Sie schwitzte, beugte sich nach vorne, setzte sich ein schwierigeres Ziel, schräg vor ihr. »Ja!« Ihr Gesicht rötete sich. Was für ein Gefühl! Wie damals, als sie heimlich im Park geübt hatte, und dann bei der Kälbermarkierung im Sommer. Sie hatte die kleinen Kälber fast immer eingefangen. Gemeinsam waren sie ein gutes Team, ihr Vater und sie. Sie stand mit ihm im Gehege, die Kälbchen liefen gegen den Uhrzeigersinn. Immer zusammen mit ihrer Mutter und immer im Kreis. Ihr Vater und sie, mit anderen Sami in der Mitte. Sie drehten sich und versuchten, die Ohrenmarkierungen zu erkennen. Nova hatte Schwierigkeiten, auf die Distanz die Schnitte im Ohr zu sehen. Aber Juhan erkannte seine Tiere sofort. Er deutete auf ein Muttertier, sie nickte, umfasste das Lasso, zielte, drehte sich mit in der Bewegung. Die Fangleine legte sich um den Kopf des Kälbchens, das der Mutter gefolgt war. Sie zog das Tier mithilfe des Lassos zu sich, drehte es auf den Rücken. Juhan hielt es fest, und sie schnitt in diesem letzten Sommer in den Bergen zum ersten Mal die Ohrenmarke ihres Vaters in die kleinen Ohren der Kälber. Das geschah immer in der Nacht, wenn es weniger Mücken gab und sich die Wunden schnell schlossen.

Und dann hatte sie ihr eigenes Kälbchen markiert und es nie wiedergesehen. Nova schluckte, setzte wieder an, und die Leine legte sich um die Lattenspitze. Sie holte das Lasso, ging zurück, warf und traf. Wie im Rausch.

»Hey!«

Erschrocken drehte sie sich um. Sie hatte Samuel nicht gehört.

30

Klappt gut«, sagte er und lächelte.

Samuel stand vor ihr, die Hände in den Hosentaschen vergraben. Er trug eine schwarze Arbeitshose und ein riesiges dunkelblaues Helly-Hansen-Fell, mit buntem Schal und einer blauen Wollmütze. Bär. Nova grinste.

Er schaute an sich hinunter.

»Cooles Outfit«, sagte Nova.

»Was? Das Fell? Das ist noch von meinem Vater. Er hatte auch einen ziemlichen Umfang.«

Nova rollte das Lasso zusammen und ging ein paar Schritte auf Samuel zu.

»Wegen mir musst du nicht aufhören. Ich hole gleich die Mädchen bei Anna-Lena ab. Dachte nur, ich schaue kurz bei dir vorbei.«

»Anna-Lena?«

Samuel deutete auf das zweite Haus unten am Fluss. »Sie wohnt dort mit ihrer Familie. Ihr ältester Sohn, Ante, und Tindra sind gleich alt. Sie spielen manchmal zusammen nach der Kita, wenn ich später von der Schule komme oder meine Mutter keine Zeit hat, sich um die Mädchen zu kümmern. Ebba ist auch dort.«

»Okay. Möchtest du einen Kaffee, oder musst du gleich weiter? Ich wollte sowieso aufhören. Hab mich etwas verausgabt.« Schweißperlen standen ihr auf der Stirn. Sie wischte sie verstohlen weg.

»Gern.«

Samuel folgte ihr in die Hütte.

»Setz dich doch.« Nova legte ein paar Holzscheite in den Ofen und kramte nach der Kaffeetüte.

»Arbeitest du hier?« Er deutete auf den offenen Laptop und ein paar Blätter, die kreuz und quer auf dem Küchentisch lagen.

»Ja, entschuldige.« Sie schloss den Laptop, suchte die Blätter zusammen und legte alles auf den kleinen Beistelltisch am Sofa. »Ich versuche es. Klappt nicht so, wie ich das möchte, kann mich schwer konzentrieren.«

Samuel setzte sich, und Nova erzählte von ihrer Arbeit und ihrem erfolglosen Besuch bei Kristin. Sie kochte Wasser, befüllte die Presskanne, holte Becher, ein paar Kekse. Sie redete viel zu viel, dabei wollte sie gerne mehr über ihn erfahren. Warum sprach er nie von seiner Frau? Er war immer alleine mit seinen Mädchen unterwegs. Das Einzige, was sie wusste, war, dass er im selben Haus wohnte wie sein Bruder und seine Mutter.

»Milch?«, fragte sie und schenkte ihnen Kaffee ein. Er schüttelte den Kopf und trank einen Schluck.

Sie deutete auf die Kekse.

»Ich esse keine Süßigkeiten.«

Oh, das hatte sie vergessen. Sie stellte die Schale auf die Küchenablage zurück.

»Du darfst gerne welche essen.«

»Nein, ist eh ungesund.«

Sie schwiegen. Es war keine unangenehme Stille, trotzdem war es merkwürdig, dass niemand sprach.

»Isst du schon lange keine Süßigkeiten mehr?« Etwas Blöderes hätte ihr nicht einfallen können.

»Zwei, drei Monate. Ich konnte nicht damit aufhören. Mehrere Tafeln Schokolade am Tag, Riegel … Du siehst ja, was dabei herausgekommen ist.« Er deutete auf seinen Bauch.

»In dem Video wirkst du schlanker.«

Er nickte.

»Das ist gar nicht so lange her, oder?«

»Mein Leben war die letzten zwei Jahre … sagen wir, kompliziert.«

Sie schaute ihn aufmunternd an. Samuel hatte fast schwarze Augen mit einem hellgrauen Rand.

Er rückte seine Brille zurecht. »Weiß nicht, ob du das wissen willst. Du hast doch genug mit deinem Leben zu tun.«

»Erzähl.« Sie langte zur Küchenablage und griff sich einen Schokokeks.

Samuel sprach langsam, als würde er die Worte genau wählen. Er erzählte von seiner zehn Jahre jüngeren Frau Sanna, die er in Stockholm kennengelernt hatte, während er studierte. Er war über dreißig, als er in die Hauptstadt ging. Davor hatte er eine Schreinerlehre gemacht, war angestellt gewesen und hatte sich nebenbei um seine Rentiere gekümmert. Aber er wollte Lehrer werden, wollte unterrichten. Sanna hatte gerade die Schule beendet, ein wenig gejobbt, wusste nicht, welchen Beruf sie ergreifen sollte. Sie blieben zusammen, und dann kam Tindra. Kurz darauf Ebba. Sanna ging völlig auf in ihrer Mutterrolle. Irgendwann wurde es ihr langweilig. Sie wollte reisen, etwas anderes sehen. Sie hatten wenig Geld, Stockholm war teuer, und Sanna fing an zu trinken.

»Ich habe es zuerst nicht bemerkt. Sie war gut drauf.

Trank heimlich zu Hause, wenn ich an der Uni war. Eines Tages stand die Polizei vor der Tür. Sie hatte Alkohol geklaut. Sanna versprach, damit aufzuhören, aber …«, er schaute in seinen schwarzen Kaffee, »sie schaffte es nicht. Das ging fast zwei Jahre. Sie konnte sich nicht mehr um die Mädchen kümmern. Im Sommer bin ich mit den beiden nach Porjus gezogen. Sanna ist in Stockholm, sie macht eine Entziehungskur, besser gesagt, die zweite. Ihre Familie lebt dort, Eltern, eine Schwester. Sie unterstützen sie. Und ich versuche, hier ein neues Leben aufzubauen. Deshalb … die überschüssigen Kilos. Das war auch eine Sucht. Sie hat getrunken, ich habe Schokolade gegessen. Es ist echt schwer, aber drei Kilo hab ich schon.« Er lächelte etwas schief.

»Tut mir leid.«

»Dass ich abgenommen habe?«

Nova bemerkte ein kleines Grübchen an seinem Kinn.

»Genau das.« Sie lachte.

»Nichts Süßes und Sport. Dreimal die Woche gehe ich nach dem Unterricht ins Fitnesszentrum. Und wenig Fett, dann wird das schon.«

»Wurstsalat ohne Fett geht nicht.«

»Bitte?«

»Ich sollte einen Wurstsalat zubereiten. Vergessen? Den macht man mit Öl an.«

»Olivenöl geht.«

»Okay.«

Samuel schaute aufs Handy. »Ich muss los.« Er zog seine Schuhe an und schnappte sich Jacke, Mütze und Schal. »Was ist mit dir?«

»Wie? Was soll mit mir sein?«

»Hast du Familie, Mann, Freund, Kinder?« Er zögerte. »Oder Freundin?«

Sie schüttelte den Kopf. Dann besann sie sich. »Freund. In Hamburg. Familie, nein. Damit hab ich nichts am Hut. Meine Großmutter ist tot, meine Mutter sehe ich kaum. Und mein Vater … weißt du ja.«

Die Tür wurde aufgerissen. Tindra und Ebba schossen herein.

»Hallo, Papa! Hallo, Nova!«

»Wie kommt ihr denn hierher?« Samuel nahm die beiden in die Arme.

»Anna-Lena hat gesagt, dass du bei Nova bist.« Tindras Blick fiel auf die Schale mit den Schokokeksen.

»Und wir haben gefragt, wo Nova wohnt«, ergänzte Ebba.

»Und Anna-Lena hat gesagt, Nova wohnt in der Blockhütte am Wald. Und sie hat zwei Kerzenleuchter im Fenster.«

»Und da seid ihr in der Dunkelheit hierher gestapft?«

»Es ist nicht dunkel. Die Straßenlaternen leuchten, und der Schnee ist hell. Außerdem hab ich immer meine Stirnlampe dabei.« Tindra klopfte auf die Seitentasche ihrer Jacke.

»Na, dann ist ja gut.«

Nova sah die Blicke der Mädchen und schaute Samuel fragend an.

Er nickte.

Nova hielt ihnen die Schale mit den Keksen vor die Nase.

Sie grinsten und griffen hinein.

»So, wir müssen.«

»Kommt Nova morgen mit?«

»Wohin?« Er wirkte verwirrt.

»Morgen ist Lucia.« Tindra rollte mit den Augen.

»Ach so, ja klar, wenn sie will.« Er schaute Nova an. »Am Nachmittag findet der Lucia-Zug in der alten Kirche von Jokkmokk statt. Die Grundschüler haben die Lieder mit ihrer Lehrerin einstudiert, meine alte Lehrerin von früher. Ich spiele auf dem Klavier, die Kinder singen.«

»Sie singen das Lucia-Lied auf Samisch. Kannst du Samisch?« Tindra musterte sie.

»Ein bisschen.«

»Dann komm doch mit!«

»Um vierzehn Uhr bei uns?« Samuel zog sich an. »Dann fahren wir gemeinsam nach Jokkmokk.«

»Gerne.«

31

Samuel hatte ihnen drei Plätze in der ersten Kirchenbank reservieren lassen. Das war nötig, denn die Bänke waren voll besetzt. Tindra saß am Rand, Ebba neben ihr, Samuel nahm vorne am Piano Platz. Er trug denselben samischen dunkelblauen Umhang wie bei der Beerdigung. Zudem hatte er eine helle Lederhose und Schnabelschuhe an, die von gewebten Schuhbändern zusammengehalten wurden. Die Mädchen trugen ihre Tracht aus blauem Wollstoff mit bunten Einfassungen an den Ärmeln und an den Rockschößen.

Versonnen strich Ebba immer wieder über den Stoff. »Hat mir Oma genäht«, flüsterte sie. »Hast du auch eine Tracht?«

»Ich hatte mal eine. Als ich so alt war wie du.« Nova hatte den Kopf zu Ebba gebeugt.

»Und jetzt nicht mehr?«

»Nein.«

»Vielleicht näht dir meine Oma einen Kolt?«

»Psst!« Tindra legte den Finger auf den Mund. »Sie kommt.«

Die Kirchentür wurde geöffnet. Samuel spielte auf dem Klavier, alle drehten den Kopf gespannt nach hinten.

Lucia war in ein langes weißes Gewand gekleidet. Sie trug eine Lichterkrone und ein silbernes Band in den schulterlangen dunkelblonden Haaren. Hinter ihr kam ein Gefolge von Mädchen und Jungen. Auch sie waren in weiße Gewänder oder rote Jacken und Hosen mit weiß-roten Zipfelmützen gekleidet. Jetzt spielte Samuel den Lucia-Song, eine Melodie, die jedes schwedische Kind kannte. Langsam ging der Luciazug den Mittelgang entlang. Dabei sangen die Kinder den Text auf Samisch.

Nova hatte als Kind Lucia nie in Lappland erlebt. Im Winter war sie in Täby zur Schule gegangen. Sie feierten meist in der Aula, manchmal in einer Kirche. In ihrer Schule war Lucia immer ein Mädchen aus den älteren Jahrgängen. Die Mädchen bewarben sich und wurden gewählt. Oft war es ein gut aussehendes blondes oder schwarzhaariges Mädchen, das Lucia werden durfte, kein braunhaariges, schlaksiges, wie Nova es war. Später am Tegernsee gab es keine Lichterkönigin mehr. Da spielte eher Blasmusik bei festlichen Anlässen. Nova schloss die Augen. Sie hatte den samischen Text des Lucia-Liedes noch nie gehört und genoss diese klangvolle Sprache, die ihr immer vertrauter wurde.

Jemand zupfte an ihrer Jacke. »Schau.« Tindras Wangen waren gerötet.

Lucia ging neben ihrer Bankreihe vorbei.

Tindras kleine Hände rutschten unablässig auf ihrem Trachtenrock hin und her. »Ich will auch mal Lucia werden. Aber mit echten Kerzen«, sagte sie leise und beugte sich dabei weit zu Nova herüber.

»Mann, ich seh nix.« Ebba wand sich um Tindra, schubste sie, und die setzte sich wieder auf ihren Platz.

Die Gruppe stellte sich vor dem Altar auf. Eine ältere Frau in Tracht stand vor dem Chor und dirigierte weitere Lieder. Sicher die Lehrerin, von der Samuel gesprochen hatte. Er spielte, die Kinder sangen bekannte schwedische Weihnachtslieder auf Samisch. Nova erkannte die Melodien sofort, obwohl sie sie lange nicht mehr gehört hatte. Das schlichte Holzkreuz hinter dem Altar war dezent beleuchtet. An den Wänden brannten echte Kerzen, die in hellen Holzkerzenleuchtern steckten. Sie flackerten. Draußen war es dunkel, das Licht in der alten Holzkirche war gedämpft. Ab und an hörte Nova ein Rascheln oder leise Stimmen. Sonst war nur Musik um sie. Eine friedvolle feierliche Weihnachtsstimmung. Sie zog das Handy aus der Jackentasche, stellte es leise, damit es nicht klickte, und schoss einige Fotos. Das festliche Weiß und Rot der Kleidung der Kinder vor dem Altar und der hellen Holzwandtäfelung! Und was für ein sanftes Licht! Nova setzte sich wieder und summte die Weihnachtslieder leise mit.

Ebba schaute sie verstohlen von der Seite an und rückte ein wenig näher an sie heran.

Kurz war Nova versucht, den Arm um die Kleine zu legen, ließ es aber bleiben.

Zwanzig Minuten später verließ Lucia mit ihrem Gefolge die Kirche. Die Besucher gingen langsam nach draußen.

Samuel winkte Nova zu sich. »Manghild, meine alte Lehrerin, hat uns in die Sameschule eingeladen. Es gibt Pfefferkuchen und Glühwein … also Kinderglühwein.« Er sah Nova an. »Kennst du doch noch, oder?«

»Klar. Warmer Blaubeersaft mit Rosinen und Mandeln. Hab ich vor Kurzem bei Aina getrunken.«

»Ach so, dann … Vielleicht musst du in Jokkmokk was erledigen. Wir können dich auch später abholen.«

»Ich komme gerne mit.« Sie lächelte. »Du hast sehr gefühlvoll gespielt.«

»Danke!«

Sie bemerkte ein winziges Lächeln um seinen Mund.

Er drehte sich um, klappte den Klavierdeckel zu, rief Tindra und Ebba zu sich und drückte die Mädchen Richtung Ausgang.

»Nova hat mitgesummt«, hörte Nova Ebbas hohes Stimmchen zu Samuel sagen. Sie zückte noch mal ihr Handy, schoss weitere Fotos. Vor allem die Schlichtheit der alten Holzkirche gefiel ihr. Hier gab es keine Schnörkel, nur klare Formen. Halbrunde, lang gezogene Fenster, hellbraune Längsholzbalken. Die Holzvertäfelung an der Gewölbedecke ging von einem warmen Braun in ein mattes Weiß über. Und vor allem die blau gestrichenen Holzbänke passten zur Farbe der Wände. Wie in einem alten Film. Jetzt, wo alle Kirchenbesucher weg waren, konnte Nova die Nuancen der Bänke besser erkennen. Hellblau, fast in ein Türkis übergehend mit einer feinen Holzmaserung. Sie schoss weitere Fotos.

»Nova?« Sie hörte Samuels dunkle Stimme.

»Ich komme!« Sie eilte zum Ausgang. »Die Kirche ist so stilvoll. Hab ich noch Zeit, ein wenig von außen zu fotografieren?«

»Klar. Die Schule ist nur ein paar Schritte von hier.«

Nova schloss ihre Jacke, setzte die Mütze auf und vergewisserte sich, dass die Handschuhe in den Jackentaschen verstaut waren.

»Ich geh mit den Mädchen schon mal vor.« Er deutete nach links. »Das nächste Gebäude, das ist die Schule. Wir treffen uns dort.«

Sie nickte, nahm ihr Handy und machte Fotos vom viereckigen, holzvertäfelten Glockenturm, der ein paar Meter vom Eingang stand. Sie umrundete die Kirche und erkannte jetzt erst deren achteckige Form. Sie fotografierte die erleuchteten Fenster von außen. Sie musste unbedingt einmal im Hellen kommen und Fotos machen. Ihre Hände wurden kalt, aber sie bemerkte es nicht. Sie war völlig fasziniert. Diese Kirche musste sie malen.

32

Ein paar Tage später rief Pelle an. »Morgen ist die erste Rentierscheidung, zwischen Porjus und Gällivare. Wir sind daran vorbeigefahren. Erinnerst du dich? Links an der E45. Bist du dabei?«

Kurz überlegte sie. Die Umschläge. Sie war damit nicht weitergekommen. Stattdessen hatte sie sich in Gällivare in einem Schreibwarenladen mit Blättern, Stiften und neuen Aquarellfarben eingedeckt und angefangen zu malen. Die Kirche in Jokkmokk, vor allem das Zusammenspiel der Farben im Innenraum, war ihr nicht mehr aus dem Kopf gegangen. Zudem war sie oft draußen, hatte sich Ainas Samojeden zum Gassigehen ausgeliehen und war Ski gefahren. Der Lule-Fluss war nach der strengen Kälte völlig zugefroren und laut Aina ungefährlich.

»Wann und wo treffen wir uns?«

»Morgen früh um halb neun bei uns zu Hause. Eric kommt auch mit, und Eleonor hat sich freigenommen. Eric und ich fahren mit dem Schneemobil. Wir treiben die Tiere nach der Scheidung Richtung Porjus in unsere Winterweidegebiete. Kannst du Eleonor in deinem Pick-up mitnehmen?«

»Hm, klar.« Seit der Beerdigung hatte sie ihre Tante nicht mehr gesehen, und dort hatten sie kein Wort miteinander gesprochen.

»Es sollen um die zehn Grad minus werden. Du brauchst

warme Kleidung, nicht die neueste. Hast du eine alte Jacke? Kannst auch eine von uns haben.«

Sie hatte nur die leichte Winterjacke aus Deutschland und die neue rote. Die Jacke ihres Vaters wollte sie nicht tragen. Sie sollte nicht schmutzig oder beschädigt werden. »Ja, das wäre gut.«

»Und dicke Winterschuhe? Wir sind Stunden beschäftigt.«

»Hab ich.«

»Essen und Trinken.«

»Nehm ich mit.«

»Und denk an dein Messer.«

»Wozu das? Ich dachte, wir trennen die Rentiere nur.«

»Du brauchst immer ein Messer. Vielleicht sind Kälber dabei, die noch nicht markiert sind.«

»Hast du einen Gürtel für mich?« Nicht mal daran hatte sie gedacht. Messer hingen immer am Gürtel. Man schob sie nicht in die Gesäßtasche. Sie könnten verloren gehen.

»Klar. Bis morgen.«

»Pelle? Was werden die anderen Sami sagen, wenn ich plötzlich auftauche?«

»Sie werden sich ihren Teil denken. Und den willst du nicht hören. Das sind die, die du nicht beachten musst. Ich ignoriere sie auch. Die anderen werden dich grüßen, dir zunicken, vielleicht ein paar Worte mit dir wechseln. Jeder wird wissen, wer du bist, wenn du mit uns im Gehege stehst.«

Aufgeregt packte sie am Abend ihren Rucksack. Sie hatte nicht gefragt, ob sie das Lasso brauchen würde. Es konnte sicher nicht schaden.

Nova schlief unruhig. Sie freute sich, gleichzeitig hatte sie Bedenken. So lange war sie nicht mehr in einem Rentiergehege gestanden, hatte die Wärme der Tiere gespürt und ihr Schnauben gehört. Aber was für ein unangenehmer Gedanke, mit Eleonor alleine im Wagen zu fahren. Und wie würden die anderen Sami reagieren?

Pelle und Eric waren schon losgefahren. Sie brauchten mit dem Schneemobil länger als sie mit dem Pick-up. Beim Einsteigen drückte Eleonor ihr eine alte Arbeitsjacke und einen Ledergürtel von Pelle sowie Arbeitshandschuhe in die Hand und erwähnte, dass sie selbst nicht im Gehege mitarbeitete. Sie würde die Anzahl der Rentiere notieren, die von Pelle, von Eric und die von Novas Vater. »Dann können wir vergleichen, ob wir gleich viele, mehr oder weniger Tiere haben als bei der letzten Zählung.«

Nova nickte. Warum erzählte Eleonor ihr das? Nova wusste, dass immer einer der Familie die Aufgabe hatte, zu zählen. Wollte sie wieder mit ihr ins Gespräch kommen?

Nova startete den Wagen.

Eleonor schaute aus dem Seitenfenster. Plötzlich drehte sie sich zu ihr. »Deine Mutter hat angerufen.«

Nova stoppte den Pick-up und sah Eleonor von der Seite an. »Seit wann habt ihr Kontakt?«

»Ich kenne sie nur aus Pelles Erzählungen. Sie wusste wohl, dass ich in Gällivare arbeite, und rief im Krankenhaus an.«

»Ist was passiert?« Seit Nova erfahren hatte, dass es nicht Pelle war, der ihrer Mutter vom Tod ihres Vaters erzählt hatte, hatte sie nicht mehr mit ihrer Mutter gesprochen. Sie hatte jeden ihrer Anrufe weggedrückt.

»Sie hat mich gebeten, dir auszurichten, dass sie mit dir sprechen muss. Es sei dringend.«

»Hat sie gesagt, worum es geht?«

Eleonor schüttelte den Kopf.

»Danke.« Nein, sie wollte weder weitere Lügen noch Entschuldigungen hören. Ihre Mutter sollte sie in Ruhe lassen.

Auf der Fahrt zum Gehege schwiegen sie, und Nova war froh, als in der Ferne die riesigen Scheinwerfer auftauchten, die die große Anlage mithilfe eines Stromaggregats beleuchteten. Es dämmerte und würde bald ganz hell sein, dennoch waren die Scheinwerfer in Betrieb. In der dunkelsten Jahreszeit gab es gerade mal fünf Stunden Tageslicht. Dieses Licht war nicht zu vergleichen mit dem in Hamburg im Winter. Es war ein blaues, etwas diffuses Licht. Die Sonne zeigte sich, wenn überhaupt, nur auf den höchsten Baumspitzen. Deshalb waren die Aggregate die ganze Zeit während der Scheidung in Betrieb. Die Tiere liefen ständig im Kreis, bewegten sich schnell. Um die Ohrenmarkierungen zu sehen, musste es so hell wie möglich sein.

Nova parkte neben weiteren Fahrzeugen, Pick-ups, Pkws sowie großen und kleinen Anhängern und folgte Eleonor in eine Abteilung des Geheges, die durch ein Gatter vom inneren runden Kern getrennt war. Hier würde gleich die Scheidung stattfinden.

»Stell deine Sachen hier ab«, sagte Eleonor.

Nova legte ihren Rucksack nahe der Feuerstelle in den Schnee, die es in jeder der Abteilungen gab. Hier wurde in den Pausen ein Lagerfeuer angezündet, Kaffee gekocht und gegessen.

Eleonor stellte eine Tasche mit gespaltenem Holz neben den Feuerplatz. »Das Lasso brauchst du nicht. Die Koppel in der Mitte ist zu klein. Lassos wären nur im Weg. Ihr packt die Rentiere bei den Hörnern oder am Nacken und zieht sie in unsere Abteilung.«

Verstohlen vergrub Nova das Lasso unter dem Rucksack. Wie wollte sie sich um Rentiere kümmern, wenn sie nicht mal die Grundlagen beherrschte? Sie schaute sich um. Immer mehr Fahrzeuge parkten auf dem riesigen Parkplatz. Sie hörte Motorengeräusche, laute Rufe, Stimmengemurmel, Begrüßungen. Die Sami strömten in ihre Abteilungen. Nova kontrollierte das Messer am Gürtel, zog das Wollhalstuch enger. Die Mütze weit ins Gesicht gezogen ging sie zum Gatter, das an die innere Koppel grenzte. Unschlüssig beobachtete sie das Geschehen. Der Kern füllte sich mit Menschen. Jemand schrie etwas, was Nova nicht verstand. Immer mehr Gatter wurden aufgemacht.

»Geh rein!«, sagte Eleonor von hinten und öffnete das Holzgatter. »Pelle und Eric sind im großen Gehege nebenan.« Sie deutete nach links. »Ein Teil der Tiere wird jetzt in den inneren Kern getrieben.«

Nova merkte, wie ihr Magen sich verkrampfte. Warum gab Eleonor ständig Erklärungen ab? Das wusste sie doch alles. Zumindest das meiste. Sie trat in den Kern zu den anderen. Niemand beachtete sie. Alle Augen richteten sich auf das große Tor, das jetzt geöffnet wurde. An die fünfzig Rentiere sprangen in den Kreis. Die Sami standen in der Mitte, meist Männer, junge wie alte, Nova mittendrin, die Rentiere rannten um sie herum. Novas Herz schlug höher. Das Schnauben der warmen Nüstern, das Getrampel der Hufe, der Geruch der rennenden Tiere, das Dampfen der warmen Körper in der Kälte. Sie schluckte und atmete tief ein. Aller Groll auf Eleonor verschwand. Sie beobachtete die Rentiere, drehte sich wie von selbst mit ihnen, immer gegen den Uhrzeigersinn. Pelle und Eric tauchten neben ihr auf. Sie nickten ihr zu und bewegten sich genauso wie sie. Nova versuchte, die Ohrenmarke ihres Vaters an den Rentieren zu erkennen. Sie hatte sie zur Sicherheit gestern auf ihr Handy geladen. Aber die Tiere rannten und versteckten sich hinter den anderen. Nova erkannte überhaupt nichts. Weder Kerbe noch Rundung. Pelle rief ihr etwas zu. Was hatte er gesagt? Er deutete auf ein größeres Tier, packte es beim linken Horn. Sie griff das rechte mit beiden Händen, und gemeinsam zogen sie das Rentier zum Abteil. Das Ren war schwer, wehrte sich, aber es klappte. Eric öffnete das Gatter, rief seiner Mutter »Juhan« zu und die schrieb. Es war ein Muttertier. Die weiblichen Tiere und die Kälber trugen ihre Geweihe bis ins Frühjahr. Die Stiere hatten ihre Hörner bereits nach der Brunst im Herbst abgeworfen. Pelle trat zusammen mit ihr wieder in die Mitte. Die Rentiere rannten um sie herum, manchmal streiften Hörner kurz ihre Jacke, aber es passierte nichts. Sie drehte sich wieder mit den Tieren, schaute, beobachtete. Eric packte einen Stier am Nacken, Pelle kam ihm zu Hilfe. Sie rannte zum Gatter, öffnete es.

»Eric«, schrie Pelle. Eleonor nickte und schrieb.

Nova arbeitete mit Pelle, dann mit Eric, und sie hatte überhaupt keine Zeit, daran zu denken, dass Eric und seine Mutter sie so schnell wie möglich von hier weghaben wollten.

Pelle winkte ihr zu. Er hatte ein Kalb von ihrem Vater eingefangen, das markiert werden musste. Das Junge lag auf dem Rücken, klemmte unter seinen Beinen.

Sie kniete sich nieder, zückte ihr Messer. Sie hatte die Zeichen genau im Kopf, aber ihre Hände zitterten. Sie schluckte, schaute Pelle in die Augen, schüttelte den Kopf.

Er übernahm, schnitt Juhans Kerben und Ausbuchtungen in die Ohren. »Das nächste Mal klappt es«, sagte er, stand auf und zog das Junge Richtung ihrer Abteilung.

Nova steckte das Messer zurück in den Schaft. Ja, nächstes Mal würde sie es schaffen.

Es dauerte, bis sie all ihre Tiere in die einzelnen Abteilungen gezogen hatten. Nova schwitzte, ging zu ihrem Rucksack, trank aus der Wasserflasche und trat sofort wieder in den Kern. Wann würden die nächsten Rentiere kommen? Gespannt schaute sie auf die Stelle, an der die ersten Tiere hereingetrieben worden waren.

Jemand tippte auf ihre Schulter. Sie drehte sich um.

»Hey.« Samuel stand hinter ihr.

»Ich hab dich gar nicht gesehen.« Nova umarmte ihn spontan. »Oh, entschuldige. Aber … ich weiß gar nicht, was ich sagen soll. So cool, so obercool.«

»Scheint dir viel Spaß zu machen.« Er lachte.

»Ja. Ich vergesse alles um mich herum.«

»Dann bist du im Flow.«

»Genau.«

Die Sonne zeigte sich hinter den Baumspitzen. Nova öffnete ihre Jacke. »Mit wem bist du hier?«

»Mit meinem Bruder Mirko, dessen Frau und unserer Mutter. Wir haben die Abteilung dort hinten.« Er deutete mit dem Kopf nach rechts. »Tindra und Ebba sind auch hier und die drei Kids von meinem Bruder. Sie machen gerade zusammen mit meiner Mutter ein Lagerfeuer.«

»Hast du auch Rentiere?«

Samuel schüttelte den Kopf. »Ich hab sie Mirko verkauft. Ich helfe nur. Mirko hat die Rentiere unserer ganzen Familie übernommen. Ihm gehört die Schlachterei in Porjus. Er kauft auch Tiere auf. Wir haben den großen Lastwagen dabei. Ich glaube, dein Onkel macht gerade Geschäfte mit ihm.« Samuel blickte zu den Männern und hob die Hand. »Hej.«

Pelle und Eric begrüßten ihn mit einem Nicken. »Wir haben mit Mirko gesprochen. Er nimmt zehn Stiere von uns.« Zu Nova gewandt sagte Pelle: »Gute Arbeit! Und das mit dem Markieren, das kommt.«

Sie merkte, wie ihr Pelles Lob die Röte ins Gesicht schießen ließ, drehte sich weg und sah direkt in Samuels Augen.

»Ich … muss dann mal zu meinen Kids. Es geht sicher gleich weiter. Man sieht sich.« Samuel drehte sich um und ging.

33

Vor Weihnachten fanden zwei weitere Scheidungen statt. Nova war immer dabei. Sie bemerkte die teils neugierigen, teils abschätzigen Blicke der anderen. Manchmal erkannte sie Gäste von der Beerdigung wieder, redete ein paar Worte mit ihnen. Ab und zu kam jemand und fragte, und mit jedem Mal fiel es ihr leichter zu sagen: »Ja, ich bin Juhans Tochter.«

Sie konnte sich nicht vorstellen, eigene Kinder zu haben. Aber manchmal fragte sie sich, wie sie selbst gehandelt hätte. Wenn man einen Menschen liebte und er wurde ständig gehänselt, gemobbt oder sogar bedroht, würde sie nicht auch zurückschlagen? Was würde Samuel tun, falls jemand seine Mädchen so behandelte, wie Kaspar es hatte erleben müssen?

Abends fiel sie todmüde ins Bett. Sie war die physische Anstrengung nicht gewohnt, genoss sie jedoch sehr. Was für ein befriedigendes Gefühl, körperlich gearbeitet zu haben, erschöpft und hungrig zu sein, sich an der Wärme des Lagerfeuers zu freuen. Eleonor brachte jedes Mal Rentierfleisch mit, briet es über dem Feuer und bot Nova davon an. Nova aß, trank zusammen mit den anderen Kochkaffee. Sie sprachen nur das Nötigste, aber sie arbeiteten gut zusammen.

Nova telefonierte mit Leo, erzählte ihm von den Scheidungen, von dem überwältigenden Erlebnis, zwischen den Rentieren zu stehen. Ihren Geruch einzuatmen, sie rennen zu sehen. Er hörte zu, fragte ab und an, berichtete von der Klinik. Das Weihnachtsthema ließen sie aus. Im Herbst hatte Leo davon gesprochen, die Feiertage mit seiner Familie an der Nordsee zu verbringen. Zusammen mit ihr. Sie hatte damals nur ein »vielleicht« gestammelt. Hatte gedacht, nein, nicht mit ihr, sie war kein Familienmensch. Sollte er doch zu seinen Eltern fahren. Es machte ihr nichts aus, Weihnachten alleine zu verbringen. Gesagt hatte sie es nicht.

Es würde ihr auch nichts ausmachen, die Weihnachtsfeiertage in der Hütte alleine zu sein. Zu malen, Ski zu fahren, ab und zu einen spannenden Film zu schauen. Das Internet hatte sie bisher nie im Stich gelassen, nicht mal bei der strengen Kälte, die ein paar Wochen zuvor geherrscht hatte. Und sie hoffte, sich endlich auf ihre Arbeit konzentrieren zu können, die Cover zu produzieren, die Lydia Anfang Januar von ihr erwartete.

Laura würde die Feiertage bei ihren Eltern in der Lüneburger Heide verbringen.

»Ich bin dir so dankbar, dass ich in deiner Wohnung unterkommen konnte«, hatte sie gestern zu Nova gesagt. »Karsten hat endlich kapiert, dass ich ihn verlassen habe. Ich lasse mich nicht schlagen. Er hat sich aufgeregt, weil ich mit Arbeitskollegen in der Kneipe war. Seine Eifersucht ist immer extremer geworden.« Nova war froh, dass Laura die Reißleine gezogen hatte. Diesmal sehr viel schneller als bei ihren früheren Beziehungen.

Nova zog die Skihose und ihre leichte Winterjacke über. Mütze, Handschuhe, Skischuhe, alles lag bereit. Die Skier standen vor der Hütte. Sie setzte den Rucksack auf, in dem sie Tee und Zimtschnecken untergebracht hatte, und machte sich auf den Weg.

Pelle hatte sie nach den Scheidungen gefragt, ob sie Lust habe, drei Rentiere aufzupäppeln. »Juhans Rentiergehege am Fluss ist gut in Schuss. Ich könnte dir Pellets und Flechten bringen. Aber du müsstest jeden Tag nach den Tieren schauen.«

»Klar!« Ohne zu überlegen, hatte sie zugesagt.

Pelle hatte die drei Eineinhalbjährigen gestern mit dem Anhänger in die Koppel gebracht. Kurz vor der Brücke bog der Fahrweg nach links ab, er konnte direkt an das Gehege heranfahren. Sie würde mit den Skiern durch den Wald fahren, den Weg, den ihr Vater früher mit ihnen auf dem Schneemobil zurückgelegt hatte.

Es war milder heute, knapp unter null Grad. Gestern hatte es noch einmal kräftig geschneit. Die Zweige der Kiefern, Fichten und Birken waren dick verschneit. Nova glitt durch den Tiefschnee und öffnete den Reißverschluss ihrer Jacke. Manchmal blieb sie mit den Skistöcken an den Zweigen kleiner Birken hängen. Lockerer Schnee stob auf und fiel auf Mütze, Kapuze und Gesicht. Wie damals mit ihrem Vater, als sie zum ersten Mal vorne auf dem Schneemobil sitzen durfte. Im Schuppen stand das neue, schwarz-weiße Schneemobil. Sie durfte es nicht fahren, da sie keinen Führerschein hatte. Nach den Feiertagen würde sie sich erkundigen, wo sie einen machen konnte.

Zwanzig Minuten später erreichte sie das Gehege. Es war kleiner, als sie es in Erinnerung hatte. Eine an die zweihundert Quadratmeter große Fläche, Holzpflöcke, Maschendraht, ein Gatter mit Holztür, wie früher. Sie schnallte die Skier ab, stellte sie hochkant auf und öffnete vorsichtig das Gatter. Gleich am Eingang hatte Pelle in einer großen Holzkiste mit Deckel Säcke mit Pellets und Flechten gelagert. Ein paar Schritte weiter befand sich eine lang gezogene Futterstelle. Nova schaute sich um. Die drei jungen Rentiere standen hinten am Zaun zusammen. Sie schnappte sich einen Eimer, befüllte ihn mit Pellets und leerte sie in die Futterkrippe. Dann griff sie einen Sack mit Flechten, öffnete ihn und ging mit vorsichtigen Schritten auf die Jungtiere zu.

Zwei dunkelbraune mit weißen Streifen an der Seite und ein grau-weißes Ren. Sie waren mager, brauchten viel Futter, damit sie durch den langen Winter kommen würden. Zwei der Tiere gehörten Eric, eines Pelle. Nova trat näher, die Rentiere hoben den Kopf, liefen ein paar Schritte zur Seite und blieben stehen. Jetzt erkannte Nova die Ohrenzeichen. Das Familienzeichen im einen Ohr, das individuelle im anderen. Nova streckte die Hand mit den Flechten aus, redete beruhigend auf die Kälber ein, ging weiter auf sie zu. Aber die Tiere stoben davon, rannten zur Futterstelle und fraßen die Pellets. Nova kontrollierte den Zaun, obwohl Pelle das sicher schon getan hatte. Kein Loch, alles in Ordnung. Langsam ging sie zurück, lehnte sich an die große Holzkiste und beobachtete, wie die Tiere fraßen. Bei einem von ihnen traten die Rippen hervor, trotzdem war auch dieses kleine Tier schön. Die weichen Nüstern, die schlanken Beine, die sanften großen Augen. Nova zückte ihr Handy, machte Fotos, wie sie fraßen und sich gegenseitig wegschubsten. Sie fotografierte, wie sie im Schnee tollten, und filmte das schlaksige Staken der Beine.

Ihr Kopf fuhr herum. Jemand hatte das Gatter geöffnet. Aina. Nova hob die Hand, Aina trat langsam näher und lehnte sich wie Nova an die Holzkiste. »Hab gehört, dass du dich um drei junge Rentiere kümmerst.«

»Spricht sich das herum?« Nova lächelte.

»Ich habe Pelle gestern getroffen, als er mit dem Anhänger Richtung Ålloluokta fuhr. Und da dachte ich, ich schau mal nach den Tieren.«

»Sie fressen mir noch nicht aus der Hand.«

»Das dauert. Versuch es jeden Tag, dann werden sie zutraulicher.«

»Hast du keine Rentiere mehr?«

Aina schüttelte den Kopf. »Nach Kent Arnes Tod hab ich sie weggegeben. Die Arbeit ist zu schwer für mich alleine. Ich hab sie Mirko verkauft, Samuels Bruder. Meine Kinder haben mit der Rentierzucht nichts am Hut.«

»Wie ist das für dich?«

»Traurig und …«, sie stockte, »gleichzeitig bin ich froh. Sie haben Berufe, die sie mögen, verdienen sich damit ihren Lebensunterhalt, müssen sich keine Sorgen um die Tiere machen, die vielleicht nicht genügend zu fressen finden, sind nicht abhängig von staatlicher Unterstützung.« Ihre Augen wirkten müde. »Die Rentierzucht, wie wir sie hier in Schweden betreiben, hat meiner Meinung nach keine Zukunft. Sie ist zu kostenaufwendig und unsicher. Du weißt, die Gruben, die die Nahrungsgrundlage der Tiere nehmen, dann der Klimawandel. Wenn wir Plusgrade bekommen und es wieder friert, finden die Tiere nichts zu fressen. Wir müssen zufüttern, das kostet. Dann die Wildtiere, wie Vielfraß oder Wolf. Bären. Wir brauchen extra Ressourcen, um die Tiere zu vertreiben.« Sie schüttelte den Kopf. »Vielleicht rechnet sich die Rentierzucht für Besitzer großer Herden, für Pelle und noch ein paar andere aus unserer Kooperative. Aber sonst, nein.«

»Du meinst also, ich soll mein Erbe ausschlagen?«

»Nein, das hab ich nicht gesagt. Du hast einen Beruf, den du von überall aus ausüben kannst. Rentierzucht als Nebenerwerb, das funktioniert vielleicht.« Sie schaute Nova in die Augen. »Du solltest dir nur bewusst sein, dass es ein körperlich harter Job ist. Und nicht nur das, auch mental. Es ist nicht leicht, ein Rentier abzuholen, das von einem Auto oder Zug überfahren wurde. Oder mit dem Schneemobil nach den Tieren zu schauen, und das bei jedem Wetter. Dann die Scheidungen, das Markieren. Das kannst du nicht alleine machen. Du brauchst immer jemanden, der dir hilft. Du brauchst eine Familie.«

Nova schluckte.

»Hast du eigentlich den Polizeibericht bekommen? Du hast ihn nicht mehr erwähnt.«

»Sie sagten, vor Weihnachten geht gar nichts. Ich muss bis zum neuen Jahr warten.«

»Ist er denn noch wichtig für dich?«

»Ja. Ich will wissen, was passiert ist. Das lässt mir keine Ruhe.«

Sie beobachteten die Rentiere, die sich in den Schnee legten. Sie hatten gefressen, jetzt ruhten sie sich aus.

»Was anderes …«, unterbrach Aina das Schweigen. »In zwei Tagen ist Heiligabend, und ich habe mich bei meinen Kindern ausgeladen.«

Novas Augen wurden groß. Krass. »Wieso das denn?«

Sie lachte. »Wir haben uns nicht zerstritten. Das passiert ja meist erst, wenn man sich trifft. Nein. Meine

Schwiegertochter hat die Grippe, und der Zweitälteste, den ich am zweiten Weihnachtsfeiertag besuchen wollte, muss für eine Kollegin einspringen. Wir haben ausgemacht, dass ich an Silvester nach Luleå fahre und ein paar Tage im neuen Jahr bei ihnen verbringe. Zuerst bei meinem Ältesten, danach beim Jüngsten. So gehe ich keinem auf die Nerven.« Sie lachte wieder. »Was ich dich fragen wollte: Hast du Lust, Heiligabend mit mir zu feiern? Natürlich nur, falls du nichts anderes vorhast. Kann ja sein, dass du Besuch bekommst.«

»Nein, ich bin alleine.« Hoffentlich. Manchmal kam Nova der Gedanke, dass ihre Mutter auftauchen könnte. Nova hatte sie immer noch nicht angerufen, obwohl Eleonor ihr die Bitte ausgerichtet hatte. »Ich komme gerne!«

»Dann koche ich uns was Leckeres und …«, Nova merkte, wie ihre Augen blitzten, »ich schmücke einen wunderbar kitschigen Weihnachtsbaum. Für Lina und mich mache ich das nicht, aber wenn du kommst … Also bei mir um, sagen wir, siebzehn Uhr?«

34

An Heiligabend war es merklich kälter als die Tage zuvor. Nova holte ständig neues Feuerholz aus dem Schuppen, stellte die Heizkörper höher und kochte Ingwertee. Das Mittagessen hatte sie ausfallen lassen, am Abend erwartete sie ein Festmenü bei Aina. Aus dem Handy ertönte samische Musik. Nova hatte die Songs einiger Interpreten gekauft und heruntergeladen. Sogar ein Lied von Samuel und seiner Band hatte sie gefunden. Es lief, zusammen mit den anderen, in einer Endlosschleife. Auf dem Küchentisch lagen Zeichenblätter, angefangene und vollendete. Auf dem Boden verstreut hatte Nova ein paar Aquarellzeichnungen zum Trocknen ausgelegt. Die alte Kirche von Jokkmokk von innen, Rentiere bei der Scheidung und auf der Wanderung. Gerade hatte sie eine neue Zeichnung begonnen, ein Rentierkalb kurz nach der Geburt. Versonnen summte sie die Melodien der Lieder im Handy mit und malte.

Sie hob den Kopf. War da nicht ein Geräusch? Ein Klopfen? Sie stellte die Musik leiser.

»Hallo, Nova!«

Hohe Kinderstimmen riefen durcheinander.

»Die Tür ist offen!«

Tindra und Ebba stürmten herein, hinter ihnen kam Samuel. Alle waren dick eingepackt in Jacken, Schal, die Mützen unter der Kapuze.

Die Mädchen zogen die Schuhe aus, rannten auf Nova zu und legten je ein Päckchen auf den Tisch. »God Jul, frohe Weihnachten!«, riefen sie und ließen ihre Jacken auf den Holzfußboden fallen.

»Achtung! Meine Zeichnungen!« Erschrocken griff Nova nach den Aquarellen.

»Hey, Nova.« Samuel putzte seine Brille und wirkte etwas verloren im Raum. »Entschuldige den Überfall. Die Mädchen wollten dir unbedingt schöne Weihnachten wünschen und ein Geschenk bringen. Und meine Mutter war froh, sie für einige Zeit aus dem Weg zu haben. Die beiden sind so aufgeregt. Alles okay mit den Bildern?« Sein Blick fiel auf den Boden, auf dem weitere Zeichnungen lagen.

»Ja, alles gut.« Sie legte die Aquarelle auf dem Bett ab, raffte die Zeichnungen auf dem Tisch zusammen und ließ sie mit den Farben in einem Karton verschwinden.

Tindra und Ebba hatten es sich auf dem Sofa gemütlich gemacht. Ihre Beine schlenkerten, sie schauten Nova erwartungsvoll an.

»Setzt dich doch«, sagte Nova zu Samuel gewandt. Er hob die Jacken auf, legte sie auf einen der Küchenstühle und schlüpfte aus den Winterstiefeln.

»Mach auf!« Tindra deutete auf den Tisch.

»Es ist doch noch gar nicht Abend.«

»Die Großen dürfen jetzt schon auspacken. Die Kleinen müssen warten. Unsere Geschenke bringt heute Abend der Weihnachtsmann. Er ist schon mit den Rentieren losgefahren, nicht, Papa?« Ebba kletterte auf Samuels Schoß. »Zeig Nova das Video, damit sie sieht, wo der Weihnachtsmann wohnt und wie er losfährt.«

»Nee, erst auspacken!« Tindra griff nach einem Schokoriegel, der auf dem Beistelltisch lag.

Samuel nahm ihn ihr aus der Hand. »Wie wär's mit fragen?«

»Krieg ich den, Nova? Bitte!«

»Krieg ich den anderen?« Ebba deutete auf einen weiteren Riegel.

»Klar. Wollt ihr auch Apfelsaft?«

Die beiden nickten.

Nova holte vier Saftgläser und stellte sie auf das Tischchen. Tinda und Ebba aßen die Riegel, Nova öffnete die Päckchen. Ein gebastelter Strohstern von Tindra, ein Bild mit einem geschmückten Weihnachtsbaum von Ebba.

»Das ist ja lieb von euch. Danke!« Sie strich den beiden über die Köpfe.

»Jetzt du, Papa.« Tindra schaute Samuel erwartungsvoll an.

»Wie? Hast du etwa ein Geschenk für mich? Aber …« Wie unangenehm. Nova war völlig unvorbereitet und hatte weder Geschenke für die Mädchen noch für Samuel.

Samuel stand auf und griff nach einer Tüte, die er vorhin unbemerkt an der Tür abgestellt hatte. »Nur was Kleines.«

Sie schluckte, öffnete das Paket und hielt gleich darauf einen Wandkerzenständer in Händen. Er ähnelte dem in der Kirche, den sie lange betrachtet hatte. Eine klare Form, fünf gleichmäßige Zacken am unteren Ende mit perfekten Rundungen, in der Mitte eine Ausbuchtung für die Kerze. Die Befestigung für die Wand war ein halbrundes Holz, eingefasst mit Rentierhorn.

Mit dem Zeigefinger fuhr sie an der Einlegearbeit entlang. »Wunderschön!«

»Papa hat auch eine rote Kerze dabei.« Tindra deutete auf das zweite kleine Päckchen. Nova packte es aus und setzte die Kerze in die Vertiefung. »Ich weiß gar nicht, was ich sagen soll.«

»Ein Danke würde mir genügen.« Samuel grinste.

Nova drückte seine Hand und sah ihn schuldbewusst an. »Ich hab nichts für euch.«

»Unsere Geschenke bringt doch der Weihnachtsmann.« Ebba schaute sie an, als ob sie die Sache mit Weihnachten nicht begriffen hätte.

»Klar, hatte ich vergessen.«

»Papa, zeig ihr das Video.«

Samuel zückte sein Handy und hielt es ihr vor die Nase. Der Weihnachtsmann kam aus seiner Hütte, spannte die Rentiere an und fuhr mit ihnen und seinem großen Schlitten durch eine tief verschneite Landschaft.

»Siehst du, er ist gestern losgefahren. Heute Abend wird er da sein.« Tindra trank einen Schluck Apfelsaft.

»Bestimmt wird er das!« Nova lächelte.

»Dürfen wir malen?«, fragte Ebba.

»Hast du Stifte?«, fragte Tindra.

»Wir wollten nur kurz Hallo sagen.« Samuel schaute Nova an. »Nova hat sicher andere Dinge zu tun.«

»Hab ich nicht.« Sie wunderte sich über sich selbst. Normalerweise ließ sie sich nicht von Dingen abbringen, die sie gerne tat. »Na klar habe ich Papier und Stifte«, sagte sie zu den Mädchen gewandt, stand auf und kramte in einer Tüte. Erst in der vergangenen Woche hatte sie Blocks und feine Buntstifte gekauft. Sie drückte Tindra und Ebba alles in die Hand. »Nur leicht aufdrücken, sonst brechen sie ab.«

»Klar!« Die Mädchen legten sich bäuchlings auf den Holzboden nahe am Feuer und malten.

»Das ist wirklich eine nette Überraschung!« Nova schenkte Samuel Apfelsaft nach.

»Freut mich. Ich wusste ja nicht, ob du spontane Besuche an Heiligabend magst.«

»Ich wundere mich selbst.« Nova grinste. »Aber ehrlich gesagt zeichne und male ich seit Stunden. Ich hab sogar das Mittagessen ausgelassen. Gut, dass ihr mich unterbrochen habt. Ich übertreibe es manchmal, kann nicht aufhören.«

»Find ich toll, dass du dich so vertiefen kannst.«

»Ich habe schon lange nicht mehr gezeichnet. Eigentlich saß ich die letzten Jahre immer nur am PC und habe Motive für Cover gesucht, Schriften getestet, die Illustrationen von anderen Zeichnern oder Zeichnerinnen eingekauft. Das mache ich auch gerne. Aber noch lieber zeichne und male ich selbst.«

»Dann mach das doch zu deinem Beruf.«

»Das sagst du so einfach.« Nova lächelte.

»Wenn du es wirklich willst, kriegst du das hin.«

»Ich will so viel. Zeichnen, malen, den Schneemobilführerschein machen, mich um Rentiere kümmern. Tu ich auch. Pelle hat mir welche in das alte Gehege meines Vaters gebracht.« Und Nova erzählte ihm von ihren ersten vergeblichen Versuchen mit den Flechten, aber heute hatte es zum ersten Mal geklappt. Das dunkle Ren hatte ihr aus der Hand gefressen.

»Papa, da läuft dein Lied.« Tindra hielt inne und drehte sich zu ihnen um.

Er lauschte. »Stimmt!«

»Hab ich vorhin heruntergeladen.«

»Dann gefällt es dir?«

Sie nickte. »Hast du den Song geschrieben?«

»Ja, vor Jahren schon. Meine Sehnsucht nach Lappland war riesig.«

»Gibt es neue Lieder von dir?«

Er schüttelte den Kopf. »Nur die alten, die du schon gehört hast. Im Augenblick komme ich nicht dazu. Alles ist ungewohnt, mein Job in der Grundschule. Dann helfe ich Mirko mit dem Marketing. Das Fleisch muss ja verkauft werden. Und vor allem für die Mädchen ist die Umstellung groß, andere Kita, neue Freunde. Tindra kommt bald in die Schule, dann möchte ich gerne in Jokkmokk arbeiten. Ich bin gerade im Gespräch mit der Rektorin der Sameschule. Falls das klappt, könnten wir gemeinsam fahren.« Er zog sein Sweatshirt aus. Nova hatte ein paar Scheite aufs Feuer gelegt. In der Hütte war es mollig warm geworden. »Aber ich habe Ideen für neue Songs.«

Nova sah ihn bewundernd an. Was er alles auf die Reihe bekam: Job, Kinder, Musik, Rentiere.

Als hätte er ihre Gedanken erraten, ergänzte er: »Ohne meine Familie würde ich das nicht schaffen.«

Nova schluckte. »Und wie geht es deiner Frau?«

Samuel räusperte sich. Im selben Augenblick klopfte es an der Tür. Ein weiterer unangekündigter Besuch?

»Die Tür ist offen!«, rief sie auf Schwedisch. Nichts rührte sich. »Herein!«, rief sie etwas lauter und stand auf. Bevor sie an der Tür war, hatte Tindra die Klinke bereits in der Hand und öffnete. Ein Mann trat in die Tür. Groß, schlank, dick eingepackt in eine dunkle Daunenjacke, eine Mütze auf den dunkelblonden Haaren. In der Hand hielt er eine Reisetasche. Leo.

35

Verdutzt sah Nova Leo an. »Das ist ja eine Überraschung! Leo! Wo kommst du denn her?« Sie nahm ihm die Jacke ab und legte sie auf die anderen.

»Hi. Ich hoffe, eine angenehme.« Leo lachte, nahm Nova in die Arme und küsste sie auf den Mund.

»Das sind Samuel und … seine Mädchen, Tindra und Ebba.«

Die beiden sagten kurz »Hallo« und malten weiter.

Samuel stand auf und gab Leo die Hand.

»Nova hat mir von dir erzählt«, sagte Leo auf Englisch.

Nova konnte Samuels Blick nicht deuten. Er wirkte etwas überfordert.

»Wie bist du hergekommen?«, fragte Nova und bat Leo, sich zu setzen.

»Möchtest du auch ein Glas Apfelsaft oder …?«

»Hast du einen Kaffee?«

»Klar.« Nova öffnete den Küchenschrank.

Leo zog Stiefel und Mütze aus, legte Samuels Shirt zur Seite und setzte sich auf das Sofa. »Mit dem Flugzeug, Hamburg – Stockholm – Luleå, dann mit dem Leihwagen. Gott sei Dank hat der Wagen eine gute Heizung. Ist ja irre kalt hier!«

Samuel stand immer noch unschlüssig mitten in der Hütte. »Wir müssen. Ist schon spät.« Er schnappte sich das Sweatshirt und zog es über.

»Bleibt doch.« Novas Blick flog zwischen den beiden Männern hin und her.

Samuel bat die Mädchen, Papier und Stifte aufzuräumen und die Jacken anzuziehen.

Sie nölten.

»Auf geht's. Bald ist Bescherung.«

Da kamen die beiden in Bewegung. Sie standen auf und drückten Nova die bemalten Blätter in die Hand. »Für dich!«

»Wow, noch ein Geschenk! Danke.« Nova kramte in einer Tüte. »Für euch!«, sagte Nova, überreichte Tindra einen neuen Zeichenblock, legte die benützten Stifte rasch in die Metallkiste und drückte sie Ebba in die Hand. Die beiden schmiegten sich kurz an sie. Ihr Blick fiel auf die Kiste unter dem Bett. Dort lag ein angefangenes Aquarell. Samuel am Klavier. Nova war noch nicht zufrieden damit. Sie überlegte. Sollte sie es ihm schenken? Dann fiel ihr Blick auf Leo, und sie verwarf die Idee sofort. »Frohe Weihnachten und danke für euren Besuch!« Nova lächelte Samuel und die Mädchen an. Gleich darauf waren sie draußen.

»Die beiden mögen dich! Die drei, wollte ich sagen.«

»Ich mag sie auch.« Leo wollte offensichtlich mehr wissen, aber es gab nichts zu erzählen. Der Kocher piepste, Nova goss das Wasser in die Kanne, wartete kurz und drückte das Pulver nach unten. Sie holte eine Tasse aus dem Schrank, schenkte Leo ein und setzte sich auf einen Stuhl.

»Komm her! Ich hab dich so vermisst!« Er griff Nova am Arm, zog sie zu sich aufs Sofa und küsste sie. Allmählich legte sich Novas Anspannung, und die Distanz zwischen ihnen verschwand. Sie erwiderte seinen Kuss, genoss seinen Duft, seine vertraute Wärme und schmiegte sich in seine Arme.

Leo trank Kaffee, berichtete von seiner Reise, von den hustenden Passagieren im Flugzeug, wie sie ihn anstarrten, weil er als Einziger eine Maske trug. Er erzählte vom Stress im Krankenhaus, wie froh er sei, die Tage zwischen Weihnachten und Neujahr frei zu haben. »Ab dem zweiten Januar geht das Chaos wieder los, aber ich mag es ja.« Leo lachte.

»Warum hast du nicht gesagt, dass du kommst?« Nova löste sich aus seinen Armen und setzte sich aufrecht hin.

»Weil ich Angst hatte, dass du Nein sagst.«

Sie sah ihn verständnislos an.

»Du bist in einer völlig anderen Welt, aus der du mich ausschließt. Die Landschaft, die Menschen, dann dein Vater, von dem du mir erst jetzt erzählt hast. Oder diese Kristin. Ich habe noch nie von ihr gehört. Ich möchte gerne begreifen, was dich hier nicht gehen lässt. Du weichst aus, wenn ich frage, wann du wieder zurückkommst. Seit sechs Wochen bist du hier, und wir telefonieren nur ab und zu.« Er griff nach ihrer Hand. »Ich glaube nicht ganz, dass es dir nur darum geht, herauszufinden, was damals passiert ist. Oder?«

Nova trank einen Schluck Apfelsaft. »Ich weiß es selbst nicht. Aber die Sache mit meinem Vater ist mir sehr wichtig. Ich bin dran und warte auf das Polizeiprotokoll.«

»Das könntest du auch in Deutschland tun.«

Sie schwieg. Er hatte recht. Sie hätte genauso gut sofort einen Schlussstrich unter ihre Vergangenheit ziehen können, Hütte und Rentiere verkaufen und Lappland hinter sich lassen. Zurück nach Hamburg, zu ihm, zu Laura, zu ihrem Job. Das Gespräch verlief in eine Richtung, die ihr unangenehm war. Novas Blick fiel auf ihr Handy. »Oh, es wird Zeit. Ich bin eingeladen.«

Leo schaute verwundert.

»Bei Aina, meiner Nachbarin. Ich hab dir doch von ihr erzählt, oder?«

Er zuckte mit den Schultern.

»Du kommst mit.«

»Nein! Sag ihr ab.« Er versuchte, sie wieder an sich zu ziehen.

Sie wehrte ab. »Das kann ich nicht. Sie wohnt alleine, hat Essen vorbereitet und …«

»Ich komme nicht unangekündigt mit.«

»Sie freut sich, ganz sicher. Hier muss man sich nicht vorher anmelden. Das ist anders als in Deutschland.«

»Es ist Heiligabend. Ruf wenigstens an.«

Wie erwartet reagierte Aina erfreut. »Wie nett! Ich hab sowieso viel zu viel Essen vorbereitet.«

Es war gemütlich in Ainas »guter Stube«, wie sie ihr Wohnzimmer nannte. Sie hatte das Licht etwas gedimmt. Der flackernde Adventskranz stand auf einem großen runden Tisch, der die Mitte des Raumes einnahm. Ein dunkler knarzender Holzboden, helle Möbel, an der Decke ein Kerzenleuchter aus Rentierhorn mit echten Kerzen. An den Fenstern strahlten übergroße Weihnachtssterne zwischen roten Gardinen. Der Weihnachtsbaum in der Ecke des Raums schillerte in grellen Farben. Riesige Kugeln, glitzernde Sterne, Lametta im Übermaß. Schon ewig hatte Nova kein Lametta mehr gesehen. Aina lachte, als Nova etwas ratlos davorstand und überlegte, was sie dazu sagen sollte. »Sag nichts. Mir gefällt er.«

Aina tischte die köstlichsten schwedischen Weihnachtsgerichte auf: Fleischbällchen, im Ofen gegarter Schinken mit Senfkruste, Lachs in verschiedenen Variationen, feine Mandelkartoffeln. Leo brachte Aina eine Tüte mit Pralinenkugeln mit, die er für Nova vorgesehen hatte. Nova schenkte ihr ein Aquarell der alten Kirche von Jokkmokk.

»Weißt du, dass Kent Arne und ich in dieser Kirche getraut wurden?« Aina umarmte sie. »Damals war es noch die richtige alte Kirche. Sie ist in den siebziger Jahren abgebrannt und kurz darauf im selben Stil wiederaufgebaut worden.«

Nova freute sich über die selbst gestrickten rot-schwarzen Handschuhe von Aina und war froh, dass sich Leo so angeregt mit ihr unterhielt. Zuerst sprachen sie schwedisch, Nova übersetzte für Leo, dann gingen sie ins Englische über. Aina hatte Englisch gelernt, als ihre Kinder in die Schule gingen. Leo erzählte von Hamburg, von seiner Arbeit im Krankenhaus, von der Nordsee, an der er aufgewachsen war und die er so liebte. Aina plauderte von ihrem Leben in den Bergen, von ihrer Mutter, die aus Rentiermilch Käse herstellte, vom freien Leben in der Natur und wie sich alles verändert hatte, seit die Sami sesshaft geworden waren und in Häusern lebten. Nova hörte meist zu, streichelte Lina und schenkte Leo Wein und Aina Bier nach. Sie selbst trank den leckeren Blaubeerglühwein.

Nach dem Essen brachte Nova das Geschirr in die Küche und lehnte die Hilfe der beiden anderen ab. Sie brauchte einen Moment für sich.

Wie schön, dass Samuel und die Mädchen vorbeigekommen waren. Nova hatte es genossen, Tindra und Ebba zuzusehen, wie sie mit Begeisterung malten. Die beiden waren so unkompliziert. Brachten ihr ein Geschenk, legten sich auf den Boden, zeichneten und fühlten sich sofort zu Hause. Als hätten sie Nova schon immer gekannt. Und sie wirkten so unbekümmert. Sicher vermissten sie ihre Mutter. Weihnachten ohne Mama. Obwohl? Nova hatte Weihnachten auch meist ohne ihre Mutter gefeiert. Entweder war sie in Lappland oder, später dann, am Tegernsee. Nova spülte die Teller und das Besteck von Hand. Die Töpfe hatte Aina bereits sauber gemacht. Lina kam zu ihr in die Küche, schaute Nova mit großen Augen an. Oh, Nova hatte ihr ja ein Weihnachtsgeschenk mitgebracht, kleine Kaustangen. Sie kramte in ihrem Rucksack, fragte Aina, ob der Welpe die Stangen essen dürfe, und Lina zog sich damit sofort unter die Küchenbank zurück.

Wie lange Samuel wohl an diesen feinen Einlegearbeiten am Kerzenständer gesessen hatte? Warum war Nova nicht auf die Idee gekommen, den dreien etwas zu schenken? Gott sei Dank waren ihr für die Mädchen der Block und die Stifte eingefallen. Das Aquarell würde sie Samuel ein andermal geben.

Früher hatte Nova sich riesig auf die Weihnachtsferien gefreut. Zwei lange Wochen in der dunkelsten Jahreszeit in Lappland. Gemütlich war es und warm, und es hatte immer lecker nach Kuchen und Gebäck gerochen. Kristin hatte kleine Blaubeerkuchen mit Zimt gebacken und Schokoladenmuffins. Nova meinte den weichen Schokoteig mit den Schokoladensplittern auf der Zunge zu schmecken. Es gab keine Weihnachtskekse wie in Deutschland. Die hatte sie erst später bei ihrer Großmutter kennengelernt.

Nova hatte meist kleine Geschenke bekommen. Sie wünschte sich häufig Farben, Stifte, große Zeichenblocks. Hauptsache, sie konnte malen. Kaspar freute sich, wenn er neue Comics bekam. Am ersten Weihnachtsfeiertag fuhren sie zusammen in die Frühmette nach Jokkmokk. Ihr Vater, Kristin, Kaspar und sie. Um sechs Uhr morgens ging es los. Es war stockdunkel, der alte Saab war eiskalt. Kaspar und sie kuschelten sich auf der Rückbank in ihre dicken Jacken und verschliefen die Fahrt. Kurz vor Jokkmokk weckte Kristin sie und bot ihnen Tee aus der Thermoskanne und belegte Brote an.

Und dann kamen sie zur Kirche. Übergroße Teelichter erleuchteten den Eingang der neuen Kirche in Jokkmokk. Festlich sah das aus und verwunschen. Nova war aufgeregt, wenn sie durch die schwere Tür traten. So viele Menschen, dicke Kerzen in schmiedeeisernen Kerzenleuchtern, der Chor auf der Empore und die Weihnachtslieder. Immer wieder fiel ihr Blick auf das große Fenster, die Rosette, die in den samischen Farben leuchtete. Farben und Formen hatten sie schon als kleines Mädchen angezogen.

Nova stellte die letzten Teller in den Schrank und hängte das Küchentuch zum Trocknen auf. Schade, dass das Aquarell für Samuel noch nicht fertig war. Er hätte sich sicher gefreut. Aber im Beisein von Leo …?

Nova hatte Samuel fotografiert, als er in der alten Kirche am Klavier saß, versunken in seine Musik. Sie hatte eine Sicht von hinten gewählt, in der seine Tracht gut zur Geltung kam. Der Überrock, festgehalten mit einem Gürtel, die Lederhose und die spitz zulaufenden Schuhe, die durch ein gewebtes Schuhband geschlossen waren. Sie musste nur noch den Hintergrund malen, dann wäre das Aquarell fertig. Nova hörte ein Geräusch und schrak zusammen. Schlanke Arme umfassten sie von hinten. Sie drehte sich um. Leo stand vor ihr.

»Warum bleibst du so lange weg? Ich hab dich vermisst.« Er küsste sie.

Sie umarmte ihn, drückte ihren Kopf gegen seine Schulter und schloss die Augen. Sie hatte kein Geschenk für Leo. Er machte sich nichts aus Zeichnungen und Bildern. In seiner Altonaer Wohnung waren die Wände kahl. Wie im Krankenhaus.

»Wenn ich Bilder anschauen will, gehe ich in eine Ausstellung«, sagte er immer. Sie würde ihn ins samische Museum in Jokkmokk und zu einem leckeren Essen einladen. Nach den Feiertagen hatte es sicher geöffnet.

»Kommst du?« Er nahm sie bei der Hand und zog sie zum Wohnzimmer. »Aina will erzählen, wie einer ihrer Söhne mit dem Schneemobil verunglückt ist und gerettet wurde. Aber dann gehen wir. Ich möchte gerne mit dir alleine sein.«

Nova schluckte. Auf dem Weg zu Aina hatte er angedeutet, dass er ihr etwas Besonderes mitgebracht hätte. Sie hoffte, dass es kein Ring war.

36

Nova schlug die Augen auf. Draußen dämmerte es, es war sicher schon nach neun Uhr. Auf dem Holzboden lagen verstreut Hosen, T-Shirts, Unterwäsche. Sie hatten nicht einmal Zeit gehabt, ihre Kleidung aufs Sofa zu legen.

Neben ihr lag Leo, auf dem Rücken. So schlief er immer. Seine Nasenflügel bewegten sich leicht, die kurzen Haare standen kreuz und quer vom Kopf ab. Sie küsste ihn auf die Nase und streckte die nackten Arme aus der Bettdecke. Brr, wie kalt! Vorsichtig schlüpfte sie aus dem Bett, zog sich rasch an, drehte die Heizkörper auf und machte sich am Holzofen zu schaffen. Sie versuchte, leise zu sein. Ein Birkenscheit fiel ihr aus der Hand und auf das Blech am Ofen. Es schepperte. Leo grummelte, drehte sich zur Wand und schlief weiter.

Ihr Blick fiel auf den runden Birkenholzstamm, der als Nachttisch diente. Da lag er, der Ring. Sie hatte es befürchtet. Er hatte ihn ihr nicht angesteckt, hatte sie nicht auf Knien gebeten, seine Frau zu werden. So kitschig war Leo nicht. Aber er war ernst gewesen, als er ihn ihr überreichte. Sie hatten zuerst miteinander geschlafen. Später lag ihr Kopf in seiner Armbeuge. Er hatte nach seiner Hose gegriffen und die kleine Schachtel vor ihren Augen geöffnet.

Und sie, ohne ein Geschenk. Sie wand sich ein wenig,

tat so, als wüsste sie nicht, was es zu bedeuten hatte, und küsste ihn. Der Ring gefiel ihr. Ein filigraner Goldring mit einem blauen Diamanten. Leo hatte Geschmack. Aber bisher hatte er ihr zu Weihnachten andere Präsente gemacht. Ein Bildband über Hilma af Klint, eine Musical- oder Konzertkarte, ein besonderes Abendessen.

Nova entschuldigte sich, doch er winkte ab, er habe sie ja völlig überrascht, Hauptsache, sie freue sich.

Klar freute sie sich. Trotzdem. War es fair, den Ring anzunehmen?

Der Kaffee duftete, in der Hütte wurde es warm. Nova deckte den Tisch, holte Käse, Marmelade und Joghurt aus dem Kühlschrank und schnitt Bananen und Äpfel. Gestern hatte sie Blaubeeren und Preiselbeeren aufgetaut, die ihr Vater eingefroren hatte. Am liebsten aß sie die Beeren warm, verrührt in Joghurt. Sie schüttete sie in zwei Töpfchen, rührte Zucker hinein, gab ein wenig Wasser dazu und stellte die kleinste Flamme auf dem Gasherd an. Leo bewegte sich immer noch nicht. Zwischen zehn und elf Uhr wollte sie bei den Rentieren sein. Sie warteten auf ihr Fressen.

Aina hatte Leo am Vortag beim Verabschieden Skier und Stöcke von ihrem verstorbenen Mann und dessen Skischuhe in die Hand gedrückt. »Müssten passen«, hatte sie mit Blick auf Leos bestrumpfte Füße hinzugefügt. »Ich leihe sie dir gerne.«

Er hatte sie verdutzt angenommen und etwas unbeholfen durch den Wald getragen, bis Nova ihm die Skier abnahm und schulterte.

Sie stellte die warmen Beeren beiseite, schlüpfte leise in Schuhe, Jacke und Mütze, steckte das Handy ein und griff nach ihrer vollen Kaffeetasse. Vorsichtig schloss sie die Tür hinter sich und lehnte sich mit dem Rücken an sie. Inzwischen war es hell geworden. Blauer Himmel, durchsetzt mit feinen rosa Streifen, oberhalb der Fichten- und Kiefernspitzen hinterm Fluss war noch der Halbmond zu sehen. Nova sog die kalte klare Luft tief in ihre Lungen. Sie setzte die Kapuze über die Wollmütze. Acht Grad minus zeigte das Thermometer, eine perfekte Wintertemperatur.

Nichts rührte sich im Dorf. Im ersten Haus wohnte ein Ehepaar, dem sie vor Kurzem begegnet war. Nette Leute, er Pilot bei *Fiskeflyg*, sie arbeitete von zu Hause, gab Onlinekurse in samischer Sprache. Daneben das Haus, in dem Anna-Lena wohnte, die Frau, die Tindra und Ebba ab und zu betreute. Vor ein paar Tagen hatte Anna-Lena Nova besucht und Blutpfannkuchen mitgebracht. »Samuel sagte, du wärst nett, da dachte ich, ich schau mal vorbei.« So lief das in Lappland. Man kündigte sich nicht wochenlang vorher an, man tauchte spontan auf. Nicht immer kam das gelegen. Aber es war unkompliziert. Nova blies in ihren dampfenden Kaffee und trank einen Schluck. Anna-Lena war zum Tee geblieben, hatte das schlafende Baby auf Novas Bett gelegt, und sie hatten sich unterhalten. Über Anna-Lena, die im Mutterschutz war und bald wieder als Ärztin in Jokkmokk arbeiten würde, ihren Mann, der Rentiere besaß und oft in den Bergen war.

Jetzt rührte sich doch etwas. Die Haustür ging auf. Nova sah zwei Erwachsene, eine Babytrage und ein größeres Kind. Sicher Ante, der so alt war wie Tindra. Hatte Anna-Lena nicht erwähnt, sie würden am ersten

Weihnachtsfeiertag zu ihren Eltern nach Luleå fahren? Nova überlegte, griff in ihre Jackentasche, umschloss das Handy. Sie hatte ihre Mutter immer noch nicht zurückgerufen. Nicht einmal zu Weihnachten hatte sie ihr Grüße geschickt. Kurzerhand schrieb sie eine Nachricht. *God Jul, Nova*, mehr nicht.

Gleich darauf machte es pling. *Fröhliche Weihnachten, Nova. Hast du in deinen Briefkasten geschaut?*

Warum hätte sie das tun sollen? Hatte ihre Mutter eine Weihnachtskarte geschickt? Kurzerhand stellte sie die Kaffeetasse auf das Fensterbrett und lief hinunter Richtung See. Der schwarze Briefkasten ihres Vaters stand neben dem Parkplatz, sodass der Briefträger ihn vom Auto aus befüllen konnte. Er hatte kein Namenschild. Aber jeder wusste, wer hier wohnte. Oder gewohnt hatte. Nova öffnete die Klappe. Zwischen uralten Reklamezeitschriften verschiedener Supermärkte fand sie einen Brief von ihrer Mutter. Sie riss ihn mit den Fingern auf. Ein Schreiben vom Notar und eine handschriftliche Notiz. Nova überflog den Brief. Wow, sie hatten Kaspar gefunden. Er wohnte in den USA, in Kalifornien. Sie hatten ihn angeschrieben und erwarteten seine Antwort. Novas Herz klopfte. Ihr kleiner Bruder. Ewig hatte sie nichts von ihm gehört. Der Notarbrief war an sie adressiert und wie der erste an die Adresse ihrer Mutter geschickt worden. Sie las die Zeilen ihrer Mutter und stockte. Das konnte nicht wahr sein! Kaspar war in Stockholm. Nova überflog den Zettel noch einmal. Ihre Mutter hatte eine Freundin, eine frühere Leiterin des Sozialdienstes, die für die Adoptionen in Stockholm zuständig war, gebeten, herauszufinden, in welche Pflegefamilie Kaspar damals gekommen war. Nicht ganz legal, wie sie erwähnte, aber sie hatte Erfolg gehabt. Ihre Mutter hatte die Familie angerufen, Klas und Eva Berg. Sie wohnten in der Stadtmitte von Stockholm und berichteten, dass Kaspar sie zwischen Weihnachten und Neujahr besuchen komme. Eine Telefonnummer stand unten auf Mamas Zettel, mit amerikanischer Vorwahl. Nova stopfte die Zeitschriften zurück in den Kasten und rannte zur Hütte. Sie riss die Tür auf, Leo lag nicht mehr im Bett. »Leo?«

»Bin auf der Toilette! Dauert.«

Sie wählte die Nummer. Es läutete, lange.

»Hallo, this is Kaspar.«

37

Wahnsinn! Ihr Gesicht war gerötet. Das Handy in der Hand, tigerte Nova in der Hütte umher. Sie hatte mit ihrem Bruder gesprochen. Nach zwanzig Jahren hatte sie seine Stimme wieder gehört. Ein dunkler Tonfall, wie der ihres Vaters. Kaspar wollte Nova sehen, sei jedoch nur bis Silvester bei seinen Stiefeltern, dann fliege er zurück. Seine Frau und sein Kind erwarteten ihn. Ob sie sich in Stockholm treffen könnten? Klar. Sie würde nach einem Flug schauen oder ein Zugticket buchen. Kaspar wusste vom Tod Juhans. Der Brief hatte ihn kurz vor seiner Abreise erreicht. Wann kam Leo denn endlich aus der Toilette?

Die Spülung lief. Mit nackten Füßen, in Slip und T-Shirt stand er vor ihr. Die Haare verstrubbelt, die Augen winzig. »Ist was passiert?«

Nova umarmte ihn. »Mein Bruder. Er ist in Stockholm. Ich werde ihn treffen.«

»Kaspar. Der, der gemobbt wurde?«

Sie nickte. »Er wohnt in den USA, besucht aber gerade seine Stiefeltern.«

»Okay.« Leo setzte sich auf den Küchenstuhl. »Gibt's 'nen Kaffee?«

Nova schenkte eine Tasse ein und reichte sie ihm.

»Brr, ist das kalt hier.« Er zog sich an.

Sie kratzte die Glut mit dem Schürhaken zusammen,

legte ein paar Holzscheite auf. Das Feuer war in der Zwischenzeit fast ausgegangen.

»Was willst du denn von ihm?«

Nova schaute ihn verständnislos an. »Ich habe Kaspar seit zwanzig Jahren nicht mehr gesehen.«

»Deswegen frage ich.« Er setzte sich, streckte die Füße zum Ofen und trank Kaffee.

»Ich will wissen, wie es ihm geht. Wie es ihm all die Jahre ergangen ist. Wie er in die USA gekommen ist. Und ich will ihn fragen, was damals passiert ist. Wie er alles erlebt hat …«

»Warum stellst du deine Fragen nicht am Telefon?«, unterbrach er sie.

Ihr Magen krampfte sich zusammen. Sie hatte sich so sehr gefreut, und Kaspar auch. Nova holte ihren Laptop, startete ihn und googelte.

Leo starrte ins Feuer. »Du freust dich mehr, deinen Bruder zu sehen als mich.«

»Was?« Sie hob den Kopf.

»Als ich gekommen bin, hast du nicht so euphorisch reagiert.«

»Er war zwölf Jahre alt, als ich ihn zuletzt gesehen habe.«

»Und dieser Samuel … und seine Kinder. Warum besuchen sie dich an Heiligabend?«

Sie glaubte es nicht. Leo war noch nie eifersüchtig gewesen. Nicht einmal, als sie letzten Sommer mit einem alten Schulfreund vom Tegernsee ein paar Tage zelten gewesen war, hatte er so reagiert. »Hallo«, sie legte den Laptop weg, »Kaspar ist mein Bruder, Samuel ein Freund. Mehr nicht.« Nova stand auf und umarmte Leo von hinten.

»Wann willst du Kaspar sehen?«

»Er ist bis Silvester in Stockholm. Am ersten Januar fliegt er zurück.«

»Ich fliege auch am ersten wieder. Oder früher, wenn du willst. Möchtest du das?« Er zog sie an sich, sie saß auf seinem Schoß, er küsste sie.

Sie erwiderte seinen Kuss. »Wir könnten gemeinsam nach Stockholm fliegen. An Silvester. Ich treffe ihn, wir übernachten im Hotel, du fliegst wie geplant nach Hamburg, ich zurück nach Luleå. Wie wäre das?«

»Du hast ja alles schon genau überlegt. Okay.«

Nova lächelte. »Zuerst frühstücken wir, dann füttern wir die Rentiere, ich schaue nach einem Flug, gebe Kaspar Bescheid …«

»Welche Rentiere?«

»Hab ich noch gar nicht erzählt. Ich kümmere mich um drei junge Rentiere, sie müssen aufgepäppelt werden. Oh, ich sollte Pelle fragen, ob er das übernimmt, wenn ich weg bin.« Sie machte sich eine Notiz. »Und dann gebe ich meiner Mutter Bescheid, dass ich Kaspar erreicht habe.«

»Hast du nicht erwähnt, dass du keinen Kontakt mehr zu ihr hast?«

Nova nickte. »Aber sie hat Kaspars Stiefeltern gefunden und mir seine Telefonnummer geschickt.«

»Und gesagt, dass es gut wäre, wenn er nicht auftauchen würde. Oder? Dann würdest du mehr erben.«

Nova runzelte die Stirn. Warum erwähnte Leo das? Aber er hatte recht. Genau das hatte sie gesagt. Vielleicht sollte sie nicht nur Kaspar, sondern auch ihre Mutter in Stockholm treffen.

38

In den nächsten Tagen fütterten sie vormittags die Rentiere. Sie fuhren mit dem Pick-up. Nova traute Leo noch nicht zu, so weit mit den Skiern zu fahren. Es machte ihm Spaß, aber er rutschte auch auf geraden Strecken aus und fiel hin, und nach einer halben Stunde war er völlig durchgefroren. Nachmittags unternahmen sie Ausflüge, soweit das möglich war, denn um halb drei Uhr war es bereits stockdunkel. Sie fuhren auf den Storknabben, den Hausberg von Jokkmokk, genossen von dort aus die Aussicht auf das Dorf und schauten sich die Sammlung des samischen Museums an. Besonders die Messer und Gürtel hatten es Leo angetan.

»Wie kann man so feine Zeichnungen in einen Handgriff ritzen?«, fragte er, und Nova erzählte von ihrem Vater, der stundenlang in seiner Werkstatt saß und mit einem winzigen Messer samische Motive ritzte. Sie zeigte ihm ihr Messer und das ihres Vaters, und er konnte nicht glauben, dass man damit Schnitte in die Ohren der Rentiere machte.

»Tut das nicht weh?«

»Es blutet kurz. Wir markieren meist im Sommer, da verheilen die Schnitte schnell. Zudem findet die Rentiermarkierung in der Nacht statt, dann sind weniger Mücken unterwegs.«

»Und du kannst das?«

»Ich möchte es wieder lernen. Pelle hilft mir dabei. Im Januar sollten noch ein, zwei Scheidungen stattfinden. Vielleicht ist ein Kalb dabei, das wir noch markieren müssen.«

Nova zeigte Leo Ålloluokta, ging mit ihm die wenigen Straßen ab. Er fragte nach den Leuten, wollte wissen, was sie hier am Ende der Welt arbeiteten. Sie erzählte von Anna-Lena, die Ärztin im Mutterschutz war, von ihrem Mann Jon, der Rentiere besaß. »Ein Same arbeitet drei Tage in Jokkmokk, sonst von zu Hause aus, ein anderer fährt Lastwagen in der Grube in Gällivare. Er jobbt wohl zehn Tage, wohnt dort und hat eine Woche frei. Dann gibt es einen unausstehlichen Rentner, eine Frau unterrichtet online Samisch, ihr Mann ist Pilot, wohnt tageweise nahe seiner Arbeitsstelle, dann ist er wieder zu Hause. Und ich kann auch von hier aus arbeiten.« Sofort grummelte es in ihrem Magen. Kein einziges Cover hatte sie bisher zustande gebracht. Was würde Lydia sagen, wenn sie ihr das beichtete?

»Wie lange willst du von hier aus arbeiten?«

Diese Frage hatte sie befürchtet. Aber sie konnte sie ihm nicht beantworten. »Weiß nicht, ich brauche Zeit.«

Am letzten Abend vor ihrer Reise nach Stockholm besuchten Nova und Leo Anna-Lena und ihre Familie. Ante war im Bett, das Baby trank an der Brust und schlief dabei ein. Nova saß mit Anna-Lena auf dem Sofa. Sie redeten über Novas Job als Grafikerin, über Kautokeino in Norwegen, wo Anna-Lena aufgewachsen war, und das Heimweh, das sie ab und an überkam. Jon unterhielt sich lange mit Leo, erzählte ihm von der Rentierzucht, von den Strapazen, aber vor allem von der Freiheit in den Bergen und welchen Spaß es ihm bereitete, mit seinen Tieren zu arbeiten.

»Weißt du, was Jon zu mir gesagt hat?« Nach dem Besuch saßen sie in der Hütte am Küchentisch. Leo trank Bier, Nova ein Glas Milch.

»Rentiere sind mein Leben. Ohne sie fühle ich mich nicht vollständig. Wie ist das bei dir?« Er sah sie an. »Beim Füttern ist mir aufgefallen, dass du völlig bei der Sache bist, total konzentriert. Du lächelst, du streichelst die Tiere, machst ständig Fotos, obwohl du sicher schon Hunderte hast.«

Es dauerte, bis sie antwortete. »Ich habe viele Jahre ohne Rentiere gelebt, es geht ohne sie. Aber mit ihnen bin ich glücklich.«

Leo sah sie an. Seine Augen wirkten traurig. »Ich könnte das nicht, Nova.«

»Was?«

»So leben. So einsam. Hier gibt es keine Kneipe, kein Kino, kein Konzert, kein gar nichts.«

»In Gällivare und in Jokkmokk gibt es Kinos. Und Konzerte finden auch ab und zu statt. Im Februar, während des Marktes, spielen einige Musiker. Und …«

»Ich bin ein Stadtmensch. Ich wohne gerne in Hamburg«, unterbrach er sie. »Ich brauche Menschen um mich herum, Restaurants, Läden, will spontan abends weggehen. Mein Job ist stressig, ich muss mich ablenken, erholen, brauche Kultur. Brauchst du das nicht? Du hast in Hamburg deinen Job, deine beste Freundin, gehst ins Fitnessstudio … Fehlt dir das nicht? Wie kannst du hier leben?« Er trank die Bierdose aus und holte sich eine neue, nahm einen Schluck. »Und das Bier schmeckt scheiße.«

Sie legte ihre Hand auf seine, aber er zog sie weg. »Hier gibt es Kultur. Samische Kultur. Du hast doch gesehen, wie modern und alltagstauglich die Dinge sind, die im Museum ausgestellt waren. In Porjus wohnt eine Schneiderin, die bis in die USA ihre samischen Trachten verkauft. In den letzten Jahren wurden etliche Filme in Lappland gedreht, in denen die Sami eine Rolle spielen. Samische Literatur wird auf Deutsch übersetzt. Und es gibt samische Musik. Mari Boine aus Norwegen, Sophia Jannokk. Sie kommt aus Gällivare.« Sie stutzte. Samuel. Ob er zwischen den Jahren Zeit fand, einen neuen Song zu schreiben? »Ich hab angefangen zu zeichnen«, fuhr sie fort. »Rentiere, die Häuser hier, den Lule-Fluss. Und ich sehe wieder Farben. Sind dir heute, als wir bei den Rentieren waren, die Perlmuttwolken aufgefallen? Das helle und dunkle Gelb, das leichte Rosa, das in grüne und lila Streifen übergegangen ist. Oder gestern Abend, die Nordlichter. Noch vor vier Wochen hab ich sie nicht mal bemerkt. Aina hat mich darauf aufmerksam gemacht. Ich …« Sie sah ihm in die Augen, »… ich brauche nicht jeden Abend Ablenkung. Ich liebe die Einsamkeit, die Stille, bin gerne in der Natur. Hier kann ich beobachten, nachdenken. Ich kann Ski fahren, draußen Feuer machen. Und wenn ich will, treffe ich andere und …«

Leo strich mit dem Finger sanft über ihre Hand. »Du möchtest hierbleiben, oder?«

Nova zuckte mit den Schultern. »Ich habe Lappland vermisst. Den Winter, die Kälte, die einem den Atem nimmt. Hier spüre ich meine Grenzen. Ich überlege mir, was ich anziehe, damit mir die Kälte nicht zusetzt; weiß, wann ich mit den Skiern von den Rentieren zurückfahren muss, um nicht im Dunkeln heimzukommen. Ich genieße es, von draußen in die Hütte zu kommen, von der Kälte in die Wärme, den Ofen anzuheizen, zu spüren, wie die Füße wieder auftauen. Ich …«

»Du musst nicht weiterreden. Ich habe verstanden.«

»Hast du nicht. Ich weiß doch selbst nicht, was ich will.« Nova legte den Kopf in die Arme und schluchzte.

Leo stand auf und goss das restliche Bier in den Ausguss. Er lehnte sich an die Spüle. »Das hier ist für mich Urlaub. Eine kleine Auszeit. Ich bin gerne draußen, aber für mich ist es zu kalt. Unter minus zwanzig Grad waren es heute. Nach einer halben Stunde war ich völlig durchgefroren. Diese Farben am Himmel sind toll. Aber ich kann mir das nicht ewig ansehen, ich friere, und es macht mir keinen Spaß mehr. Dann diese Dunkelheit. Es ist gerade mal fünf Stunden hell. Kaum bin ich draußen, ist der Tag vorbei. Okay, hier kann ich gut schlafen, erhole mich vom Stress, aber das ist doch kein Alltagsleben. Zumindest nicht für mich. Ich kann deine Liebe zu Lappland nicht nachvollziehen, Nova. Tut mir leid.« Er griff seine Reisetasche und fing an zu packen. »Wenn wir morgen in Stockholm ankommen, werde ich weiterfliegen, nach Hamburg.«

»Aber …«

»Du willst Kaspar und deine Mutter treffen. Das ist dein Ding. Dabei bin ich nur im Weg.«

39

Sie verabschiedeten sich am Flughafen in Arlanda Ohne Kuss, eine Umarmung wie von flüchtigen Bekannten.

»Ich hoffe, dass du von Kaspar die Informationen bekommst, die du dir erhoffst.«

»Ich erwarte nichts. Ich will ihn treffen.«

»Dein Vater war kein Heiliger.«

»Was soll das?«

»Er hat einen Jungen angeschossen, ist dafür ins Gefängnis gegangen. Er hat gebüßt für seine Tat. Damit könntest du es doch gut sein lassen.«

»Was willst du von mir?« Nova wandte sich ab.

»Du wirst so lange suchen, bis du ihn für unschuldig erklären kannst. Aber das ist er nicht. Auch wenn es nachvollziehbar ist, was er getan hat. Es war ein Unrecht.«

Sie schluckte. Leo kannte sie gut. Sie würde nicht aufgeben, nicht bevor sie alle Fakten hatte. In ihrem Rucksack trug sie Leos Ring. Sie kramte danach, hielt ihm die kleine Schachtel vor die Brust.

Er schob ihre Hand weg. »Es sollte ein Verlobungsring sein. Aber … ich hab mich nicht getraut, dir das zu sagen. Behalte ihn.«

»Ich brauche Zeit«, flüsterte Nova. Ihr Herz klopfte bis zum Hals. Sie nahm die Mütze vom Kopf und öffnete den Reißverschluss ihrer Jacke. Ihr war so heiß.

»Und ich brauche eine Auszeit. Mach's gut, Nova.« Leo drehte sich um und ging.

Nova stiegen Tränen in die Augen.

Sie würde Kaspar in einem Café in der Altstadt Stockholms treffen. »Wie erkenne ich dich?« Sie schrieb ihm eine Nachricht.

»Rote Rose im Knopfloch«, kam mit einem Zwinkersmiley zurück. Dann schickte er ein Foto. Groß, schlank, dunkle schwarze Locken. Kristin wie aus dem Gesicht geschnitten. Eine feine lange Nase, eine hohe Stirn, volle Lippen. Und Kristins grüne Augen.

Nova schickte ihm ein Foto von sich und verglich. Sie hatte die Haare ihrer Mutter geerbt, die hohen Wangenknochen ihres Vaters und seine dunklen Augen. Als Geschwister würden sie nicht durchgehen.

Sie hatten sich für sechzehn Uhr verabredet. Das Café war gut besucht. Das Publikum eine Mischung aus Jung und Alt, die sich angeregt unterhielten oder alleine ihren Kaffee tranken und in ihr Handy starrten. Nova schaute sich um. Weit hinten hob sich ein Arm. Sie winkte zurück, griff den Schultergurt ihres Rucksacks, nahm ihre Reisetasche in die andere Hand und bahnte sich einen Weg zwischen den Tischen hindurch.

Kaspar stand auf. Er war größer als sie, trug ein langärmliges Kapuzenshirt und schwarze Jeans. Er lächelte sie an.

Sie stellte Tasche und Rucksack ab und umarmte ihn. »Hi.« Eine Hand umfasste sie fest, die andere sanft.

»Ich kann es nicht fassen, dass wir uns treffen. Setz dich doch.« Er deutete auf den freien Platz ihm gegenüber.

»Ich bin schon ein wenig länger da, hab mir einen Kaffee geholt. Was möchtest du? Ich lade dich ein.«

»Das ist nett. Aber … ich geh selbst an die Theke und …«

»He, dein kleiner Bruder kann das.« Er grinste. Kurz darauf kam Kaspar mit einem Cappuccino und einem Schokoladencroissant zurück. Nova beobachtete, wie er das Tablett trug. Die Finger seiner gesunden Hand umfassten es, die andere hatte er unter dem Brett. Man sah kaum, dass er das Bein nachzog.

»Wie geht's dir? Du läufst, als wäre nichts.« Nova nahm den Kaffee und das Croissant vom Tablett und stellte es weg.

Kaspar erzählte ihr, dass seine Stiefeltern, ein älteres Ehepaar ohne Kinder, ihn von Anfang an gefördert hätten. Sie hatten zusammen mit ihm verschiedene Ärzte aufgesucht, die mit Physiotherapeuten zusammenarbeiteten. Er hatte Schwimmunterricht und Massagen bekommen und später ein Fitnessprogramm mit einem persönlichen Trainer. »Ich mache täglich Sport, bewege mich ständig, auch während der Arbeit. Ich stehe, sitze, gehe, mache zwischendurch Gymnastik. Seit ich aus Lappland weg bin, geht es mir körperlich besser. Vor allem die Kälte tat mir nicht gut. Heute lebe ich in Kalifornien. Ich bin Spieleentwickler. Seit zwei Jahren verheiratet, mit Cindy.« Er zückte das Handy und zeigte Nova sein Hochzeitsfoto. Neben Kaspar stand eine mollige kleine Frau, mit hochgesteckten schwarzen Haaren in einem weißen Spitzenkleid. Ihre Augen strahlten. »Und das ist Elias. Er ist jetzt ein halbes Jahr alt.«

Ein rundes Baby mit dunklem Flaum auf dem Kopf.

Elias lag unter einem Spielmobil, er lachte. »Was für ein fröhliches Kind. Ich freue mich so für dich!« Nova löffelte den Schaum vom Cappuccino und trank einen Schluck. Sie erzählte von den Jahren am Tegernsee mit ihrer Großmutter, ihrer Arbeit in Hamburg, aber vor allem von den letzten Wochen in Lappland. Das Leben in der Blockhütte, die Rentiere, die sie betreute.

»Ich werde mein Erbe nicht antreten«, unterbrach Kaspar sie. »Ich brauche keine Hütte in den Bergen. Behalte sie. Im Sommer, wenn es warm ist, komme ich mal nach Lappland. Vielleicht mit Cindy und Elias. Wäre schön, wenn du die beiden kennenlernen könntest.«

Nova zögerte. Es schien ihr, als würde Kaspar nicht gerne über seine Heimat reden. »Darf ich dich was fragen? Von früher?«

»Ich wusste, dass du Details wissen willst. Aber ich war nicht dabei, als Papa geschossen hat. Sie haben mich ins Zimmer geschickt.«

»Was genau ist passiert?«

Er trank einen Schluck Wasser. »Ich habe lange nicht mehr daran gedacht. Eigentlich kommt das nur hoch, wenn ich nach Schweden fliege, um meine Eltern, also meine Stiefeltern, zu besuchen. Jetzt bin ich schon so lange in den USA. Bin nach dem Studium geblieben. Aber okay.« Er atmete tief ein. »Ich wurde schon in der Grundschule gemobbt. Aber das war nichts gegen das, was dieser Timo getan hat. Er kam nach dem Sommer in unsere Klasse und hatte es von Anfang an auf mich abgesehen. Hat mir aufgelauert, mich beschimpft, mich geschubst, geschlagen. Ich hatte keine Chance. Hatte ich gegen niemanden.«

»Warum hat er das getan?«

Kaspar zuckte mit den Schultern. »Braucht es einen Grund? Ich war das Opfer, an dem er sich austoben konnte. Dann kam der Geburtstag bei einem Freund. Ich war eingeladen, hab zum ersten Mal Alkohol getrunken.«

»Ganz schön früh.«

»Ich war zwölf Jahre alt und wollte zeigen, dass ich genauso bin wie die anderen. Ich wollte dazugehören. Irgendjemand hatte Bier besorgt, ich war sofort betrunken. Mir war schlecht, habe mich übergeben, wollte nach Hause und bin in einem Straßengraben gelandet. Timo wohnte nicht weit von uns. Er hat mich gesehen. Ich konnte nicht aufstehen, lag auf der falschen Seite, und es war scheißkalt. Minusgrade. Er hat mich verhöhnt und liegen gelassen. Irgendjemand hat mich gefunden. Ein Erwachsener. Hab vergessen, wer das war. Papa und Mama waren entsetzt. Sie wollten gegen Timo vorgehen, haben sich an die Schule gewandt, aber Timos Vater war im Gemeinderat. Sie haben nichts erreicht. Mama war so wütend, ich hab sie noch nie so gesehen. Sie hat getobt, hat Briefe geschrieben, ist ins Rathaus, zur Polizei. Timo hat alles abgestritten. Und dann …«, Kaspar atmete tief aus. »Das ist echt nicht leicht …«

»Du musst nicht.«

»Schon okay. Also, an einem Abend ist Timo gekommen und hat vor unserem Haus herumgeschrien. Ich solle rauskommen, ich sei ein Lügner, und er werde mich kleinkriegen. Papa und Mama waren zu Hause. Ich musste auf mein Zimmer und … es hat keine fünf Minuten gedauert, da hörte ich einen Schuss. Ich bin raus, vor die Haustür. Mama kniete neben Timo, schrie und weinte, und Papa … er hatte das Gewehr in der Hand. Der Krankenwagen kam. Nachbarn hatten die Polizei gerufen. Ich weiß nicht mehr genau, was dann passiert ist. Papa wurde abgeführt, Mama war völlig durcheinander. Pelle war plötzlich da. Keine Ahnung.« Er schaute aus dem Fenster. Es war dunkel geworden, doch in den Straßen der Altstadt brannten überall Lichter.

»Ich war eine Zeit lang bei Pelle und Eleonor. Mama ging es nicht gut. Sie war krankgeschrieben, dann kam sie in die Psychiatrie und ich zu Pflegeeltern. So war das. Aber ich glaube«, er schaute ihr in die Augen, »das war das Beste, was mir passieren konnte. Nicht das Mobbing oder dass ich plötzlich keine Eltern mehr hatte, nein, aber dass ich nach Stockholm kam. Weg von allem.« Eine Träne lief über Kaspars Wange.

Nova nahm seine Hand.

Er wischte sich über die Augen. »Weißt du, dass unser Vater dich immer bevorzugt hat?«

»Wie?« Seine Hand entglitt ihr.

»Ich glaube, das hast du gar nicht mitbekommen, oder es war selbstverständlich für dich, dass er immer mit dir in die Hütte nach Ålloluokta gefahren ist. Ich musste betteln, dass ich mitdurfte. Er hat dir gezeigt, wie man mit dem Boot rausfährt, Netze auslegt und Fische ausnimmt. Hat dich vorne mit auf dem Schneemobil fahren lassen, hat dir beigebracht, wie man Rentierzäune flickt. Klar, ich bin behindert, konnte nicht mit dem Lasso werfen oder bei den Scheidungen helfen, habe leicht gefroren. Ich passte nicht nach Sapmi. Papa hat mich das deutlich spüren lassen.«

»Das … wusste ich nicht. Oder ich hab nicht drauf geachtet. Ich habe es einfach genossen, mit ihm zusammen zu sein. Und mit dir und Kristin. Aber ja, es war etwas Besonderes mit ihm.« Nova überlegte. Sie war ein Kind, später Teenager. Egoistisch wie alle Teenager. Und sie hatte sich nie Gedanken darüber gemacht, warum Kaspar nicht mit im Rentiergehege war, warum er immer nur passiv dabei war. Es war so. Er war bei Kristin, sie war bei Juhan.

»Ich dagegen war Mamas Liebling«, fuhr Kaspar fort. »War mit ihr zu Hause, sie hat sich um mich gekümmert. Ich war derjenige, den man beschützen musste. Das hat sie, glaube ich, gerne getan. Später, bei meinen neuen Eltern, hatte ich nicht das Gefühl, dass ich beschützt wurde, sondern dass sie mich förderten. Das war nicht leicht, ich habe kämpfen müssen, aber nur das hat mich weitergebracht.«

»He«, Nova sah ihm in die Augen, »tut mir leid, dass ich nichts gemerkt habe.«

Er winkte ab.

»Ich hatte nur meine eigenen Probleme im Kopf. Mit meiner Mutter, die nicht wollte, dass ich zu euch ziehe, dann mit Täby und Stockholm. Die Stadt war zu groß für mich, zu viele Menschen, zu laut, ich hatte nur eine Freundin in der Schule. Sie ist in der siebten Klasse weggezogen. Ich wollte immer weg, raus in die Natur.«

»Wohnst du nicht schon lange in Hamburg?«

Nova nickte. »Ein bisschen außerhalb, aber … ja, ich arbeite in Hamburg.«

Kaspar schaute sie aufmunternd an. »Und?«

»Ich bin seit fünf Wochen in Ålloluokta und …«, sie stockte. Am liebsten hätte sie gesagt, dass sie sich wohlfühlte, dass sie gerne in dieser Einsamkeit wohnte, es genoss, mit den Rentieren zusammen zu sein, aber … »Wenn die Sache mit unserem Vater nicht gewesen wäre, der Schuss auf den Jungen, sein Gefängnisaufenthalt … Dann das Verschweigen, dass er noch lebt … Ich hätte so gerne mit ihm geredet und …«

»Hast du dich schon mal gefragt, ob es wirklich er war, der geschossen hat?«, unterbrach er sie.

»Was?«

»Könnte es nicht meine Mutter gewesen sein?«

Verständnislos schaute sie ihn an.

Er zuckte mit den Schultern. »Ich habe nur gesehen, dass er das Gewehr in der Hand hatte. Mehr nicht. Klar, er hat zugegeben, dass er es war, aber … Papa war immer ein guter Schütze. Warum sollte er das Auge von Timo so treffen, dass es nicht mehr zu retten war? Entweder hätte er es richtig getroffen, ein Durchschuss mit Todesfolge, oder er hätte danebengeschossen, weil er ihn nicht treffen wollte. Was ich eher vermute. Der Schuss passt nicht zu ihm. Papa war viel zu sanft. Meine Mutter konnte nicht schießen. Sie war nie mit unserem Vater auf der Jagd. Er war derjenige, der die Elche schoss, auch wenn er mit Pelle unterwegs war. Er war der Schütze.«

Nova rückte ihren Stuhl vom Tisch. Es quietschte. Das Stimmengemurmel im Hintergrund schien wie abgeschaltet. »Aber … aus welchem Grund hätte er das tun sollen? Alles auf sich nehmen, für Kristin ins Gefängnis gehen?«

»Aus Liebe?«

»Und warum hat sie sich dann scheiden lassen?«

40

Sie hatte sich für neunzehn Uhr bei ihrer Mutter angekündigt.

»Wir essen zusammen, Stig ist bei seinen Kindern. Er kommt später. Dann können wir gemeinsam auf das neue Jahr anstoßen. Ich hab das Gästezimmer hergerichtet. Du warst so lange nicht mehr hier.«

Nova hatte ihre Mutter am Telefon einfach reden lassen, als sie am Nachmittag mit dem Schnellzug vom Flughafen in die Innenstadt gefahren war.

Jetzt saß sie im Bus nach Täby, dem Vorort Stockholms, in dem sie viel zu lange gelebt hatte, und war froh, dass die Fahrt eine Dreiviertelstunde dauerte. Das Treffen mit Kaspar hatte sie aufgewühlt.

Es hatte angefangen zu schneien. Nova schaute aus dem Fenster, aber das Schneetreiben war so dicht, dass sie nur diffuse Lichter sah, die rasch hintereinander aufblitzten und sofort wieder verschwanden. Nova schloss die Augen. Kristin. Könnte sie geschossen haben? War sie deshalb so neben der Rolle, wie Pelle einmal gesagt hatte, und wurde kurz nach dem Schuss in die Psychiatrie eingeliefert? War ihr Vater der Ansicht, Kristin könne besser für Kaspar sorgen als er? Hatte er vielleicht deshalb die Tat auf sich genommen und dabei nicht überlegt, welche Konsequenzen das für sie hätte? Warum ging er für seine Frau ins Gefängnis und ließ seine Tochter zurück? Klar, sie hatte ihre Mutter, aber er hatte gewusst, dass Nova lieber bei ihm leben wollte. Nova zog Jacke und Mütze aus und stopfte alles unter ihren Rucksack. Es war stickig im Bus, die Heizung lief auf Hochtouren, dabei waren es draußen null Grad. Kaspars Überlegungen waren nicht unrealistisch. Juhan und Kristin, das war das Liebespaar schlechthin gewesen. Das hatte sie so oft gedacht.

»Ich habe Kristin besucht«, hatte Nova beim Verabschieden zu Kaspar gesagt. »Sie wohnt nahe der finnischen Grenze. Allein, in einem kleinen Haus.«

»Wie geht's ihr?« Er schluckte.

»Sie war verwirrt, hat mich nicht erkannt, nicht reagiert, als ich von früher gesprochen habe. Ich glaube, es ist nur eine Frage der Zeit, bis sie in ein Heim muss. Besuchst du sie mal?«

Er zögerte. »Einmal habe ich sie getroffen. Das war ungefähr ein Jahr nach dem … Unfall. In Luleå, in der Psychiatrie. Meine Stiefeltern sind mit mir hingefahren. Das war schrecklich. Mama redete kein Wort mit mir.«

Nova verabschiedete sich von Kaspar. Sie umarmten sich lange. Er gab ihr seine Adresse in den USA. Falls sie Lust habe, sei sie jederzeit bei ihnen willkommen.

Der Bus hielt ständig. Passagiere stiegen ein und aus. Nova verstand nicht, warum ihre Mutter nie aus Täby weggezogen war. Was fand sie an der Kleinstadt unweit von Stockholm, die sich vor allem durch Hochhäuser, unzählige Einkaufszentren und neue Wohngebiete auszeichnete, in die diejenigen flüchteten, die sich das Wohnen in der Hauptstadt nicht leisten konnten? Ihre Mutter verdiente gut, war als Architektin bei einem renommierten Architekturbüro angestellt. Sie hätte sich längst eine Wohnung in der Innenstadt Stockholms kaufen können. Das Einzige, was Nova als Kind genossen hatte, war der große Zentralpark. Hier hatte sie heimlich Lassowerfen geübt, hatte sich mit ihrer Freundin nach der Schule zum Fahrradfahren verabredet. Sie hatten sich zwischen riesigen Rhododendronbüschen versteckt und Eis geleckt. Ihre Mutter hatte immer schon viel arbeiten müssen, und damals war Homeoffice noch nicht so populär gewesen wie heute. Nova hatte oft bei ihrer Freundin und deren Familie zu Abend gegessen, bis die Freundin weggezogen war.

Nova stieg aus dem Bus, ging die wenigen Schritte zum Mehrfamilienhaus und tippte den Code ein, den ihre Mutter ihr mitgeteilt hatte. Sie nahm nicht den Aufzug, sondern lief die großzügigen Treppen in den vierten Stock. Ein breiter Gang, vier Wohnungen, die davon abgingen. *Anne Grünhaupt* stand auf dem Namensschild. Früher hatte hier einmal *Anne und Nova Grünhaupt* gestanden. Mit achtzehn hatte Nova den Nachnamen ihres Vaters angenommen. Nova drückte die Klingel. Der Ton hatte sich geändert. Nicht mehr das schrille Läuten, sondern ein melodischer Dreiklang, der sich wiederholte. Sie schluckte. So lange war sie nicht mehr hier gewesen!

Vor einem halben Jahr, im Sommer, hatten sie sich zuletzt getroffen. In Hamburg. In einem Café. Die Tür wurde geöffnet. Ihre Mutter sah aus wie immer. Kurze braune schulterlange Haare, ohne eine einzige graue Strähne. Nova nahm an, dass sie ihr Haar färbte, aber sie hatte nie gefragt. Mama war fast so groß wie sie und genauso schlank. Sie trug eine helle Marlene-Dietrich-Hose mit dunklem Kaschmirpullover. Elegant, wie Nova sie kannte.

»Schön, dass du da bist, Nova. Komm rein.«

Nova war froh, dass sie die kleine Reisetasche in der Hand hielt, so konnte sie ihre Mutter nur flüchtig umarmen. Sie legte ihre Jacke ab, trug Tasche und Rucksack in ihr ehemaliges Kinderzimmer, das jetzt als Gästezimmer diente, und nahm am gedeckten Tisch Platz.

»Ich wusste nicht, ob du Fisch magst. Deshalb hab ich beides zubereitet. Lachs in Dillsoße und Rouladen. Rouladen mochtest du früher immer so gerne. Ich esse ja schon lange kein Fleisch, deshalb …«

»Mama, ich mag beides. Danke, dass du gekocht hast.«

Ihre Mutter ging in die Küche, stellte die warmen Gerichte auf den Tisch, schenkte Nova Wasser ein, tat ihr auf. Sie plapperte, erzählte von Stig, der doch nicht kommen werde, er sei ausgerutscht, habe sich das Knie angeschlagen, könne kaum laufen. Sie berichtete von dem neuen Hotel, das in Täby gebaut werden sollte, sie habe die ersten Zeichnungen fertiggestellt. Nova hörte zu, aß und schaute sich um. Weiße Tapeten, weiße Gardinen, weiße Lackmöbel, die sicher nicht von Ikea stammten. Sogar das Sofa und die Lampe über dem Esstisch waren weiß. »Lecker!« Nova legte das Besteck beiseite.

»Es gibt Nachtisch. Moltebeeren mit Schlagsahne. In der Markthalle konnte ich welche ergattern und …«

Nova legte ihre Hand kurz auf die ihrer Mutter. »Ich möchte dich etwas fragen, oder, nein …«, sie überlegte, »ich will dir zuerst danken. Ohne dich hätte ich Kaspar nicht so schnell treffen können. Es war super, dass du die Telefonnummer seiner Stiefeltern herausgefunden hast.«

»Hab ich gern gemacht.«

»Obwohl ich jetzt mein Erbe teilen muss?« Das hatte Nova sich nicht verkneifen können.

»Das war dumm von mir. Kaspar hat dasselbe Recht auf Juhans Erbe wie du.«

»Er verzichtet darauf.«

Ihre Mutter runzelte die Stirn. Die feinen Augenbrauen bewegten sich. »Dann … ist ja alles gut. Wie lief es denn mit Kaspar?«

Nova hatte keine Lust auf weiteren Small Talk. »Mama, warum hast du mich belogen?«

»Wann soll ich dich belogen haben?«

»Es war damals nicht Pelle, der gesagt hat, dass Papa tot ist. Du warst das.« Nova erschrak über ihren eigenen harten Ton. Sie sah, wie ihre Mutter das Weinglas, aus dem sie trinken wollte, auf die weiße Tischdecke stellte. Ihre gepflegten Fingernägel fuhren über den Fuß des Glases, als ob sie in ihm die Worte finden könnte, die sie suchte. »Es tut mir leid«, sagte sie leise. »Ich fand Juhans Idee nicht gut, aber …«

»Wie? Papas Idee? Das glaube ich dir nicht.«

»Er hat mich angerufen, aus der Untersuchungshaft.« Sie blickte Nova an, und in ihren Augen sah Nova eine Ernsthaftigkeit, die ungewöhnlich war für ihre Mutter, die das Leben doch immer so leichtnahm.

»Er hat mir erzählt, was passiert ist. Dass er einen Jungen angeschossen habe und damit rechne, für Jahre eingesperrt zu werden. Und … dass er nicht wolle, dass du einen Verbrecher zum Vater hast. Das könne er nicht ertragen, sagte er, und dir nicht antun. Er wolle deine Jugend nicht zerstören. Ich habe versucht, ihm das auszureden, aber …« Sie schüttelte den Kopf. »Nova, es war sein Wunsch.«

»Das … das glaube ich nicht.« Nova zog ihr Sweatshirt

über den Kopf. Sie schwitzte. »Dann hast du auch gewusst, wann er entlassen wurde?«

»Zuerst nicht. Irgendwann hat er sich bei mir gemeldet. Das war sicher schon ein, zwei Jahre nach seiner Freilassung. Er wollte wissen, wie es dir geht. Hat gefragt, ob du noch in Süddeutschland bist und …«

»Er hat auch gewusst, dass ich bei Großmutter Sophie war?«

Ihre Mutter nickte. »Ich hab ihm ab und an geschrieben. Sporadisch. Das hatte ich ihm versprochen. Wir haben damals gemeinsam beschlossen, dass du in Süddeutschland leben sollst.«

»Was?«

Ihre Mutter griff das Weinglas, trank es aus und schenkte sich nach. »Wir wollten dein Bestes.«

»Und das Beste war, mich so weit wie möglich wegzuschicken! Weg von Lappland, weg von Schweden. Wow!« Nova schob den Teller von sich. »Das ist ja super gelaufen!« Sie stand auf, trat ans Fenster und öffnete es. Sie brauchte frische Luft. Vor ihr tanzten die Lichter der Stadt. Jugendliche schossen unten auf dem Rasengrundstück, das zum Wohnhaus gehörte, ein paar vorzeitige Böller ab. Nova hielt ihr Gesicht in die Kälte, atmete tief ein und schloss das Fenster. »Hier stinkt es!«, sagte sie, drehte sich um und lehnte sich von hinten ans Fensterbrett.

»Es war nicht so, und das weißt du genau!« Ihre Mutter hatte den Stuhl etwas vom Tisch weggerückt und die Beine übereinandergeschlagen.

»Setz dich bitte zu mir!«

»Ich bleibe lieber stehen. Wie war es dann?«, fragte Nova und verschränkte die Arme vor der Brust.

»In diesem letzten Sommer, den du in Lappland verbracht hast, durftest du dein erstes Kälbchen markieren. Juhan hat mir erzählt, wie gut das geklappt hat, und er wollte gerne ein Jahr abwarten. Er wollte sehen, wie du dich um das Kalb kümmerst, ob du weiterhin so begeistert bist vom Leben in Lappland. Du warst in der Pubertät, da schwärmt man von vielen Dingen, und am nächsten Tag hat man andere Ideen.«

»Du weißt genau, dass es nicht so war. Ich wollte schon viele Jahre vorher zu Papa ziehen. Du hast das verhindert, hast immer dagegen geredet, hast …«

»Ich wollte nicht, dass du ausgegrenzt wirst. Aber egal. Ich war damit einverstanden, dass du gehst, wenn Juhan davon überzeugt war, dass du dieses harte Leben liebst. Und dann kam dieser Unfall dazwischen, der alles verändert hat. Du hattest keine Lust mehr auf Schule, hast geschwänzt, wurdest mit Drogen erwischt, deine Freundin war weggezogen. Wenn du überhaupt mit mir geredet hast, hast du gesagt, dass du wegwillst, raus aus der Stadt …«

Nova starrte auf ihre Füße.

»Wir haben nur gestritten. Juhan war im Gefängnis. Ich habe mich mit ihm beraten, habe meine Mutter angerufen. Sie war sofort bereit, dich aufzunehmen. Tegernsee ist abseits von München, in der Natur, in den Bergen. Wir dachten, dass du in einem kleineren Gymnasium schnell Anschluss findest, ja, dass du vielleicht auch endlich Lappland vergisst. Wir wollten, dass es dir wieder gut geht. Und? Ist es dir dort besser gegangen?«

Nova schwieg. Sie hatte diese Zeit nach dem vermeintlichen Tod ihres Vaters völlig verdrängt. Die Wochen und Monate danach waren diffus in ihrer Erinnerung. Sie war in den riesigen Einkaufszentren Täbys und Stockholms abgehangen, hatte sich herumgetrieben, Drogen ausprobiert. Ihr Leben in Lappland, nach dem sie sich so gesehnt hatte, war vorbei. Klar, sie war froh bei ihrer Großmutter zu sein. Sophie war immer da, bekochte sie, verurteilte sie nicht, wenn sie schlecht drauf war, schrieb ihr eine Entschuldigung, wenn sie keine Lust hatte, zur Schule zu gehen, ging mit ihr in die Berge. Das war es überhaupt: die Berge. Dort hatte sie wieder atmen können. Zuerst wanderten sie gemeinsam, später war Nova oft alleine unterwegs. Ihre Großmutter ließ sie machen, sie vertraute ihr.

»Du schaffst das, Nova«, war ihr Spruch gewesen. Als sie zuerst keine Freunde fand, als sie Schwierigkeiten mit dem Abi hatte, als es Probleme bei der Studienplatzvergabe gab. Und Nova hatte es geschafft. Später, als ihre Großmutter gestorben war, war es dieser Satz gewesen, der ihr in schwierigen Situationen geholfen hatte.

Nova blickte auf und sah in die Augen ihrer Mutter. Sie nickte. »Mir ist es dort sogar sehr gut gegangen.«

»Dann haben wir nicht alles falsch gemacht?«

»Nein.«

»Gut!«

Nova sah Tränen in den Augen ihrer Mutter. Wann hatte sie sie das letzte Mal weinen sehen? Sie konnte sich nicht daran erinnern. Mama fasste sich wieder, lächelte, aber es war ein trauriges Lächeln.

»Weißt du, es war sicher nicht leicht für dich, mit mir als Mutter. Ich war alleinerziehend, dann hab ich mich für ein Studium entschieden, und Juhan hat mir angeboten, dich zu sich zu nehmen, wann immer ich es wollte. Das habe ich ausgenutzt. Du warst nicht nur bei ihm, als ich studierte oder für Prüfungen lernen musste. Ich hatte oft neue Partner, wollte mit ihnen zusammen sein, in Urlaub fahren. Monatelang warst du weg. Kein Wunder, dass du lieber in Lappland warst als hier bei mir, in der Stadt. Später gingst du in die Schule und konntest nur in den Ferien zu Juhan. Du hast dich jedes Mal riesig gefreut, zu ihm, zu seiner Frau und zu Kaspar zu fahren. Hast davor und danach von nichts anderem geredet. Wenn du gemalt hast, dann Rentiere, Elche, kleine Hütten und Berge. Kamst du wieder, warst du manchmal wochenlang traurig. Das …«, eine Träne lief an ihrer Wange herunter. Sie wischte sie weg. »Das war schwer, Nova. Du bist meine einzige Tochter, und du wolltest immer weg von mir.«

Nova stützte sich mit den Händen am Fensterbrett ab. Ja, so war es. Sie hatte immer weggewollt.

»Mir ist es nicht leichtgefallen, dich nach Deutschland zu schicken. Ich habe geahnt, dass ich völlig den Zugang zu dir verlieren könnte. Und es war ja auch so. Wenn ich angerufen habe, wolltest du mich nicht sprechen. Hab ich euch am Tegernsee besucht, hast du dich mit Freundinnen getroffen oder bist wandern gegangen. Und das hat sich fortgesetzt. Du hast studiert. Hamburg und Stockholm sind nicht weit weg voneinander. Zwei Stunden Flug, ein halber Tag mit dem Zug. Du bist kein einziges Mal nach Stockholm gekommen. Ich kam zu dir. Wir haben uns in einem Café getroffen, nicht bei dir zu Hause. Wie Fremde. Es war falsch, dich als kleines Kind so lange in Lappland zu lassen.«

»Es war richtig!« Nova ging langsam auf ihre Mutter zu

und legte von hinten die Arme um sie. Tränen traten ihr in die Augen. Sie konnte sie nicht zurückhalten. »Scheiße, Mama. Ich will nicht heulen!«

»Ich auch nicht. Haben wir denn schon mal zusammen geweint? Ich kann mich nicht erinnern.«

»Aber ich. Als du mir *Die Brüder Löwenherz* vorgelesen hast. Die Geschichte war so unendlich traurig.« Nova lächelte unter Tränen.

»Oh. Das ist lange her.« Ihre Mutter schluchzte, stand auf und nahm Nova in die Arme. »Ich bin eine Egoistin.«

Nova roch einen feinen Vanilleduft. Mama benutzte immer noch Vanilleshampoo. »Ich auch.«

»Tja, dann hast du wohl auch etwas von mir geerbt.«

Nova vergrub das Gesicht in den Haaren ihrer Mutter.

41

Am Neujahrsabend war Nova zurück. Sie hatte den späten Nachmittagsflug von Stockholm nach Luleå genommen. Der Pick-up stand am Flughafen, dreieinhalb Stunden später war sie in Ålloluokta. Als sie aus dem Wagen stieg, war das Erste, was ihr auffiel: Es war still. Kein Motorenlärm, kein Türenschlagen, keine Stimmen, kein Hundegebell. Nicht einmal der Wind blies. Nur die Sterne und der Mond zeigten sich am Himmel. Es war klar, keine Nordlichter, aber der große Wagen war zu sehen. Nova stand da, starrte in den Himmel, und ein paar Sekunden lang kamen ihre Gedanken zur Ruhe.

Während der Rückreise war sie so aufgewühlt gewesen durch die Begegnungen und die neuen Informationen, die in ihrem Kopf herumschwirrten. Ihre Mutter, der sie sich angenähert hatte, ihr Vater, dessen Wunsch es gewesen war, lieber tot als ein Verbrecher für sie zu sein; Kaspar, der glaubte, Kristin hätte geschossen. Und Leo, der immer weiter von ihr weg rückte. War es wirklich erst gestern gewesen, dass sie sich am Flughafen verabschiedet hatten. Hatten sie sich getrennt?

Nova stand neben dem Pick-up, schaute in den Abendhimmel, lauschte der Stille und spürte, sie war zu Hause.

Die Hütte war kalt, trotz der elektrischen Heizkörper, die sie am Morgen angestellt hatte, bevor sie gefahren waren. Sie machte Feuer, kochte heißes Wasser für einen

Tee. Schnell wurde es gemütlich warm. Sie zündete die Kerze an, die Samuel ihr geschenkt hatte. Warmes Licht flackerte gegen die dicken Holzbalken an der Wand. Die Tasse Kräutertee dampfte, samische Musik ertönte aus dem Handy. Nova setzte sich aufs Sofa, legte die Beine auf den Beistelltisch und schloss die Augen. Nach der überbordenden Weihnachtsbeleuchtung im Flughafengebäude, all dem Lärm, den fremden Stimmen im Flieger, den vielen wuselnden Menschen und der Konzentration beim Nachhausefahren machte sich langsam Entspannung in ihr breit. Sie summte die Melodien mit, trank, wärmte ihre Hände an der Teetasse und kuschelte sich in die warme Wolldecke. Nova schloss die Augen.

Morgen würde sie Lydia anrufen und sagen, dass sie kündigte. Morgen würde sie Laura vorschlagen, ihre Wohnung in Wedel zu übernehmen. Und sie wollte herausfinden, warum Kristin sich hatte scheiden lassen, und sich wieder um die Rentiere kümmern …

Sie öffnete die Augen, griff nach dem Handy und schrieb: *Ein gutes Neues Jahr, Samuel, liebe Grüße, Nova.*

Gleich darauf piepte es. *Das wünsche ich dir auch!*

42

Nova tauchte den Pinsel in Wasser und mischte Blau mit Grün. Fast hatte sie den Farbton der Kirchenbänke getroffen. Sie tupfte noch einmal in die blaue Farbe und strich behutsam den Pinsel über das angeraute Papier. Samuel am Klavier. Von hinten. In seiner Tracht. Dahinter der schlichte Altar. Nur angedeutet. Jetzt noch die Bänke und die singenden Kinder, dann würde sie das Bild zum Trocknen weglegen. Sie hätte es ihm gerne an Heiligabend geschenkt, aber es war nur halb fertig, als er und die Kinder kamen. Zudem war Leo da gewesen. Sie legte den Pinsel hin, zog den Pullover aus, krempelte die Ärmel ihres T-Shirts hoch und konzentrierte sich erneut.

Lydia hatte nicht überrascht reagiert, als Nova sie am Morgen angerufen und ihr mitgeteilt hatte, dass sie kündigte.

»Hab ich mir fast gedacht. Du warst in letzter Zeit nicht bei der Sache.«

»Ich kündige ab sofort. Du musst mir kein Gehalt mehr zahlen.«

»Schade, dass du gehst, Nova. Ich hoffe, das ist nur eine vorübergehende Krise. Du hast fünf Jahre gute Arbeit geleistet. Wenn du es dir noch mal anders überlegst …«

»Klar, ich melde mich.« Sie wunderte sich, wie leicht ihr der Schritt gefallen war. Dabei war Grafikerin immer ihr Traumberuf gewesen. Ein Zusammenspiel von Text und

Bild finden, sodass ein Thema klar wurde. Illustrationen suchen, bearbeiten, passende Schriften finden. Sie liebte das. Und jetzt?

Sie wollte mehr. Wollte malen, wie früher. Verschiedene Techniken ausprobieren. Bleistift, Aquarell, Öl. Sie wollte Menschen und Rentiere malen, Sami in den Bergen, endlose Rentierherden, samische Trachten, Messer und Gürtel, Armbänder. Und sie wollte die Farben des Winters einfangen. Diese unzähligen Farbnuancen am Himmel, die es nur in dieser eiskalten Gegend gab. Das blaue Polarlicht am Morgen, wenn es langsam hell wurde und am Nachmittag dämmerte. Das blasse Rosa, das in ein kaum merkbares Hellblau überging, vor allem dann, wenn die Temperaturen fast unmenschlich wurden, die Luft vor Kälte flirrte und der Atem an den Haaren gefror. Die feinen Perlmuttwolken, die in den unterschiedlichsten Farbnuancen schillerten. Sie würde sich eine Auszeit nehmen, nicht nur von Leo, sondern vom Arbeitsleben. Sie hatte eine Aufstellung über ihre Finanzen gemacht. Wenn sie sparsam lebte, könnte sie mit dem restlichen Erbe ihrer Großmutter und dem Geld, das sie von ihrem Vater geerbt hatte, ein ganzes Jahr lang leben. Und wenn Laura ihre Wohnung übernahm, reichte es noch länger.

Nova legte das Bild weg, betrachtete es. Sie hatte Samuels aufrechte Haltung gut getroffen. Die Hände, die locker auf den Klaviertasten lagen. Den lockigen Pferdeschwanz, der am Rücken auf seine blaue Tracht fiel. Samuel war im Mittelpunkt des Bildes. Der Altar, die singenden Kinder und die Bänke blieben verschwommen. Nova holte den Föhn, stellte ihn auf die niedrigste Stufe und änderte den Abstand zum Bild immer wieder. Es sollte schnell trocknen, doch die Farben durften nicht mehr ineinanderlaufen. Nachher würde sie bei Samuel vorbeifahren, ihm das Bild schenken und ihn fragen, wo in Porjus die Frau wohnte, die Kristins Adresse auf Seskarö kannte. Nova wollte mit ihr reden. Vielleicht erinnerte sie sich an weitere Details, wenn sie etwas nachbohrte, oder konnte ihr Verwandte von Kristin nennen, die Kontakt zu ihr hatten. Es musste einen Grund geben, warum sie sich hatte scheiden lassen. Falls Novas Vater die Tat nicht begangen, sondern aus Liebe auf sich genommen hatte, wäre es unfassbar grausam für ihn gewesen, dass Kristin sich hatte scheiden lassen. Nova musste herausfinden, wer geschossen hatte.

43

Das Haus, in dem Samuel mit seiner Familie lebte, war größer als die anderen Häuser des Viertels. Ein rotes Mehrfamilienhaus mit weißen Balken, verzierten Fensterrahmen und vier Eingängen. Dahinter ein lang gezogener Betonbau. Nova nahm an, das war die Schlachterei, die Samuels Bruder gehörte. Rechts ein Hundezwinger, daneben zwei große Schuppen und eine Räucherhütte. Sie parkte den Pick-up neben einem weißen Saab, einem Toyota Pick-up und einem breiten Anhänger mit Aufsatz, in dem Rentiere transportiert wurden. Samuels alter Land Rover stand eingeschneit weit hinten unter einer Birke. Nova griff nach ihrem Rucksack und trat näher. An der ersten überdachten Haustür war ein Namensschild angebracht. *Mirko und Magdalena Labba.* An der zweiten Tür, die mit einer hölzernen samischen Sonne verziert war, stand *Kajsa Labba.* Weitere Namensschilder gab es nicht. Ein Hund bellte im Haus. Unschlüssig blieb Nova stehen. Eine ältere Frau winkte aus einem erhellten Fenster, das für Nova einsehbar war. Kurz darauf öffnete sich die Haustür, und dieselbe Frau, die in der Kirche bei der Beerdigung neben Aina gesessen und ihr kondoliert hatte, stand im Türrahmen.

Ein großer schwarzer Hund rannte auf Nova zu, wedelte mit dem Schwanz. Otto.

»Hallo, Nova.« Samuels Mutter lächelte.

Nova grüßte zurück. »Ich wollte zu Samuel, hab aber kein Namensschild gefunden.«

Otto schnüffelte an Novas Beinen.

»Otto, lass das!«

Nova strich ihm über das Fell. »Schon gut!«

»Ich hab Samuel so oft gebeten, dass er seinen Namen anbringt, aber … Na ja. Irgendwann. Er ist nicht da. Er ist mit den Mädchen in Stockholm.«

»Oh!«

»Kann ich ihm was ausrichten?«

»Ähm, nein. Ich wollte ihm nur etwas geben. Das … das eilt nicht.«

»Die Mädchen haben die Stifte mitgenommen, die du ihnen geschenkt hast. Sie haben sich sehr darüber gefreut. Möchtest du einen Kaffee?«

»Nein, danke. Aber …« Nova ärgerte sich. Warum stotterte sie so herum. »Vielleicht können Sie mir weiterhelfen. Samuel hat mir vor ein paar Wochen den Namen einer Frau aus Porjus genannt. Sie ist weitläufig mit Kristin, meiner Stiefmutter, verwandt. Sie wusste, wo sie wohnt. Ich wollte sie etwas fragen.«

»Du meinst sicher Louise. Sie singt mit mir im Chor.«

»Ja, ich glaube, so heißt sie.«

»Warte, ich schreib dir die Adresse und die Telefonnummer auf. Willst du nicht hereinkommen? Es ist kalt hier draußen.« Sie schaute auf das Thermometer an der Hauswand. »Minus zwanzig Grad. Komm kurz rein.«

Nova trat hinter ihr in den Hausflur. Weiße Paneelen ließen ihn offen und freundlich erscheinen. Rechts ging eine breite Holztreppe in den oberen Stock. Sie blieb stehen. Hellblau gestrichene Wände und große Bilder mit samischen Motiven verschönerten den Treppenaufgang.

»Oben wohnt Samuel mit den Mädchen.« Kajsa drückte ihr den beschriebenen Zettel in die Hand.

»Danke!«

»Und sag bitte *du*. Klingt merkwürdig, wenn eine Samin *Sie* zu mir sagt.«

Nova lächelte. Hatte jemand schon mal gesagt, dass sie eine Samin wäre, außer ihr Vater oder Kristin? »Mach ich. Wann … wann kommt Samuel zurück?«

»Nächste Woche fängt die Schule wieder an. Ich denke, am Sonntag. Ich kann ihm gerne sagen, dass du da warst.«

Sie schüttelte den Kopf. »Ich melde mich bei ihm.«

Wie dumm von Nova. Klar, Samuel war bei seiner Frau. Warum auch nicht? Ihr ging es sicher besser und … Nova schluckte und schaute auf den Zettel. Sie sollte sich auf ihr eigentliches Anliegen konzentrieren. Kristin.

Louise wohnte am Berg, nicht weit entfernt von Kristins und Juhans früherem Haus. Nova fuhr am Golfplatz vorbei, über die Brücke, schwenkte in den Ortskern, wo noch immer ein riesiger Weihnachtsbaum leuchtete, und sprach wenige Minuten später kurz an der Haustür mit der weitläufig Verwandten von Kristin.

Louise konnte ihr nicht weiterhelfen. Sie habe schon lange keinen Kontakt mehr zu Kristin, wisse auch nicht, wo die Geschwister wohnten, aber sie werde sich erkundigen. In Jämtland, wo Kristins Familie herstammte, wisse vielleicht jemand, warum sie sich von Juhan habe scheiden lassen. Louise werde ihr Bescheid geben, falls sie etwas in Erfahrung bringe.

Nova bedankte sich und setzte sich wieder in den Pick-up. Sie überlegte. Dann schwenkte sie in die Straße, die auf den Porjus-Berg führte. Bevor der Weg immer steiler nach oben ging, hielt sie an. Hier war es, das Haus, in dem Kristin, Kaspar und ihr Vater zusammen gelebt hatten. Nova war nur ab und an hier gewesen. Ihr Zuhause war die Hütte in Ålloluokta.

Das Haus sah anders aus als früher. Die ehemals rosa gestrichenen Holzplanken waren jetzt mintgrün. Auch das eine ungewöhnliche Farbe, wo doch die meisten Häuser in Schweden rot waren. Die Holzfensterläden waren dunkelgrün, genauso die Haustür. Ein kleines, gemütlich aussehendes Hexenhäuschen am Ende des Ortes, ohne Durchgangsverkehr. Schade, dass ihr Vater es verkauft hatte. Nova betrachtete die dicken, schneeverhangenen Birken. Zwischen den beiden ältesten Bäumen hatte Kristin im Juni, wenn es an manchen Tagen schon fast sommerlich warm gewesen war und sich keine Mücken blicken ließen, eine Hängematte aufgehängt, in der Kaspar lag und las. Sie schluckte. In der Einfahrt, nahe der Haustür, musste es zu dem Schuss gekommen sein. Schon damals hatten hohe Bäume auf dem Grundstück gestanden, die die Sicht auf das Nachbargrundstück nahmen. Kein Wunder, dass niemand die Tat bezeugen konnte. Am Morgen hatte Nova endlich das Protokoll der Polizei in ihrer Mail gehabt. Auch darin stand nichts Neues. Timo habe provoziert, ihr Vater habe geschossen, ein knapper Bericht, und Juhan Sarri habe sofort gestanden.

44

In den nächsten Tagen versuchte Nova sich abzulenken. Sie rief beim Notar an und gab ihre richtige Adresse in Ålloluokta durch. Kaspar hatte die Kanzlei bereits davon unterrichtet, dass er auf das Erbe verzichten würde.

Pelle half ihr dabei, ihre Firma beim Finanzamt anzumelden. Er gab die Anzahl der Rentiere durch, die sie geerbt hatte, und nannte ihr die Internetseite der zuständigen samischen Behörde, bei der sie Fragen stellen konnte, wenn etwas unklar war. »Bist du dir sicher, dass du alle Tiere behalten willst? Das ist harte Arbeit.«

»Nein, sicher bin ich nicht, aber …« Sie legte ihre Hand auf seine. »Hilfst du mir?«

»Klar. Wir sind doch eine Familie.« Er lächelte.

»Ein Jahr lang möchte ich es versuchen. Wenn es nicht klappt, verkaufe ich euch die Rentiere. Dir oder … Eric.«

»Eric kriegt sich sicher ein. Er ist ein ziemlicher Dickschädel, aber …« Pelle drückte ihre Hand. »Dir ist doch klar, dass es nicht leicht sein wird, Mitglied unserer Kooperative zu werden? Du musst einen Antrag stellen, und wenn jemand Einwände hat, kannst du abgelehnt werden.«

»Ich weiß. Zuerst will ich versuchen, mich um die Rentiere zu kümmern. Wenn das klappt, stelle ich den Antrag auf Mitgliedschaft. Und falls ich nicht aufgenommen werde, ist es eben so. Ich kann ja auch Rentiere besitzen und kein Mitglied der Kooperative sein, oder?«

»Klar, das ist möglich. Guter Plan.« Pelle schien zufrieden.

Beim Verabschieden drehte er sich noch einmal um. »Ich habe gehört, dass du bei Louise warst, um Informationen über die Scheidung herauszufinden.«

Nova sah ihn erstaunt an.

»Das spricht sich herum. Porjus ist ein Dorf.«

»Ja. Ich möchte wissen, warum sie die Scheidung wollte. Hat Papa nie darüber geredet?«

Pelle schüttelte den Kopf. »Vielleicht wollte sie nicht mit einem Verbrecher verheiratet sein.«

»Papa ist kein Verbrecher.« Das kam so unvermittelt und laut, dass sie erschrak.

»Bitte?«

»Etwas stimmt nicht an der Sache. Ich …« Sie entschied sich zu schweigen.

»Gibst du mir bitte Bescheid, falls du etwas herausfindest?« Pelles dunkle Augen sahen sie eindringlich an.

»Mach ich.«

Aber sie hörte weder von Louise, noch brachten sie weitere Gespräche mit Aina über ihren Vater weiter. Er schien sich niemandem anvertraut zu haben.

Nova fütterte die Rentiere, fuhr bei jeder Tages- und Nachtzeit Ski, malte und meldete sich für Mitte Januar zum Schneemobil-Führerschein in Gällivare an. Aina übte vorab mit ihr auf dem zugefrorenen Lule-Fluss, der jetzt nach der langen Kälteperiode sicher befahrbar war. Die alte Frau hatte großen Spaß daran, ließ Nova zuerst langsam, dann immer schneller fahren. Zeigte ihr, wie man über Schneewälle fuhr, und schärfte ihr ein, dass sie niemals alleine größere Strecken zurücklegen solle. »Es kann immer etwas passieren. Stell dir vor, du bleibst stecken, dein Handy hat keinen Empfang, oder das Schneemobil fällt um, begräbt dich, und du kannst dich nicht befreien. Schon viele sind gestorben, weil sie nicht aufgepasst haben.«

Novas Bildersammlung wurde immer größer. Sie trocknete ihre fertigen Bilder auf einer alten Decke, die sie aufs Bett legte, oder auf dem Holzboden. Die letzten Tage waren stürmisch gewesen. Ein ungewöhnlicher Südwind im Januar, der Plusgrade brachte. Der Schnee fiel von den Bäumen. Auf den Fichten, Kiefern und Birken lagen nur noch wenige Schneekissen, ansonsten waren sie völlig kahl. Der Himmel war bewölkt, der Wald dunkel wie schon lange nicht mehr. Eine faszinierende Landschaft in den verschiedensten Weiß-, Grau- und Schwarztönen. Nova versuchte, die Schattierungen einzufangen, probierte aus, verwarf ihre Entwürfe, fing von Neuem an. Wenn sie malte, war sie glücklich. Alles um sie herum verschwand. Leo, der die Auszeit wortwörtlich nahm und nicht mal auf eine kurze Nachricht von ihr reagierte. Samuel, der sicher schon wieder aus Stockholm zurück war und sich nicht bei ihr meldete. Dann die Ungewissheit, ob ihr Vater geschossen hatte oder nicht, und die Frage, warum sich Kristin hatte scheiden lassen. Tagsüber versank Nova in Farben und Formen. Nur nachts konnte sie nicht schlafen, dann fing das Grübeln an.

45

»Du warst bei mir zu Hause?«

Samuels Stimme klang merkwürdig neutral. So als wollte er einen Termin beim Zahnarzt ausmachen.

»Ja, ich …«

»Und du hast nach Louise gefragt. Hast du was Neues herausgefunden?«

»Nein.«

»Wolltest du sonst noch was von mir?«

Nova war so überrascht über seinen Anruf, dass sie stotterte. »Nein, nein, alles gut. Wie … wie geht's dir? Wie war's in Stockholm?«

»Alles bestens.«

»Okay.«

»Und Leo. Wie war die Zeit mit ihm?«

»Gut.«

»Aha.«

»Er … er kam mit der Kälte nicht so klar. War ja unter minus zwanzig Grad.«

Samuel reagierte nicht.

»Er nimmt eine Auszeit.«

»Wie? Von Lappland?«

»Von mir.«

»Und du? Nimmst du auch eine Auszeit?«

Nova lief mit dem Handy in der Hand in der Hütte umher. Draußen schneite es. Dicke Flocken fielen vom

Himmel, sie sah kaum bis zum Fluss. Was glaubte Samuel eigentlich? Verbrachte die Weihnachtsferien mit seiner Frau und fragte nach Leo. Was ging es ihn an? Sie schwieg. Ihr Blick fiel auf das Aquarell mit Samuel am Klavier. Sie hatte es an eine Wand gestellt. Entschlossen drehte sie es um. Sie atmete tief aus. »Ich … ich finde es nicht gut, dass du die Mädchen so hin und her schubst.«

»Bitte?«

Wut kroch in Nova hoch. »Es ist nicht gut, dass die Mädchen mal hier, mal dort sind. In Lappland, dann in Stockholm und wieder hier. Sie wissen ja gar nicht, wo ihr Zuhause ist.«

»Lass das mal meine Sorge sein.« Er klang verärgert.

»Ich war auch ständig woanders. In Täby, dann hier in Ålloluokta und wieder weg. Das war jedes Mal ein scheiß Gefühl.«

»Jetzt mach mal halblang. Die Mädchen waren bei ihrer Mutter. Sie wollten sie sehen, und Sanna möchte mit ihnen zusammen sein. Das ist ja wohl verständlich. Sanna geht es besser, und Tindra und Ebba freuen sich. Was soll das alles?«

»Vergiss es. Ich muss weg. Mach's gut.« Nova legte auf. Was für ein Mist! Was für ein Obermist! Dabei hatte sie nur eine einzige Frage stellen wollen, aber sie traute sich nicht. Sie war so ein Feigling.

46

Laura rief mehrmals die Woche an. Sie war begeistert von Novas Wohnung, bedankte sich immer wieder. »Hier ist es so gemütlich. Macht es dir wirklich nichts aus, dass ich all deine Möbel benütze? Ich hatte ja nie eigene, bin immer bei irgendeinem Typ eingezogen. Das ist quasi meine erste eigene Wohnung.«

Nova wehrte ab. Merkwürdig, dass sie nichts vermisste. Außer ihre Bildbände, in denen sie oft geblättert und sich Inspirationen geholt hatte. Alles andere, ihr gestreiftes Sofa, der Holztisch, den sie in einem Second-Hand-Laden erstanden und aufgemöbelt hatte, die Lampe über dem Esstisch, die sündhaft teuer gewesen war und die sie sich als Studentin vom Mund abgespart hatte … das alles war so weit weg. Trotzdem bedauerte Nova, dass sie Laura nicht treffen konnte. Sie hätte gerne mal wieder einen ganzen Abend in einer Kneipe mit ihr verquatscht.

»Gestern hab ich zufällig Leo getroffen«, unterbrach Laura sie in ihren Gedanken.

»Und?«

»Er hat nur wenig erzählt. Viel Arbeit, wie immer. Sah etwas mitgenommen aus. Wie geht's dir denn mit eurer Auszeit?«

Nova wusste es selbst nicht. Sie sehnte sich nach dem früheren Leo, den sie vor drei Jahren kennengelernt hatte, vermisste seine Unbekümmertheit. Aber je mehr sie über ihn nachdachte, desto klarer wurde ihr, dass sie viel zu wenig miteinander geredet hatten. Sie hatten Spaß miteinander gehabt, bei Konzerten, bei Ausstellungen, beim Sex. Er hatte sie abgelenkt von ihren Problemen. Aber sie war nie auf die Idee gekommen, mit ihm über ihre Familie zu reden. Sie hatte alles mit sich selbst ausgemacht oder, was eher der Fall war, ihre Familie völlig verdrängt. Und sie hatte auch Leos Angehörige nie in ihr Leben lassen wollen. Die Beziehung zu ihm war bis vor Kurzem leicht gewesen, ohne Probleme. Sie hatten nie über die Zukunft gesprochen, über Heirat, Kinder. Themen, von denen sie nichts wissen wollte.

»Ich lebe hier, Leo in Hamburg.«

»Das weiß ich. Ich bin auch weit weg … Aber wir telefonieren oft.«

Nova stellte das Handy laut und machte sich an der Kaffeekanne zu schaffen. Sie befüllte sie mit Kaffeepulver, betätigte den Wasserkocher und setzte sich wieder an den Tisch. »Ich mache hier völlig andere Dinge als früher. Und dabei … stört Leo eher.« Nova schluckte. Das klang furchtbar egoistisch. Aber das war, was sie empfand. Als Leo sie besuchte, musste sie sich ständig rechtfertigen, für das Wetter, die enge Hütte, die Rentiere, um die sie sich kümmerte, die Kultur, die für ihn keine war. Er wunderte sich, dass ihr die Kälte nichts ausmachte, dass sie gerne Holz hackte und Schnee schippte. Dass sie sich darauf freute, den Schneemobilführerschein zu machen, und es ihr gefiel, einsame Wege zu fahren, wo man nur wenigen Fahrzeugen begegnete.

»Das hört sich so an, als wäre es aus zwischen euch.«

Nova schwieg. Ja, und so fühlte es sich auch an. Tränen

stiegen ihr in die Augen. Sie befüllte die Presskanne mit kochendem Wasser, rührte um, drückte und wollte sich gerade einschenken, als sie über ein Holzscheit stolperte, das vor dem Ofen lag. Der Inhalt der ganzen Kanne ergoss sich auf den Holzfußboden, lief durch die Ritzen der Luke, die sich dort befand. Spritzer landeten auf ihrer Hose. »Oh, Shit! Laura, ich muss auflegen. Mir ist ein Missgeschick passiert. Ich melde mich …«

Notdürftig wischte Nova sich mit einem Küchentuch über die Hose. Der dicke Stoff hatte das Schlimmste verhindert, sie hatte sich nicht verbrannt. Nova öffnete die Luke. Gott sei Dank hatte sie in diesem kleinen Erdkeller weder Obst noch Gemüse gelagert. Der Kaffee floss über die Holzlatten, die lose an einem überstehenden Rand auflagen, und tropfte durch die Ritzen auf den darunterliegenden Boden. Nova griff nach einer Küchenrolle, kniete sich hin, saugte mit dem Papier den Kaffee auf. Hässliche Flecken breiteten sich auf den hellen Latten aus. Sie tupfte, wischte und hob eine der Latten heraus. Dann eine weitere. Die Flüssigkeit floss bis zu den Steinen am Boden des Erdkellers. Nova holte die Stirnlampe, legte sich bäuchlings auf den Holzfußboden und leuchtete den Untergrund ab. Helle saubere Steine, die jetzt vom Kaffee besprenkelt waren. In einer Ecke fiel Nova etwas Dunkles auf. Eine Mappe? Sie hob eine Latte nach der anderen heraus, stellte sie nebeneinander an die Wand, leuchtete noch einmal und schob den Arm tief nach unten. Sie griff etwas Festes, hob es hoch, legte es auf den Boden neben sich. Ihr Blick fiel auf feinsäuberliche Buchstaben. *Für Nova*, stand auf der Vorderseite der durch eine Schlaufe verschlossenen Mappe.

Mit zitternden Händen öffnete Nova die Schlaufe, schlug die Vorderseite um. Ein Stapel mit Bildern und Fotos. Ihr Herz machte einen Hüpfer. Das, wonach sie die ganze Zeit gesucht hatte!

Nova griff nach dem ersten Foto. Papa und sie beim Feuermachen hier auf dem Grundstück der Hütte. Dann Kristin und sie im Nähzimmer in Porjus. Ihre Stiefmutter, kniend vor Nova, wie sie die Rocklänge ihres Kolts absteckte. Auf einem weiteren Foto war Kaspar mit einem Buch in der Hängematte zu erkennen. Ihr Vater bei einer Rentierscheidung, wie er zusammen mit Pelle ein Ren aus dem Gehege zog. Kaspar und sie am Strand. Unzählige Fotos, alle von früher, keines aus der Zeit nach dem Gefängnis. Es folgten Bilder, die Nova als Kind gemalt hatte, mit Wachsfarben, mit Farbstiften, mit Tusche. Ab und an stand das Datum dabei, immer ihr Vorname darunter. Die Zeichnungen zeigten vor allem Rentiere. Manchmal auch Berge, Blumen, die Hütte, aber immer wieder Rentiere. Neugeborene, ausgewachsene, einzeln und in großen Herden. Durch den Tränenschleier erkannte Nova kaum noch etwas. Dutzende von Bildern, alle von ihr gefertigt. Sie griff nach einem Taschentuch, schnäuzte sich. Zuunterst lag ein Bild, das nicht von ihr stammen konnte. Eine Bleistiftzeichnung von drei Personen. Verwundert nahm Nova die Zeichnung in die Hand, stand auf und stellte sich unter die Bodenlampe, um besser zu sehen. Ein Mann und eine Frau, eindeutig ihr Vater und Kristin. Er groß und schlank, mit Locken, sie wesentlich kleiner, mit glatten Haaren. Kristin hatte ein Gewehr in der Hand. Ein etwas molliger Junge stand vor ihnen. Unten in der rechten Ecke erkannte Nova die Kürzel. *JS.*

47

Ihr Vater hatte nicht geschossen! Es war Kristin gewesen, wie Kaspar vermutet hatte. Nova fiel ein Stein vom Herzen. Endlich hatte sie das Zeichen erhalten, nach dem sie so lange gesucht hatte. Natürlich hatte er die Mappe mit den Fotos und Zeichnungen nicht irgendwo im Raum liegen lassen. Das Pflegepersonal oder Eleonor hätten sie finden können. Juhan hatte die Mappe dort versteckt, wo keiner suchen würde. In einem trockenen Erdkeller. Er hatte vorhergesehen, dass Nova irgendwann dort nachsehen würde.

Nova kam es so vor, als wäre ein riesiger Felsbrocken von ihrer Brust gefallen. Sie schlüpfte in ihre Schuhe, zog sich Jacke und Mütze über und rannte aus der Tür. Wie Ainas Samojede, wenn er übermütig wurde, hüpfte sie in den Tiefschnee, schmiss sich hin, machte einen Schneeengel. Immer und immer wieder. Sie setzte sich auf, hob ihren Kopf, schrie, schrie lauter, ließ sich erschöpft fallen. Ihre Gesichtsmuskeln spannten vom Lachen, sie umfasste ihre Knie, machte sich klein wie eine Kugel, schloss die Augen und rollte, immer schneller, den Abhang hinunter Richtung Parkplatz. Kurz davor blieb sie liegen, schnaufte, streckte Arme und Beine von sich. Sie öffnete die Augen, blinzelte. Dicke Schneeflocken tanzten über ihr. Sie versuchte, sie mit dem Mund zu fangen. Im Liegen funktionierte es nicht gut. Sie rappelte sich auf, Hose,

Jacke, Mütze voller Schnee. Nova breitete die Arme aus, drehte sich im Kreis, fing die kleinen Schneekristalle mit der Zunge, mit den Wangen, mit dem ganzen Gesicht. Leise legten sie sich auf ihre Haut, schmolzen und vermischten sich zusammen mit ihren Tränen zu einer Mischung aus Schmerz und Leichtigkeit.

48

Anna-Lena war begeistert. »Wahnsinn! Vor allem die neugeborenen Rentierkälber! Wo hast du das gelernt?« Sie drückte Nova das Baby in die Hand, zog die Jacke aus und ging auf Strümpfen mit langsamen Schritten durch die Hütte. Blieb an jedem Bild stehen.

Überall standen oder lagen Novas Gemälde. An der Wand, auf dem Bett, auf dem Boden. In den letzten Tagen hatte sie vor allem Rentierkälber gemalt. Neugeborene, die an den Zitzen der Mutter tranken, die sich kaum auf den Beinen halten konnten oder staksig fortbewegten. Sie hatte eine Mischtechnik ausprobiert, Öl mit Acrylfarben, hatte sich eine Staffelei und zusätzliche Lampen gekauft, damit sie mehr Licht beim Malen hatte.

»Die musst du unbedingt ausstellen!«

Nova setzte sich mit Anna-Lenas Baby auf dem Schoß auf den Küchenstuhl. Sie zog ihm Mützchen und Jäckchen aus, drückte ihren Kopf an den weichen Flaum des Babys und lächelte Anna-Lena an.

»Eine Bekannte ist Mitorganisatorin des Marktes in Jokkmokk. Er findet in einer Woche statt. Soll ich sie fragen, ob sie noch Platz für eine begnadete Künstlerin hat?« Anna-Lena nahm eines der Bilder in die Hand. Eine Rentierherde, die über kahle Berge lief. »Das ist so realistisch. Das möchte ich dir gerne abkaufen. Was kostet es?«

»Keine Ahnung. Ich schenke es dir.«

»Quatsch. Du musst deine Arbeit wertschätzen. Zweitausend Kronen. Wäre das okay?«

Nova war so überrascht, dass sie nickte. Sie hatte bisher nur für sich selbst gemalt. Ihr Herz ging auf, wenn sie die Farben mischte, ausprobierte, sie vergaß die Zeit, malte schon morgens vor dem Frühstück. Um halb neun dämmerte es. Sie trank Kaffee, griff nach dem Pinsel, machte sich zwischendurch ein Fladenbrot mit Käse, unterbrach die Arbeit nur, um die Rentiere zu füttern. Ab und zu war sie mit dem Pick-up gefahren, um so schnell wie möglich wieder an der Staffelei zu stehen. Gegen halb vier wurde es dunkel. Sie wollte jede helle Minute nutzen. Aber es hatte auch seinen Reiz, in der Dunkelheit zu malen. In den nächsten Tagen waren Nordlichter angekündigt. Sie wollte versuchen, die tanzenden grünen, roten und gelben Schleier auf die Leinwand zu bringen. Wollte sich warm anziehen, so lange schauen, bis sie all die Farben in sich aufgenommen hatte, und dann den Pinsel in die Hand nehmen. Manchmal wünschte sie sich, ein Glasiglu zu besitzen, um das Nordlicht beobachten und dabei malen zu können.

»Darf ich ein paar Fotos machen?« Anna-Lenas Begeisterung war nicht zu bremsen. »Ich würde sie gleich der Organisatorin schicken. Natürlich nur, wenn du einverstanden bist?«

Nova nickte. Warum nicht? Sie hatte zum ersten Mal seit vielen Jahren kein Gehalt bekommen. Ein paar Kronen konnten nicht schaden.

Anna-Lena zückte ihr Handy. Sie suchte gezielt verschiedene Motive aus, stellte sie ins Licht, ging in der

Hütte umher, fotografierte. Sie griff nach einem Bild, das neben anderen hinter dem Sofa stand. »Krass. Das ist ja Samuel am Klavier. Seine Haltung ist super getroffen.«

Nova nahm ihr das Bild aus der Hand. »Das ist nicht verkäuflich.«

»Entschuldigung!«

»Sollte ein Geschenk werden.«

»Soll oder sollte?«

Nova reagierte nicht.

»Da fällt mir ein …« Anna-Lena griff in die Seitentasche ihrer Jacke, die am Eingang hing, und drückte Nova ein Billett in die Hand.

3. Februar, Folketshus Jokkmokk, 19:00 Uhr, Kaitum. Nova schaute wohl so verwundert, dass Anna-Lena laut lachte.

»Das ist eine Eintrittskarte. Für Samuels Konzert. Kaitum, so heißt seine Gruppe. Auf dem Markt tritt er mit ihr auf.«

»Oh!«

»Gestern hab ich ihn in der Kita getroffen, als ich Ante und er die beiden Mädchen abgeholt haben. Er hat mir drei Karten in die Hand gedrückt. Für Jon, dich und mich. Du kommst doch, oder?«

»Ja … vielleicht.«

»Ich glaube, er mag dich.«

»Ich war so was von blöd zu ihm.« Warum hatte sie sich hinreißen lassen, sich in die Erziehung seiner Kinder einzumischen? Sie hätte ihn einfach fragen sollen, ob er noch mit seiner Frau zusammen war. Nova merkte, wie ihr die Röte ins Gesicht stieg.

Anna-Lena sah sie an. »Na, und? Meinst du, ich bin

immer nett zu Jon? Und anscheinend hat es Samuel nicht davon abgehalten, dich einzuladen.« Sie lächelte.

Nova gab Anna-Lenas Baby einen Kuss auf die Wange, drehte die Eintrittskarte in den Händen und legte sie behutsam in eine Schale ihres Vaters.

49

Nova war so beschäftigt, dass sie kaum schlief. Zweimal nacheinander fuhr sie nach Gällivare, um den Schneemobilführerschein zu machen, und bestand ihn. An einem Tag fand nahe Porjus eine Rentierscheidung statt. Sie half Pelle und Eric, zog zusammen mit ihnen die Rentiere aus dem Gehege, trennte sie von anderen. Ihr Onkel und ihr Cousin brachten die Tiere ins Winterweidegebiet. Sie rahmte ihre Bilder, schrieb Visitenkarten, weil ihr keine Zeit mehr blieb, welche drucken zu lassen. Die Organisatorin hatte zwar keinen Raum in den öffentlichen Gebäuden für sie aufgetrieben, kannte jedoch einen kleinen Laden, der samische Souvenirs verkaufte. Dort in einem Seitenraum könne Nova ihre Bilder ausstellen. Nova nahm Kontakt zu der Besitzerin auf, sah sich den Raum an, überlegte, wie sie ihre Bilder arrangieren und aufhängen konnte. Sie bat Aina, die Rentiere während der drei Tage, die sie auf dem Markt wäre, zu füttern, organisierte eine Übernachtungsmöglichkeit in Jokkmokk. Es war viel Arbeit, aber Nova genoss sie. Und sie war so aufgeregt wie schon lange nicht mehr. Der Markt sei eine riesige Chance für unbekannte Künstler und Künstlerinnen, hatte die Organisatorin gesagt. Vierzigtausend Besucher aus aller Welt kämen jedes Jahr.

Künstlerin! So hatte sie sich noch nie gesehen. Nova freute sich vor allem darauf, andere Leute kennenzulernen, sich auszutauschen, kurzzeitig einzutauchen in die Masse von Menschen, neue Eindrücke zu sammeln. Sie hatte sich ein Programmheft besorgt. Viele samische Handwerker stellten aus: Messer, Schalen, Silberschmuck, Handtaschen, Gürtel. Vorträge würden stattfinden, über das Leben der Sami früher, aber auch über die Herausforderungen in der Zukunft. Die Gruben, die Klimaveränderung, neue Windkraftparks, die geplant waren. Es gab Schlittenhundetouren, Nordlichtbeobachtungen, Rentierrennen. Für Touristen war viel geboten, aber auch für Einheimische. Auch auf die anderen Bildkünstler und die Musikveranstaltungen am Abend war Nova neugierig. Neben Samuel und seiner Band traten weitere Musiker auf, nicht nur aus Schweden, sondern auch aus Norwegen und Finnland. Joik, Pop, Jazz. Für jeden Geschmack war etwas dabei.

Am Abend vor dem Markt, als Nova nicht mehr wusste, wo ihr der Kopf stand, setzte sie sich aufs Sofa und schrieb Samuel eine Nachricht. *Entschuldigung.* Gleich darauf kam seine Antwort. *Angenommen.* Mit einem Smiley. Es piepte noch einmal. *Kommst du zum Konzert?*

Ja, schrieb sie und setzte ein Smiley darunter.

50

Schon wieder ein roter Punkt an einem Rahmen. Novas Herz hüpfte vor Freude. Die Hälfte der zwanzig Bilder hatte sie bereits am zweiten Markttag verkauft. Zudem hatte sie drei Bestellungen bekommen. Besucher, die sich für eines der vergebenen Bilder begeisterten und die ein ähnliches bestellten. Jedes sei ein Original, keines gleiche dem anderen, sagte Nova. Aber sie bekam die Aufträge trotzdem. Die Vertreterin einer Firma, die Porzellan herstellte, kam auf sie zu. Sie würde gerne ein paar Motive für eine neue samische Serie verwenden. Nova konnte kaum glauben, dass ihre Bilder so gefragt waren.

Am letzten Marktabend trat Samuel mit seiner Band vor ausverkauftem Haus auf. Sie spielten eine Mischung aus samischen und englischen Liedern, mit und ohne Joik. Samuel am Klavier, drei weitere an der Gitarre, am Schlagzeug und am Saxophon. Poetische Texte, die vom Leben der Sami in Lappland erzählten. Samuel sang. Eines der samischen Lieder ging Nova so nahe, dass ihr Tränen in die Augen stiegen.

Anna-Lena drückte ihre Hand.

Nach dem Konzert versuchte Nova Blickkontakt mit Samuel aufzunehmen, aber er war beschäftigt, wurde von Fans umringt und von einem Radioteam, das die Bandmitglieder interviewte. Beim Hinausgehen spürte sie einen Blick im Nacken, wandte sich um. Samuel sah ihr in die Augen und hob die Hand. Nova winkte kurz zurück und ging mit Anna-Lena hinaus.

»Er hatte schon früher in der Schule die beste Stimme«, sagte Anna-Lena, »durfte immer vorsingen. Ich dagegen habe keinen Ton getroffen.« Sie lachte.

»Bist du mit Samuel in eine Klasse gegangen?«

»Von der ersten bis zur zwölften.«

»Dann kennst du ihn schon ewig.«

Anna-Lena nickte. »Es gibt wenige Menschen, die ich so schätze wie ihn. Er ist ehrlich, hilfsbereit, unkompliziert, und ich finde es bewundernswert, wie er sich um seine Mädchen kümmert. Ich glaube, es tut ihm gut, wieder hier in Lappland zu sein.«

»Weißt du, ob … ob seine Frau zu ihm zieht, wenn sie …«

Anna-Lena schüttelte den Kopf. »Am besten, du fragst ihn selbst.«

51

Nova bekam einen Anruf von Louise. Sie hatte etwas herausgefunden. Es hatte einen Mann namens Anders in Kristins Leben gegeben. Ein Pfleger wohl, den Kristin in der Psychiatrie kennengelernt hatte. Mehr wusste sie nicht. Sie nannte Nova die Telefonnummer und seine Adresse in Luleå.

Nova rief ihn an, fragte, ob sie sich treffen könnten. Zuerst reagierte er zögerlich, war jedoch einverstanden, als sie erwähnte, dass sie Kristins Stieftochter sei.

Das Café lag in einem Einkaufszentrum mitten in der Fußgängerzone. Nova war eine halbe Stunde zu früh dran. Sie hatte nicht einschätzen können, wie die Beschaffenheit der Straßen auf der zweihundertsechzig Kilometer langen Strecke war. Je näher man der Küste kam, desto feuchter war oft die Luft und es konnte gefährlich glatt werden. Aber Nova hatte Glück. Auf der ganzen Fahrt hatte sich die Temperatur kaum verändert und war unter minus fünfzehn Grad geblieben.

Nova hatte sich einen zweiten Kaffee geholt, als ein Mann an ihren Tisch trat. Groß, stämmig, dichte graue Haare, freundliche Augen und den Anflug eines verlegenen Lächelns im Gesicht. Nova schätzte ihn auf Mitte fünfzig.

Er gab ihr die Hand, holte sich ein Wasser und setzte sich zu ihr.

Nova wusste nicht, ob sie gleich zur Sache kommen sollte. So viele Fragen schwirrten ihr im Kopf herum. Sie entschied sich, erst ein wenig Small Talk zu halten, doch Anders nahm das Gespräch in die Hand. »Du willst sicher wissen, wie ich mit deiner Stiefmutter Bekanntschaft geschlossen habe und in welcher Beziehung wir standen.«

Nova nickte.

»Ich habe Kristin in der Psychiatrie in Sunderby kennengelernt. Die kennst du sicher, das Kreiskrankenhaus zwischen Luleå und Boden.«

»Klar.«

»Dort gibt es eine psychiatrische Abteilung, in die Kristin eingeliefert wurde. Ich war Pfleger. Kristin ging es zuerst schlecht, sie bekam Medikamente, später verschiedene Therapien. Nach einiger Zeit lernte ich sie immer besser kennen. Ich erfuhr, weshalb sie zu uns gekommen war. Sie sprach zuerst wenig darüber, aber … wir waren uns von Anfang an sympathisch. Ich habe mich verliebt, so verliebt wie noch nie. Aber …«, Anders stockte, »das durfte ja nicht sein. Ein Pfleger und eine Patientin. Es ist uns gelungen, unsere Beziehung lange verborgen zu halten. Deine Stiefmutter war … nicht nur verletzlich und hilfsbedürftig, sie war eine starke Frau. Auch nach all dem, was passiert war.«

»Was hat sie denn erzählt? Also, warum es ihr so schlecht ging?« Nova merkte, dass es Anders schwerfiel, darüber zu reden. Er zögerte, setzte immer wieder von Neuem an.

»Kristin war zwei Jahre lang in der Psychiatrie. Ich musste nach eineinhalb Jahren gehen. Hab meine Stelle verloren. Aber wir haben uns weiter getroffen, und es ging ihr besser. Sie wurde wieder fröhlich, weißt du, sie hatte so ein helles Lachen und eine Stimme, die mir den Atem geraubt hat. Sie war so gefühlvoll, so …«

Nova unterbrach ihn. »Anders, ich würde gerne wissen, warum sie sich von meinem Vater hat scheiden lassen. Wolltet ihr heiraten?«

Er nickte. »Sie sagte, sie wolle ihre Vergangenheit hinter sich lassen, neu beginnen, mit mir.«

»Und dann hat sie die Scheidung eingereicht?«

»Ich hab ihr dabei geholfen. Sie wurde entlassen, ist zu mir gezogen. Ich fand einen neuen Job. Alles war gut.«

»Hat Kristin über damals geredet? Über den Schuss?«

Anders zögerte. Lange. Schließlich nickte er. »Ich wusste, dass sie geschossen hat. Sie hat es mir erzählt, und ich hatte den Eindruck, dass es ihr dann erst besser ging, dass sie wieder nach vorne schauen konnte.«

»Wann war das? Wie lange nach der Tat?«

»Ungefähr zwei Jahre.« Anders trank einen Schluck Wasser. »Ich weiß, es war falsch, nichts zu sagen. Aber ich wollte nicht, dass sie ins Gefängnis kommt. Wir wollten heiraten, wollten unser Leben gemeinsam verbringen. Ich habe sie geliebt. Ich kann doch einen Menschen, den ich liebe, nicht ans Messer liefern.« Schweißperlen zeigten sich auf seiner Stirn.

»Warum habt ihr nicht geheiratet?«

Er sah aus dem Fenster, das zur Fußgängerzone zeigte. Viele Menschen, dick eingepackt, liefen vorbei. Es war bewölkt, der ganze Himmel ein einziges Grau. »Als die Scheidung durch war, ging es ihr schlechter. Das hat sie wohl ziemlich mitgenommen. Sie zog sich immer mehr von mir zurück, bekam wieder Albträume, musste von

Neuem Medikamente nehmen. Schließlich sagte sie, sie werde sich von mir trennen und wegziehen, Richtung Haparanda, wo Juhan im Gefängnis sei. Ich hab's lange nicht wahrhaben wollen, aber …« Er entschuldigte sich, stand auf, holte sich noch ein Glas Wasser. »Sie ist weggezogen, und ich habe gelitten wie ein Hund. Das war die schlimmste Zeit meines Lebens. Und glaub mir, es tut mir so leid, dass dein Vater unschuldig im Gefängnis saß. Das kann ich mir nicht verzeihen.«

Nova trank einen Schluck von ihrem kalten Kaffee. Er schmeckte scheußlich. Sie sah den Mann an, der Kristin geliebt hatte wie ihr Vater. »Mein Vater ist freiwillig ins Gefängnis gegangen«, sagte sie. »Er wollte es so. Es ist nicht deine Schuld.«

52

Die Tage wurden länger, die Sonne schien wieder viele Stunden. Ihre Strahlen wärmten nur wenig, aber allein die Lichterfülle, die glitzernden Schneekristalle, ließen Novas Herz höher schlagen.

Sie brauchte Zeit, um das Treffen mit Anders zu verarbeiten. Dann rief sie Pelle an und teilte ihm mit, dass es Kristin gewesen war, die geschossen hatte. Anders habe es ihr erzählt. Pelle konnte ein Schluchzen nicht unterdrücken. Er bedankte sich bei ihr, auch für ihre Hartnäckigkeit, und lud sie für den nächsten Sonntag zum Essen ein. Auch Eleonor werde sich freuen. Nova sagte zu.

Kaspar zeigte sich wenig überrascht über die Neuigkeiten. »Da siehst du, wie gut wir Juhan und Kristin kennen. Unser Gefühl hat uns nicht getäuscht.« Er sprach von einem neuen Spiel, das ihm im Kopf umherschwirrte, über Lappland und die Sami. Ob sie Lust habe, zusammen mit ihm Ideen zu spinnen. Klar hatte sie das. Er müsse noch ein Projekt abschließen, dann werde er sie wieder anrufen. Nova freute sich. So viel Neues!

Sie malte, schickte zwei der bestellten Bilder in den Süden Schwedens, eines nach Deutschland. Sie fuhr lange Strecken Ski, traf sich regelmäßig mit Anna-Lena und half Aina, die sie sich den Fuß verstauchte und tagelang nicht mit Lina Gassi gehen konnte. Ab und an telefonierte sie mit ihrer Mutter. Sie verabredeten sich für die Ostertage, Nova würde nach Stockholm fliegen, sie und Mamas Partner treffen.

Jeden Morgen freute sie sich auf den kommenden Tag, und dennoch merkte sie, dass ihr jemand fehlte. Immer mehr. Samuel. Er hatte sich seit dem Konzert nicht bei ihr gemeldet, und sie sich nicht bei ihm.

Eines Abends schrieb sie ihm eine kurze Nachricht.

Er meldete sich sofort. Es habe ihn nach dem Markt so richtig erwischt, Grippe, hohes Fieber, er könne nicht arbeiten, habe keine Stimme.

Sie wünschte ihm gute Besserung.

Er werde sich melden.

Sie wartete. Ein paar Tage, eine Woche.

Bin wieder fit. Lust auf einen Ausflug?

Wohin?

Hab gehört, du hast den Schneemobilführerschein.

Sie schickte ein lachendes Gesicht.

Auf dem Lule-Fluss, Richtung Berge. Eisfischen, Feuermachen, Kaffeekochen …

Zusammen mit den Mädchen?

Nein, mit mir.

Nova kam sich vor wie ein Teenager vor ihrem ersten Date. Und sie freute sich sehr.

Samuel fuhr voraus. Beide dick eingepackt in unförmigen Schneeoveralls, mit Mützen, die nur Augen und Mund freiließen, und Helmen obenauf. Wattierte, übergroße Lederhandschuhe, in denen Wollhandschuhe steckten, Sonnenbrillen unter den Helmen, damit die Sonne nicht blendete. Nova war aufgeregt. Weil sie mit Samuel unterwegs war, aber nicht nur das. Es war ihre erste Ausfahrt mit dem Schneemobil. Bisher hatte sie nur Übungsfahrten gemacht, um sich auf den Führerschein vorzubereiten. Jetzt fuhr sie richtig.

Vor der Abfahrt erklärte ihr Samuel, was sie beachten musste. »Hast du dein Handy dabei?«

Sie nickte.

»Steck es immer in die Außentasche, damit du jederzeit drankommst. Auch wenn du mit jemand anderem fährst. Das sollte zur Gewohnheit werden. Ich fahre vor. Wenn wir starten, zeige ich das mit der linken Hand an. Auf und ab. Wenn ich winke, heißt das bremsen.« Er erklärte ihr noch mal alle Zeichen und die Funktionen am Lenkrad. Dann fuhren sie los.

Gleißende Sonne, ein strahlend blauer Himmel, keine einzige Wolke, es war windstill. Eine perfekte Temperatur, minus fünf Grad. Samuel fuhr vorsichtig an, sie hinter ihm her. Zuerst am Waldrand entlang, dann über einen kleinen Wall auf den Fluss. Er drehte sich nach ihr um. Sie hatte die Unebenheit geschafft, hob kurz die Hand. Jetzt ging es nur eben weiter, kein Hügel, keine Kurve, kein Rentier, nur der lang gezogene zugefrorene Fluss. Samuel beschleunigte. Sie folgte ihm, spürte den Fahrtwind. Der Overall schützte sie. Sie düsten durch die schneeweiße Landschaft. Rechts und links weiß gepuderte Fichten und Kiefern. Vor ihnen eine endlose weiße Fläche. Nova genoss die Geschwindigkeit, ihr Bauch hüpfte vor Freude. Sie lachte, schrie ihre Begeisterung heraus. Niemand konnte sie hören. Immer wieder drehte sich Samuel nach ihr um, vergewisserte sich, dass alles in Ordnung war.

Es war schön, als sie damals mit ihrem Vater auf dem Schneemobil zu den Rentieren unterwegs war. Sie lehnte sich an seinen breiten Brustkorb, er schützte sie. Aber jetzt fuhr sie selbst. Sie steuerte, sie entschied.

Nach einer halben Stunde deutete Samuel auf einen Unterstand mit Feuerstelle. Sie hielten an, nahmen Helm und Mütze ab, blieben auf dem Schneemobil sitzen, streckten ihre Gesichter in die Sonne. Nova lächelte Samuel an.

»Und?«

»Wow!« Mehr konnte sie nicht sagen. Sie stieg ab, drückte sich kurz an Samuel. Ihre Beine zitterten. Erst jetzt spürte sie die Anstrengung des Fahrens.

Im Unterstand lagen Holzscheite. Samuel schnitt mit seinem Messer Späne, legte sie in die Mitte der Feuerstelle und zündete sie an. Das Feuer loderte schnell auf. Dicke Scheite an der Seite, schmale obenauf, es brannte gut. Sie wärmten ihre Hände, schauten auf den Fluss, genossen die Stille. Nicht einmal Vögel zwitscherten. Nova setzte sich auf eine der Holzbänke. Endlich hörte das Zittern der Beine auf.

Samuel drückte ihr eine Kaffeekanne in die Hand, in der man Kochkaffee zubereiten konnte. Nova befüllte sie mit Schnee und stellte sie auf den Rost, den Samuel über das Feuer gelegt hatte. Der Schnee schmolz sofort. Sie holte Nachschub, wartete, bis alles zu Wasser wurde. Dann schüttete sie das Kaffeepulver in die Kanne und stellte sie vom Feuer, als der Kaffee aufkochte. So, wie Kristin es ihr ein paar Wochen zuvor noch einmal erklärt hatte.

Samuel reichte ihr eine Kosa, und Nova schenkte ihnen

ein. Er holte Zimtschnecken aus seinem Rucksack und legte sie zum Wärmen auf den Rost. Sie arbeiteten Hand in Hand, als hätten sie nie etwas anders getan.

Dicht beieinander saßen sie auf der Holzbank, jeder mit der dampfenden Kaffeeschale und einem Gebäck in der Hand, schauten auf die riesige weiße Fläche, die weit hinten am anderen Ufer in den Wald überging. Die Sonne über ihnen im hellblauen Himmel. Sie tranken, aßen und schwiegen.

»Was denkst du?«, fragte Samuel und wandte sich ihr zu.

Sie sah in seine grau-schwarzen Augen hinter der runden Brille, bemerkte kleine Lachfältchen, seinen dunklen Bart, in dem sich erste silberne Fäden zeigten. Sein Gesicht schien in den vergangenen Wochen schmaler geworden zu sein. Noch nie waren sie so nah nebeneinandergesessen. Noch nie hatte sie seine fein geschwungenen Lippen so deutlich gesehen.

»Das hier ist die beste Stelle, um nichts zu denken.«

»Und du?«

Er zögerte. »Ich frage mich, wovon du träumst.«

Nova lachte. »Mein Leben verläuft gerade wie ein Traum.«

»Ich möchte es wirklich wissen.«

»Okay.« Nova bemerkte den Ernst in seiner Stimme. »Ich träume von einem Leben in Lappland. Ich male, verdiene damit Geld, besitze ein Glasiglu, überall ist Licht um mich herum. Ich kümmere mich um meine Rentiere, fahre mit dir auf dem Schneemobil, mache Feuer, sitze neben dir …« Sie lächelte. »Wovon träumst du?«

»Ich sorge für meine Mädchen, unterrichte, mache

Musik, joike, schreibe neue Lieder, fahre mit dir auf dem Schneemobil, mache Feuer, sitze neben dir …« Samuel drehte sich ganz zu ihr. »Ich möchte dich gerne noch etwas fragen.«

»Klar.«

»Wie ist das mit dir und Leo?«

»Ich fahre nach Deutschland.«

»Wie?« Kaffee schwappte über sein Hosenbein. Seine Pupillen wurden groß.

Sie grinste ihn an, kramte eine Packung Papiertaschentücher aus ihrem Overall und wischte über sein Bein. »Ich habe mich entschieden und trenne mich von Leo. Und das möchte ich ihm persönlich sagen.«

»Oh!«

Nova bemerkte eine feine Röte in seinem Gesicht.

»Was bedeutet oh?«

»Ähm, das freut mich.« Er lächelte, trank einen Schluck Kaffee, den Blick wieder auf den zugefrorenen See gerichtet.

»Darf ich dich auch etwas fragen?«

»Klar.«

»Wird Sanna zu dir und den Mädchen ziehen, wenn sie wieder gesund ist?« Nova merkte, wie ihre Halsschlagader pulsierte. Gut, dass sie einen dicken Schal trug.

»Nein, wird sie nicht.«

»Oh!«

»Und was bedeutet dein oh?« Er wandte sich wieder ihr zu.

»Das freut mich. Sehr. Also, nicht für dich, aber …«

Jetzt grinste Samuel. »Freut es dich für dich?«

Nova schluckte und nickte, sah in seine warmen Augen, die ihr schon bei ihrer ersten Begegnung aufgefallen waren.

»Wie egoistisch von dir.« Jetzt lachte Samuel laut.

Sie hatte ihn noch nie so laut lachen hören. Es war ein dunkles, melodisches Lachen. Ein Lachen, das sie immer und immer wieder hören wollte.

Hiltrud Baier

Hiltrud Baier ist in Süddeutschland aufgewachsen. Nach einer Ausbildung zur Buchhändlerin absolvierte sie ein Germanistik- und Pädagogikstudium. Vor über zwanzig Jahren wanderte sie der Liebe wegen nach Lappland aus. Dort genießt sie die spektakuläre Natur, in der man stundenlang wandern kann, ohne eine Menschenseele zu treffen. Nach *Helle Tage, helle Nächte*, *Tage mit Ida* und *Tangosommer* ist *Die Farben des Winters* Hiltrud Baiers vierter Roman. Unter dem Pseudonym Klara Nordin hat sie außerdem zwei Krimis veröffentlicht.

OKTOPUS VERLAG

Claire Scott
Eine Fahrkarte für zwei

Roman

Aus dem Englischen von Katharina Lange

Hat Jona Crawford
den Anschluss zum Glück verpasst?

Wenn eine gute Fee Jona Crawford fragen würde, was ihr sehnlichster Wunsch sei, wäre ihre Antwort: Alles soll so bleiben, wie es ist. Dabei ist Jonas Leben in keiner Weise besonders. Sie ist neununddreißig, alleinstehend, lebt in Bath in Südengland, wo sie aufgewachsen ist, und hat noch nie woanders gearbeitet als in dem Reisebüro von Keaton Fairchild, einem alten Freund ihres Vaters. Und das, ohne je selbst zu verreisen. Mit Anfang zwanzig wollte sie einmal alles hinter sich lassen, mit Baptiste, der so schön war, dass sie ihn stundenlang stumm anschauen konnte, und dem sie nach Paris folgte. Aber das ist eine andere Geschichte und leider keine sehr glückliche. Dass das Reisebüro vor dem Bankrott steht, weil die Menschen ihren Urlaub im Internet buchen, ist für Jona ein harter Schlag. Nie wieder wird sie für ihren Lieblingskunden Lord Fulton Pläne schmieden, in dessen tiefe, warme Stimme und romantische Erzählungen sie ganz vernarrt ist. Jona beschließt, über ihren Schatten zu springen und aufzubrechen. Dieses eine Mal will sie diejenige sein, die die Abenteuer erlebt – und Lord Fulton mit ihren Geschichten beeindruckt.